玛格达位于马萨瑞科瓦（Masarikova）街 18 号的房子，捷克斯洛伐克米哈洛夫采市。

大约 1928 年的一场婚礼。右数第二穿着浅色连衣裙的是玛格达。右四是玛格达的母亲波塔。坐在席子上的儿童中，右数第一个是表妹伊琳娜，她在奥斯维辛集中营的死亡转移中拒不下马车，直到玛格达打了她一耳光。左数第二个是伊琳娜的姐妹皮瑞。

在后院劳作的玛格达和哥哥马克斯，20 世纪 30 年代。

玛格达的哥哥马克斯·海灵格。

玛格达的弟弟尤金·海灵格。

玛格达的弟弟欧内斯特·海灵格。

1935 年的玛格达（右），于在波普拉德镇举办的"哈希默·哈扎尔"第四届世界大会期间。

玛格达和一位穿着斯洛伐克军装的朋友，1941 年。

玛格达的表妹艾丽斯卡，她被送入奥斯维辛集中营时只有 14 岁。

贝拉的儿子埃尔文（左）和侄子汤米（右），1939年。埃尔文和他的妈妈厄玛死于 1942 年。当玛格达在重获自由后到日利纳等待贝拉时，汤米一直陪伴着她。

厄玛·格雷斯，党卫军守卫，绰号"美丽的野兽"和"奥斯维辛的鬣狗"。（图片版权归帝国战争博物馆所有）

玛丽亚·曼德尔，党卫军守卫。

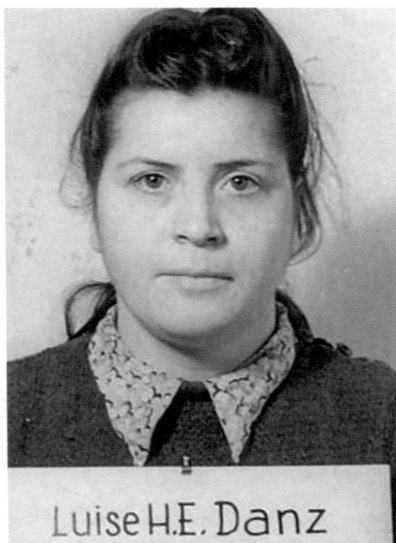

路易丝·丹兹，党卫军守卫。

约瑟夫·克莱默，奥斯威辛－比克瑙集中营党卫军司令。（图片版权归帝国战争博物馆所有）

马克西米连·塞缪尔医生，10号实验区的犹太囚犯医生。（图片版权归耶路撒冷亚德·瓦希姆照片档案馆所有）

卡尔·克劳伯格，10号实验区的党卫军医生。（图片版权归帝国战争博物馆所有）

爱德华·沃斯，他自1942年起任奥斯维辛集中营首席医生。

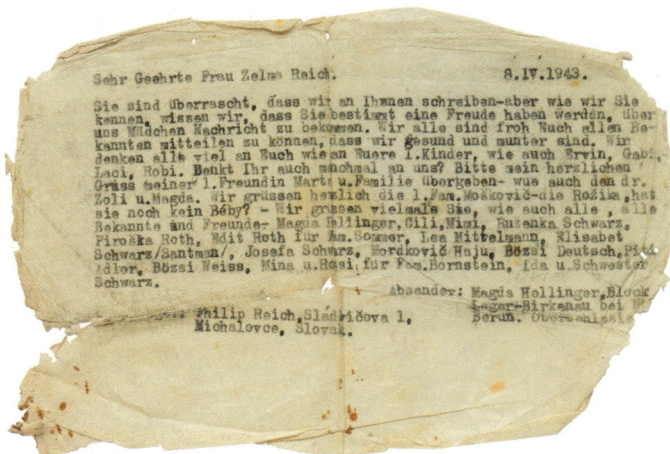

Sehr Geehrte Frau Zelma Reich.   8.IV.1943.

Sie sind überrascht, dass wir an Ihnen schreiben-aber wie wir Sie
kennen, wissen wir, dass Sie bestimmt eine Freude haben werden, über
uns Mädchen Nachricht zu bekommen. Wir alle sind froh Nuch allen Be-
kannten mitteilen zu können, dass wir gesund und munter sind. Wir
denken alle viel an Euch wie an Euere l.Kinder, wie auch Ervin, Gabi,
Laci, Robi. Denkt Ihr auch manchmal an uns? Bitte mein herzlichen
Gruss meiner 1.Freundin Marta u.Familie übergeben- wie auch den dr.
Zoli u.Magda. Wir grüssen herzlich die 1.Fam.Moškovič-die Rozika hat
sie noch kein Béby? - Wir grüssen vielmals Sie, wie auch alle , alle
Bekannte und Freunde- Magda Bellinger,Gili,Mimi, Ruzenka Schwarz,
Piroška Roth, Edit Roth für Am.Sommer, Lea Mittelmann, Elisabet
Schwarz/Santmam/, Josefa Schwarz, Mordković Haju, Böszi Deutsch,Piri
Adler, Bözsi Weiss, Mina u.Resi für Fam.Bornstein, Ida u.Schwester
Schwarz.

                                    Absender: Magda Hellinger,Block
                                    Serum. Oberschlesia
      Philip Reich,Sládkičova 1,   Lager-Birkenau bei
      Michalovce, Slovak.

1943 年 4 月，玛格达从比克瑙集中营寄给米哈洛夫采的啤酒厂老板菲利普·莱希的信。在担心家人安危的情况下，玛格达将信寄到了她认为在任何情况下都不会被关闭的啤酒厂。玛格达在信中使用了暗语，告诉家人们信中列出的女孩都还活着。

从比克瑙集中营寄给玛尔塔·班迪和伊娃的信，1943 年 7 月。

玛格达写道：当我收到这封信时，你不知道我有多高兴。听说你们团聚在家，我很欣喜。请让男孩们（欧内斯特和尤金）放心，我没事儿。我经常想起你和伊娃。你们会时不时想起我吗？请多写几封信给我，能收到你的来信真是太好了。请向所有关心我的亲朋好友转达我的问候，献给你们很多的吻。你忠诚的，玛格达·海灵格。

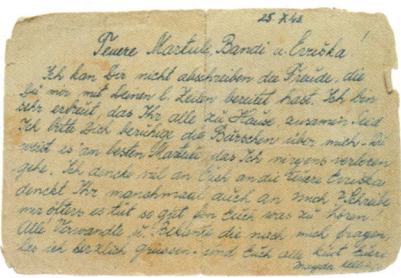

玛格达从比克瑙集中营寄欧内斯特的明信片。彼时，欧内斯特正在斯洛伐克的克诺瓦基（Novaky）劳动营做苦工。

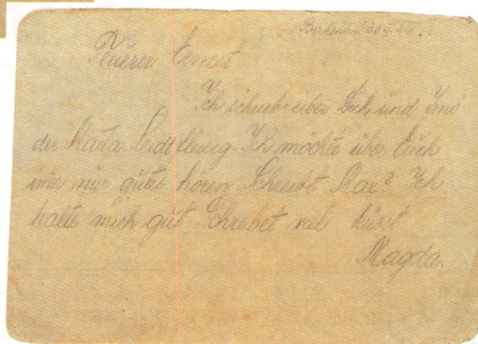

玛格达写道：最亲爱的欧内斯特，我通过玛尔塔给你和尤金写信。我想听到你的好消息。请写信给我，我很好。请写信给我吧。很多的吻，玛格达。

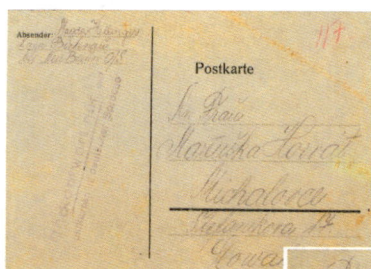

玛格达从比克瑙集中营寄给身在米哈洛夫采的朋友玛尔塔·霍瓦特（Marta Horvat）的明信片，1944 年。

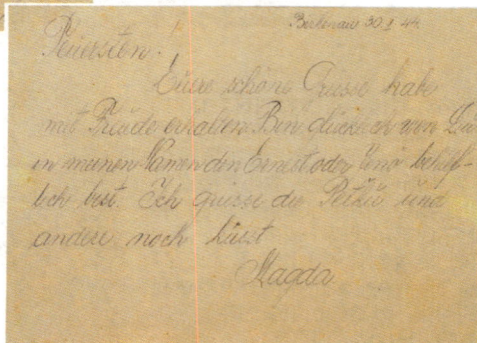

玛格达写道：亲爱的，我收到了你温暖的问候。如果你会为我帮助欧内斯特和尤金，我将不胜感激。替我问候派特库（Petku）和其他人。很多的吻，玛格达。

1944 年 8 月，发往奥斯维辛集中营的去往巴勒斯坦卡夫萨巴（Kfar Saba）地区的证书。相关犹太机构为名单上的奥斯维辛集中营女囚犯申请了移民准许证。政治部对此进行了调查，并对名单上的人进行了严刑拷打。第二行是玛格达的信息。

玛格达的返乡证明，1945 年。上面申明她的职业是教师，她的目的地一是米哈洛夫采，二是巴勒斯坦。

在布拉格签发的注册证书，1945 年。

玛格达在布拉格，1948 年。

玛格达和贝拉在布拉格，1948 年。

玛格达在捷克斯洛伐克的伊日科夫（Jiříkov），约 1948 年。

玛格达在捷克斯洛伐克的伊日科夫，约 1948 年。

玛格达和贝拉在伊日科夫，
约 1948 年。

贝拉、玛雅和玛格达在伊日
科夫，约 1948 年。

玛格达和贝拉（中），以及玛格达的兄弟马克斯（左一）、欧内斯特（右一）和年幼的玛雅，于 1949 年抵达以色列不久之后。背景中是难民营帐篷。

上：三岁的玛雅和一岁半的伊娃，以色列某难民营，1949 年。

左：玛格达、玛雅和伊娃，以色列，1950 年。

玛格达、助手和儿童们在以色列霍伦（Holon）的幼儿园庆祝普林节，约 1951 年。玛雅为站排左数第一，伊娃为站排右数第二。

玛格达、助手和儿童们，玛雅站在最右边，伊娃为右数第二。

玛格达、助手和儿童们在以色列霍伦的幼儿园，约 1950 年。玛雅为第三排左数第三个，伊娃为第一排左数第三个。

玛格达的发小玛尔塔和她的丈夫班迪，阿根廷，1952 年。

1953 年 7 月 28 日，在以色列特拉维夫的匈牙利语报纸《新东方》上，吉塞拉·佩尔医生发表了一篇题为"C 营营囚犯长玛格达"的文章。

玛格达在阿德莱德·哈特沃尔医生位于大屠杀纪念馆的纪念牌前。大屠杀纪念馆是以色列大屠杀受害者的官方纪念机构。阿德莱德·哈特沃尔是玛格达在奥斯维辛集中营联系非常紧密的囚犯医生之一，她们在战后一直保持联系，直到阿德莱德于1988年去世。

玛格达和贝拉，1989 年。胳膊上是他们的集中营编号，玛格达是 2318 号，贝拉是 65066 号。

玛格达和奥斯威辛－比克瑙集中营的档案管理员卡特娅·辛格，1988年。玛格达和卡特娅长期保持联系，于玛格达在布拉格旅行时相聚。

玛格达和贝拉，夏威夷，1993 年。

玛雅和戴斯结婚50周年纪念，布达佩斯，2015年。左起：外孙女阿丽亚·马特伊·芬克，阿丽亚的丈夫旺贾·马塔伊，玛雅，玛雅的丈夫戴斯·李。右起：外孙女阿列克谢·芬克（Alexi Fink），女儿珍妮·李，儿子迈克尔·李。

除了野蛮国家，整个世界都被书统治着。

司母戊工作室
诚挚出品

玛格达·海灵格 (Magda Hellinger)

玛雅·李 (Maya Lee)

大卫·布鲁斯特 (David Brewster) 著

阿番 译

纳粹知道我的名字

奥斯维辛集中营中的勇气与生存

The Nazis Knew My Name

—— A remarkable story of survival and courage in Auschwitz

人民东方出版传媒

东方出版社

图书在版编目（CIP）数据

纳粹知道我的名字：奥斯维辛集中营中的勇气与生
存 /（澳）玛格达·黑林格，（澳）玛雅·李，（澳）大卫·
布鲁斯特著；阿番译. -- 北京：东方出版社，2021.12
书名原文：The Nazis Know My name
ISBN 978-7-5207-2400-5

Ⅰ.①纳… Ⅱ.①玛… ②玛… ③大… ④王… Ⅲ.
①纪实文学—澳大利亚—现代 Ⅳ.① I611.55

中国版本图书馆 CIP 数据核字 (2021) 第 192776 号

版权合同登记号　图字：01-2021-5123 号

纳粹知道我的名字——奥斯维辛集中营中的勇气与生存
NACUI　ZHIDAO　WODE　MINGZI：AOSIWEIXIN　JIZHONGYING　ZHONG　DE
YONGQI　YU　SHENGCUN

作　　者：[澳] 玛格达·海灵格（Magda Hellinger）
　　　　　[澳] 玛雅·李（Maya Lee）
　　　　　[澳] 大卫·布鲁斯特（David Brewster）
译　　者：阿　番
责任编辑：王若菡　王家欢
出　　版：东方出版社
发　　行：人民东方出版传媒有限公司
地　　址：北京市西城区北三环中路 6 号
邮　　编：100029
印　　刷：北京联兴盛业印刷股份有限公司
版　　次：2022 年 1 月第 1 版
印　　次：2022 年 1 月第 1 次印刷
开　　本：880 毫米 ×1230 毫米　1/32
印　　张：9.5
字　　数：180 千字
书　　号：978-7-5207-2400-5
定　　价：68.00 元
发行电话：（010）85924663　85924644　85924641

纪念我的母亲玛格达·海灵格·布劳

这是她一直想要讲述的故事

目 录

第一部分 玛格达的故事

第二部分　母亲的新生

注：本书所有注释均为译者所加。

序 言

很少有人知道被关在奥斯维辛 - 比克瑙集中营中是什么感觉——除非你在那儿当过囚犯。而知道在集中营中被迫当看守是什么感觉的人就更少了。假如不幸身陷此境，或许勇敢聪明如你也无法阻止大屠杀的发生，但在不断与敌人周旋的过程中，你可以拯救一些生命。每时每刻，你都必须警惕其他发现你对犯人太好的看守，他们或许会因个人恩怨，或者仅仅是出于无聊，就让你死无葬身之地。然而，你可能并没有做什么对犯人"太好"的事——仅仅是想要将他们当人看而已。

我的母亲玛格达·海灵格·布劳（Magda Hellinger Blau）就是这样一名囚犯，尽管在她人生的大部分时光里，很少有人知道她的故事，甚至她的大部分家人也不知道。

玛格达一直是一个谜。尽管她经历了很多，但她不像许多其他大屠杀幸存者那样，余生都在展示这段经历造成的情感创伤。玛格达总是向前看，积极而勤奋。在我和我的妹妹的成长过程中，如同其他母亲会讲述自己在农场长大的故事一样，玛格达也会讲述她在集中营的故事，以及她在其中扮演的独特角色。我们对此毫无概念。最后，我们总会不耐烦地说："妈，别再说了。"

最后，在我和妹妹毫不知情的情况下，她用手写下了自己的故事，并一遍遍修订。后来，她雇用了一个年轻人，让他把自己的手稿转录为打印稿。至此，我们才完整地了解了她的故事。但玛格达并不在乎别人读完后的感受，也不打算做任何说明。在2003年，她87岁的时候，她将自己的故事印刷成了一本小书。为了支持自己参与的慈善项目，她组织了一场新书发布会，卖出去几本书。整个情况大概就是这样。

在母亲生命的最后几年，她不再谈论她的故事，或者关于大屠杀的任何话题。虽然还有更多故事有待讲述，但她已经受够了，想要摆脱回忆往昔的噩梦，就好像将这些故事写下来之后，那些深刻而令人窒息的创口便愈合了。她又变回了我们熟悉的母亲——那个总是带着目标向前看的母亲。

直到母亲在将满90岁时过世，我才开始重视她那惊心动魄的人生故事。在20世纪80年代末和90年代初，她为以色列的亚德瓦谢姆大屠杀纪念历史博物馆、美国的大屠杀纪念馆、墨尔本的犹太人大屠杀纪念中心等大屠杀纪念机构提供了一些音视频证词。几年之后，她又将这些资料交给了电影导演史蒂芬·斯皮尔伯格（Steven Spielberg）创建的纳粹浩劫基金会。这些采访往往长达好几个小时，但她几乎没跟我们提过。当我观看或者聆听这些资料时，我才明白，她当时为什么会急着将她的故事写下来，因为她已经忘记好多细节了。她也留下了其他一些可以充实此故事的材料，包括那些她通过不断斡旋才从纳粹手里救出的女性的证词。我意识到，玛格达只写出了整个故事的一小部分。

在母亲去世后的几年里，我对她和她周围人的经历有了更多的了解。这是一个女人和纳粹党卫军斗智斗勇的非凡故事。在最臭名昭著的纳粹集中营，残酷和恐怖的事件时刻上演着。然而，正是在这种情况下，玛格达发现了内心的力量，在和党卫军近距离接触的过程中，她用独特的视角记录了党卫军的谋杀行为、谎言和欺骗手段，并且在三年半的时间里，不仅保住了自己的命，也救下了数百个其他囚犯。

玛格达的身份十分特殊。她身为囚犯，却被党卫军任命，成为一名"囚犯工作人员"（prisoner functionary）。人们对这类角色所知甚少，更被大众所熟知的是"囚监"——为党卫军中管理囚犯劳力的官员执行特殊任务的囚犯。囚监通常是硬核的德国囚犯，以冷酷无情著称。不幸的是，他们的名声也为其他囚犯管理者们涂上了相同的色彩。因为被迫被纳粹任命，玛格达被一些幸存者误解，并受尽指责。对她的大多数指控都来自道听途说。在大屠杀之后的最初几年，犹太幸存者们对囚犯看守颇有微词，因为总要有人承受责备。许多人，包括玛格达在内，都被指控与纳粹合谋。这类事件使大多数担任职务的人选择了沉默，以防事情变得不可收拾。

然而，对玛格达或其他囚犯看守进行道德审判的人无疑忽视了这样的事实，即他们每做出一次救助囚犯的决定，都冒着生命危险。他们的故事需要被大众知晓。

玛格达从来不期望她救过的人感激她——只是认为自己在恐怖时代做了正确的事而已。与许多其他幸存者一样，她还想要让那些否认大屠杀罪行的人受到惩罚。用她的话来说："我经常希望有机会问这些人，为什么你们否认我遭受的一切，并诋毁我和数百万其他人的人生呢？难道我们受的苦还不够，还得听你们否认所有的罪行？"她也像许多其他人一样，希望大屠杀这样的人类惨剧，不会再重演。

> 我的读者、孩童的家长、老师、教授、科学家、牧师和拉比们，我向你们求助。告诉儿童和大众，纳粹政权对犹太人和所有民族犯下的恐怖罪行……他们对我和无数其他人所做的一切无法抹除。每天晚上当我闭上眼睛，我会从折磨和噩梦中惊醒。我想讲述我的故事，从而让你们下定决心，杜绝此类恶根在这片土地上生长。

故事的初始版本是玛格达边回忆边写的。她的大脑清晰地记下了各种事件；她记得自己与那些党卫军魔鬼以及她的囚犯同伴们相处的过程。在重述她的故事并叙述她被关押在奥斯维辛 - 比克瑙集中营中的生活画面时，我将尽可能地还原她的记忆；此外，为了让叙事变得详尽而诚恳，我会添加必要的细节。除了玛格达的著作和她留下的证词之外，我还借鉴了认识她的其他幸存者和担任类似职务的其他人的证词，以及各种学者的研究成果。在这样一个"真相"无法确认的故事中，我让玛格达亲自讲述她的故事，就像她一直根据自己的记忆讲述的那样。她和别人的互动尤其如此：在本书中，对话的内容来自玛格达自己的书写或证词，只有逻辑错误的地方才经过了必要的编辑。

在序言的结尾部分，我想分享奥斯维辛集中营幸存者吉塞拉·佩尔医生写的几段文字。这些文字来自一封题为"C 营营囚犯长玛格达"的公开信，1953 年 7 月 28 日刊登于特拉维夫的匈牙利语报纸《新东方》(*Új Kelet*) 上。佩尔是罗马尼亚裔犹太妇科医生，她于 1944 年被迫与家人分离并被关押至集中营；后来，她出版了一部名为《我在奥斯维辛集中营当医生》(*I Was a Doctor in Auschwitz*) 的著作。这封信是佩尔医生与玛格达·海灵格在以色列偶遇后写下的。

我们只在奥斯维辛 - 比克瑙待了几个星期。

我当时只是猜测，但现在得到了确证。我们这些所谓的堕落者，人类中的败类，无论是否被编号——都不知道，也不了解我们周围发生了什么事。真相是什么？什么是欺骗？谁值得相信？谁在管理这个地狱？我们每一分钟、每一小时的命运，是被什么规则决定的？

我们根本不知道。我一无所知。

我被囚禁了六个星期。在清点犯人时，我总是衣衫褴褛，赤脚站在那里，观看着周围的一切。我看着四周，观察着一切。营地的秩序由几名囚犯维护，其中一个被称为"营囚犯长"。

我开始关注她。我用医生、心理学家的眼光观察她。当一些囚犯大步走到党卫军军官面前时，在她刚强的样貌——她努力维持的刚强样貌的下面，是一双恐惧的眼睛。她的手指开始颤抖，脖子上的血管也因紧张而清晰可辨。

"她是谁？"我在心里问自己。

一天晚上，我去见了营囚犯长，她叫玛格达。

"你是谁？"她问，"你想干什么？"

"我是一名医生。我想要一双鞋，并且和你说会儿话。"我没有与她对视，惶恐地回答着。

"进来，坐下吧。我会为你准备一双鞋，但我们应该先谈谈，因为我发现自己正在和一个聪明的人打交道。"

玛格达向我揭示了奥斯维辛 - 比克瑙集中营复杂而阴暗的运行规则。她告诉我在毒气室、火葬场、10 号实验区上演的恐怖事件，以及突击队和其他机构对囚犯实施的惩罚性酷刑。十年过去后，人们已经无法想象这些事情曾发生过，虽然时间还并不长。他们无法想象，虐待狂般的谋杀会发生在数百名波兰人和数以百万计的犹太人身上。

玛格达低语着，表情不断变化。她的脸上不再是坚硬的线条，而是蓄满泪水的皱纹。

"他们总是从我们的团体中'挑选'几个人——非常随心所欲，没有任何理由，也不是按姓名顺序——并把他们放在所谓的管理者的位置上，作为连接凶手和受害者的纽带。为什么这么做？目的是什么？我们不知道。我们只知道，我们负有责任。我们对党卫军不喜欢的一切负责。相信我，身陷此境很艰难。"

她继续低头说着。

"你是医生。要当心！不要忘记你是一名医生。要小心并且不要忘记自己的身份。无论德国人说什么，都是谎言，都有着不可告人的目的。这是你的鞋。偶尔过来坐吧，让我们商议对策。我们可以做很多事。"

这是我第一次与玛格达会面。通过这种方式，她向我逐步揭开了恐怖的现实。在一年的时间里，我看着她忙碌，为她担忧。每当遇到困难，我就去找她，她总会帮助我。

我当时就知道，现在我依然知道：营囚犯长之路并不好走。她管理着3万到4万个被视为猪狗的囚犯，维持她们的秩序，同时还要执行党卫军监督者的残酷命令。……

……我们的营囚犯长，我们的玛格达，是一名义士。她像义士一样战斗。感谢命运之神将玛格达送到我们身边，对于我们再次获得人的尊严，她始终怀有信念。尽管有时严厉，有时面带微笑或满面愁容，但她始终在我们身边，始终怀有善意地帮助、保护，并拯救我们。

通过这些证词，我以许多囚犯的名义——尤其是我自己的名义——向奥斯维辛集中营中的营囚犯长们的诸多善意表示感谢。

我希望玛格达的故事能够为这个世界提供灵感。在这个世界，哪怕是在最可怕、最艰难和最不人道的情况下，最伟大的人类精神也会留存，并取得最后的胜利。

玛雅·李

集中营常见称谓表

监视员 Aufseherin

普通女党卫军守卫的称号。各个级别的女党卫军守卫统称为"党卫军监视员"（SS-Helferin），或"党卫军助理"（SS helpers）。

监视官 Oberaufseherin

女党卫军守卫的高级职位。

营指挥官 Lagerführer（男），Lagerführerin（女）

集中营子营的党卫军负责人。更正式的拼写为 Schutzlagerführer 和 Schutzlagerführerin。

区指挥官 Blockführer

住宿区的党卫军负责人，通常由男性担任。

报告负责人 Rapportführerin

地位仅次于营指挥官的女性党卫军军官。

总司令 Lagerkommandant

集中营系统中的最高级党卫军军官。

司令 SS-Hauptsturmführer

党卫军中级指挥官，相当于其他军队系统的上尉。

上尉 Obersturmführer

比党卫军司令小一级的军官。

区囚犯长 Blockälteste/Blockältesten（复数）

功能性职位，区域负责人。负责所在住宿区日常生活的正常运行，职责包括保持卫生和分配食物等。奥斯维辛 - 比克瑙集中营女子营中的区囚犯长多由犹太囚犯担任。

营囚犯长 Lagerälteste/Lagerältesten（复数）

功能性职位，集中营各个子营的负责人。负责所在营地日常生活的正常运行，奥斯维辛 - 比克瑙集中营女子营中的营囚犯长多由犹太囚犯担任。

跑腿人员 Läuferinnen（女，复数）

通常是年轻人，负责为囚犯工作者办事和传递信息。

劳动协调员 Arbeitsdienst

负责各项劳动囚犯人数的分配。

档案管理员 Rapportschreiberin（女）

由囚犯担任的集中营文件的管理员。有时也会在任命其他囚犯工作者方面发挥组织作用。

囚监 Kapo

在户外做体力劳动的囚犯负责人。通常由德国囚犯担任。

室囚犯长 Stubenälteste/Stubenältesten（复数）

区囚犯长的手下，负责所在住宿区某个具体的房间。

内务 Stubendienst/Stubendienster

区囚犯长的手下，负责运送和分配食物等事宜。

奥斯维辛集中营营地名称说明

奥斯维辛集中营由三个主营组成：奥斯维辛一号集中营、奥斯维辛二号 - 比克瑙集中营（通常简称为比克瑙集中营）和奥斯维辛三号 - 莫诺维茨集中营。此外，奥斯维辛集中营还管理着 30 多个较小的分营。

比克瑙营包括许多独立的"辖区"，比如 B-Ia 辖区、B-Ib 辖区、B-IIa 辖区等。其中一些常用其最后一个字母简称，因此，B-IIc 辖区被称为 C 营，B-IId 辖区被称为 D 营。

第一部分
玛格达的故事

1

风暴来临之前

　　我坐在一辆巨大的、镜黑色的豪华轿车里。站在我旁边的是纳粹奥斯维辛-比克瑙集中营的党卫军司令约瑟夫·克莱默[1]。他穿着党卫军威风凛凛的灰绿色制服，戴着一顶有骷髅标志的颇具威胁性的帽子。

　　那是 1944 年 5 月。

　　克莱默最近才抵达比克瑙，但他的名声却早已先他而到——他是党卫军中最著名的司令官之一。克莱默身材魁梧，身高超过一米八，双手大得出奇。传言声称，他用那双手扼死了不止一名

---

[1]　Josef Kramer（1906—1945），出生于德国慕尼黑的一个中产阶级家庭，曾做过会计和百货商店店员。1931 年加入纳粹党，次年加入党卫军。曾先后在奥斯维辛-比克瑙集中营和贝尔根-贝尔森集中营任司令。1944 年 5 月 8 日—11 月 25 日为奥斯维辛-比克瑙集中营总司令。

囚犯。在接下来的两个月里，43 万名匈牙利犹太人将会乘坐拥挤的火车抵达这里，而他将监督他们的入营工作。四分之三的犹太人会在刚到达集中营时就被送进毒气室。在此期间，奥斯维辛的人口将急剧膨胀，其灭绝率也将达到顶峰。第二次世界大战期间，在奥斯维辛集中营的近 100 万受害者中，有一半的人就是在克莱默的任期内死去的。

我是一名囚犯。不知怎的，作为一名奥斯维辛 - 比克瑙死亡集中营中的囚犯，我已经活了两年多了。我忍受了疾病和饥饿、残酷的惩罚和虐待。我至少有三次差点儿被送进毒气室，但都侥幸逃脱了。在我的左前臂上，我被文上了编号"2318"，这成了大多数党卫军对我的称呼。然而，对于克莱默和其他一些高级党卫军官员来说，我是他们知道名字的极少数囚犯之一。

克莱默的车行驶了一小段距离，来到属于编号为 B-IIc 的辖区下的"C 营"。这是比克瑙集中营中一个新建成的监狱。轿车在营地的正门处停下，我们下了车。营地的景象在我眼前展开：它的周围环绕着高高的通电铁网，主体是两排平行的军营状木结构建筑。另外两个"营地"在它的两侧。这些监牢的重复似乎永无止境，让人不寒而栗。

克莱默低头看着我，说："你将成为这里的营囚犯长。"

营囚犯长，一营之长，营地"主管"。这是所谓的"囚犯看守"制度中的最高职位。我被选中了，没有任何抗辩的权利，要肩负起管理 3 万名新来的女囚犯的责任。我的主要工作内容是协调这 30 个营房的食物并管理卫生。本来，每个营房可以供 40 匹马舒适地居住，但现在被塞进 1000 名妇女。在每天的黎明和傍晚，我都要以点名的方式确认这些女性在场。她们会整齐地排成五排，有时一次会站几个小时。出现任何事故或不当行为，任何囚犯在点名时没有现身，营指挥官厄玛·格雷斯[1]或她的守卫都会责骂我。仅仅由于心情不好或者喝醉了酒，一个党卫军军官就可以把我送进毒气室。出现任何卫生问题，在我的监督下暴发任何疾病，我和 C 营的 3 万名囚犯都有可能成为毒气的牺牲品。

我冷静地看着前方不断冒出的酸性浓烟。它们从高高的砖制烟囱中冒出，稍远的距离让它们几乎无法辨别，我不得不眯起眼睛。冷血？这是我允许自己向克莱默展示的情绪。在内心深处，我按捺下汹涌的情绪，这不过是我过去两年每一天情绪的放大。害怕，每名囚犯必须每天二十四小时和它共存；恐惧，对于无论我做什么，成千上万的生命都会离去的恐惧；还有决心，继续我怀抱希望的使命，无论如何，我必须尽可能地多救几个人。

————————

在我最早的记忆中，有一段关于一个穿制服的男人。这是我不确定是否为亲身经历的记忆之一，因为我那时只有 3 岁。也许这只是一个故事。我想穿那件鲜亮的裙子，带着 3 岁孩子的倔强坚持着，绝不肯用其他衣服替代。我完全忽略了隔壁房子里正在发生的骚乱。如果不是因为将犹太教和红色联系起来在当时很危险，事情也就过去了。

————————————————

[1] Irma Grese（1923—1945），出生于德国梅克伦堡 - 斯特雷利茨自由州一个牛奶工家庭。18 岁时参加了拉文斯布吕克集中营附近的党卫军守卫女子训练营，之后在拉文斯布吕克集中营做守卫。1943 年 3 月调至奥斯维辛 - 比克瑙集中营。1945 年返回拉文斯布吕克集中营。

那是 1919 年，红色的旗帜飘扬着，革命的布尔什维克已经当政两年了。"一战"后，奥匈帝国已然崩溃，捷克斯洛伐克民主共和国诞生了，成为致力于推翻布尔什维克政府的国家之一。随着反共情绪的增长，对疑似共产党人支持者的追捕在欧洲大陆的很多国家展开。一个阴谋正在酝酿：那些仇视犹太人的人将俄国革命归咎于犹太民族，从而为犹太人定"罪"。

在我的家乡，位于捷克斯洛伐克东端的米哈洛夫采 [1]，有这样一种传言：犹太人将被当作共产党人处决。一群本地犹太人来到我的邻居——杰出公民埃莱凡特（Elefant）先生的家中，请求庇护。埃莱凡特先生同意了。但当他的"不配合"传到捷克高级官员的耳中时，他被命令交出这些犹太人。埃莱凡特先生拒绝之后，官员们冲进了他的房子，围捕了所有躲起来的犹太人，并命令他们走到屋外的墙边，最终将他们射杀。

而在我家，我坚持着自己的意见，最终，可能是被隔壁的噪声分散了注意力，我的母亲让步了，我终于穿上了最喜欢的衣服。过了一会儿，一名捷克官员冲进我家，试图寻找更多的犹太共产党，但他第一眼看到的是我鲜红的衣服。紧随其后的是埃莱凡特先生，他继续着不要处死犹太人的哀求。

我的目光被官员制服上闪闪发光的纽扣和随身物品深深吸引着。在这个房间里，没有感到丝毫危险的我向他伸出双臂，他顺势将我抱了起来。我一边摆弄着他的纽扣，一边拍着他严肃的脸，嘴里还嘟囔个不停。

---

[1] Michalovce，斯洛伐克东部拉博雷茨河边的小镇，得名于大天使圣米迦勒。如今，米哈洛夫采是斯洛伐克科希策区的第二大城市。

埃莱凡特先生和我母亲惊讶地看着这一切。过了一会儿，这位官员拍了拍我的手，把我放下，和埃莱凡特先生说了声再见，然后召集其他官兵离开了。

"我很难过，埃莱凡特先生，"母亲哭着说，"我不想让她穿红裙子，但她非要穿。"

"没关系，"埃莱凡特先生说，"是她分散了警察的注意力，救下了这些被吓坏了的可怜人。"

大约三年前，也就是 1916 年 8 月 19 日，我来到这个世界，成为伊格纳克（Ignac）和波塔·海灵格（Berta Hellinger）的第二个孩子，他们唯一的女儿。

我对母亲最早的记忆是，她是个性格开朗的人，总是演唱她小时候在布达佩斯听过的歌剧。我们有一个大园子，里面种满了水果和蔬菜。她总是在园子里忙忙碌碌，比如她会在夏天早早起来，到菜园中拔土豆、掰玉米、摘番茄……而我，则会在树上爬来爬去，采摘长得最好的水果。常常是早餐在这棵树上，午餐在那棵树上，晚餐则在第三棵树上。母亲总是亲自烤日常食用的面包，还有专为安息日做的白面包（challah）。多亏了园子，我们才有充足的食物，而母亲也总是第一时间和邻居们分享她的劳动成果。如果有人需要帮助，她会放下手头的一切，先去帮忙。

小时候的某天，我到一个朋友家玩儿，发现他们家厨房的炉子并没有生火，自然，也没有煮饭。回家后我将这件事告诉了正在为安息日忙碌的母亲，她立马停止了手头的工作。

"明天是安息日，而他们却没有食物，"母亲说，"我们给他们带点儿可以煮的东西吧。"

我们出家门的时候，她解释说："芬菲特（Finfitter）太太是个非常好的女人，但她会因为自尊心太强而不肯接受别人的帮助。我会进去跟她说话，你悄悄将食物放到厨房。"

当我把一袋鸡肉、鸡块，还有一些糖放在芬菲特家厨房的长凳上时，自豪感在我的心中悄然而生。

还有一次，一个小伙伴告诉我，她家吃的面包没有黄油，她也不喝牛奶。她的父亲患有肺结核，只有一个姐姐在工作。我跑回家将这件事告诉母亲，她便给了我一些糖、黄油、牛奶，以及一些可以用来煲汤的鹅肉，让我送到小伙伴家。

我的父亲伊格纳克出生在一个大家庭，有九个兄弟姐妹。在25 岁左右的年纪，他从会计转行成为教师。在本镇的上一任犹太历史教师去世后，他成功地申请到了这个职位。在此之前，他游历了许多犹太教圣地，认真钻研了犹太史，然后回到米哈洛夫采履行新职。不久后，他向时年 17 岁的波塔·伯格（Berta Burger）求婚了。最初，米哈洛夫采只有这一所犹太学校。多年以后，随着城镇的扩大，学校也开设了一些分校，他也开始在其他分校教书。他还教授德语，因为他精通这门语言，而会说德语在当时是一件很时髦的事情（我在跟他学习德语时，谁也没想到我以后会在何种处境中用上它）。然后他开始教那些不识字的成年人，他温和慷慨的性格让他们不再因自己的目不识丁而感到尴尬。这些事情占用了父亲很多时间，因此，他经常在晚上吃完饭后，还要出去工作。

伊格纳克在米哈洛夫采地区很受尊敬，也有着不错的人际关系。他认识镇长亚历克沙（Alexa）先生——尽管父亲本人是一名虔诚的犹太教徒，但他与镇上信奉希腊东正教和天主教的政要们关系密切。上述身份显赫的公民都认为，宗教是自由的，而犹太教徒和基督徒也能够和平共处。

我有四个兄弟：马克斯（Max）是哥哥，欧内斯特（Ernest）、尤金（Eugene）和亚瑟（Arthur）是弟弟。我跟亚瑟相处得最多，因为在大部分时间里，其他人早上很早便离开了家。他们在犹太儿童学校 [1] 学习犹太史和宗教知识，以完成正式上学前的知识积累。我最亲密的朋友是玛尔塔。她跟我年龄相仿，却是个孤儿，因此和我们住在一起。玛尔塔在"一战"中失去了父亲，她的母亲和奶奶都因心碎而死。因此，年迈的爷爷不得不接受照顾她的任务，但这对他来说太难了，所以我的父母收留了她。玛尔塔和我亲如姐妹。

除了我们七个人和玛尔塔，家中偶尔还有寄宿生借住，因为有些人无法在安息日前的周五赶回家。还有一个来自其他村庄的女裁缝经常和我们共度周末，因为单身女性在陌生的地方独自生活是不被允许的。这位女士为我和我的母亲做了很多漂亮衣服。此外，在周五晚上的安息日或犹太圣日庆典上，餐桌边还会出现其他客人，他们可能是朋友、父亲的同事或者生活困难的某家人。幸运的是，这座由我父亲亲自建造的房子足够大，因为每当房间不够用时，他就会一间一间地扩建。周六的时候，我们会和生活在米哈洛夫采的海灵格家族的其他成员相聚，为他们送上

---

[1] Cheider，专门供犹太教儿童上学的小学。学生学习的主要内容是犹太教教义和希伯来语。通常情况下，只有男孩会被送入犹太儿童学校。

"安息日平安"的祝福。

我们的社区非常友善，到处跑着很多犹太或非犹太的小孩，彼此的家族住得都不远。住在隔壁的女孩不是犹太人，她的爸爸在篱笆上装了个门，以方便他的女儿、玛尔塔和我在两家的菜园间跑来跑去。我们还和其他一些女孩形成了一个小团体，经常在一起玩耍：编故事、唱歌、跳舞或者玩游戏。有时男童也会加入我们。

我喜欢上学，成绩也不错。下午放学后，我会给一些同学补课，其中一个是镇长的儿子。他学习起来并不是很专心，但我们确实成了好朋友，我让他的注意力集中了一点儿。有一年，作为备受喜爱的捷克总统托马斯·加里格·马萨里克[1]生日庆典的一部分，我们二人在全镇人的面前发表了一场演讲。看到自己的儿子如此优秀，镇长十分欣慰。

在一个安全而富足的环境下自由成长，我的生活非常充实。

––––––––––

我父亲为自己的犹太身份感到骄傲。和其他儿童的睡前故事不同，父亲总是会给我讲犹太历史。这在我心中播下了锡安主义[2]的种子。在我十几岁的时候，一名波兰希伯来语教师来到了我们的学校，这颗种子发芽了。

––––––––––

[1] Tomáš Garrigue Masaryk（1850—1937），捷克斯洛伐克开国总统。他本人具有哲学博士学位，也是一名社会学家和哲学家。

[2] Zionism，亦称"犹太复国主义"，是犹太人发起的一种民族主义政治运动和文化模式。

那时候我一点儿也不懂希伯来语。有一天我回家告诉了父亲在学校发生的事："学校来了个非常好的男老师，他教我们说'Lo sham'。"

我父亲笑了，说："我想你说的是'Shalom'[1]。"

"对，没错，"我说，"Shalom。"

这个老师发起了一些课外活动，比如排练戏剧和唱歌，最后引荐我们参加锡安主义青年社团。我对这些活动很感兴趣，很快就融入其中。不久之后，我得到了大家的认可，我被安排担任幼童组的"menahélet"——"领导"或"组织者"。现在轮到我给孩子们讲犹太历史故事了。我告诉他们，我们犹太人终有一天会拥有自己的家园。之后，我成为大一点儿的孩子们的"组织者"，最后成为整个社团的骨干。

我很快发现，当一个组织发现你的热情和能力时，他们会非常愿意让你充分发挥所长。我参加了"哈希默·哈扎尔"（Hashomer Hatzair）锡安主义青年运动。我们被称为犹太童子军，并辅助着支持凯伦·海耶索德（Keren Hayesod）联合会和犹太国家基金会（Keren Kayemeth LeIsrael）等组织。这两个组织都为后来以色列的建立提供了资金。

我越来越有组织能力。在向比我年长得多的人寻求帮助时，我从不露怯。十几岁的时候，为了筹建"哈希默·哈扎尔"组织的分部，我曾抵达400公里开外的斯洛伐克西部小镇特伦坎[2]。

---

[1] 希伯来语，见面或告别常用，意为"祝你平安"。

[2] Trenčín，斯洛伐克西部城市，坐落于瓦赫中央河谷，近捷克边境。

我去见了三位富有同情心的地方议员。他们不是犹太人，所以我只是告诉他们，我计划在这里建立一个新的童子军组织。关于具体的筹备方式，我建议发起一个筹款活动，用一根旗杆来记录不同的捐赠金额。我们会给每个人发一枚金色的钉子和写有他们名字的标签。活动开始后，每个人都可以将钉子钉进旗杆相应的位置，以标记他们的捐赠额。议员们对这个提议印象深刻，纷纷慷慨解囊。这个准备工作很重要，因为如此一来，在到当地的犹太社区中宣传我的计划时，便可以展示其他民族的人对我们的支持。当然，他们必须比非犹太人捐得更多，因此，我的筹建工作进展得很顺利。我招募了一位当地的缝纫老师，她不仅捐赠了用来制作旗帜的布料，还组织学生为旗帜绣上徽章。金色的钉子也是我游说当地铁匠的结果。最后，我们成功举办了一场盛大的升旗仪式，童子军的分支机构就此成立。

为了筹款，我还组织了许多普林节和光明节派对及舞会，那时我十六七岁。在一次舞会上，一位绅士走近我，请我跳舞。我告诉他我不会跳舞。这在一定程度上是正确的——"哈希默·哈扎尔"组织的成员并不跳舞，除非是霍拉舞（horah），一种犹太人改造过的传统东欧舞蹈，跳的时候所有人围成一个大圆圈。后来，他找到我们筹款组织的领导，说如果我和他跳舞，他就会捐款。我还是拒绝了，说我不会和任何人跳舞。他并不放弃，价格越来越高，直到最终领导说："你看，这件事是这样的。如果你和他跳舞，他就会捐这么多钱。你跳一支舞又有什么损失呢？"于是我便跳了。对那位男士来说，这支舞非常昂贵。

当我长到大约 17 岁时，我也参加了"hakhshara"项目——一项针对锡安主义青年的培训计划。该计划的目的是让我们学会在巴勒斯坦，尤其是在基布兹[1]生活时的劳动技能。我去了斯洛伐克最大的城市布拉迪斯拉发，在一家镶木地板工厂工作。工厂的老板是一个叫沃夫（Wolf）的犹太同胞，但出于某种原因，我是那里唯一的犹太工人。我有时会受欺负，最初是我并没有穿工作服，而是穿了自己的漂亮衣服。但是当我换上工作服后，欺凌却在继续。通过坚持自我和努力工作的方式（我总是脚步飞快），我渡过了这个难关。

就像许多少女和父亲的关系一样，这些年来，我和我的父亲也有过很多争论。争论的焦点是锡安主义。在那个时代，传统的意第绪语社群或者意第绪语组织，都将锡安主义看作某种和犹太信仰无关的宗派民族主义。席卷整个欧洲的民族主义已经引发过，并且还在酝酿着世界大战。虽然父亲支持犹太复国主义事业，但他的态度非常审慎，认为我不应该如此狂热。但我的看法显然与他不同："重要的是，我们要去巴勒斯坦，并在那里重新开始。为此，我们应该努力工作。建立新的国家需要有人在场。"我们的辩论很激烈，甚至会吵起来，不过，我们还是足够理智，每次都能以尊重对方的观点结束辩论。

作为一个年轻人，锡安主义运动并不能将我所有的精力用完。在我 16 岁或 17 岁的暑假，我和玛尔塔决定开所幼儿园。米哈洛夫采需要一个假期幼儿园，以让无聊的孩童们愉快地度过漫漫长假。当然，这只是个想法，因为我们没有钱也没有空间。不过，我们找到了著名的格莱赫（Gleich）妈妈。格莱赫妈妈有一种魔力，就是把每个人的事儿都变成自己的事儿，就像镇上所有

---

[1]　Kibbutzim，犹太人的一种集体社区，过去主要从事农业生产。

孩子的阿姨一样。她还拥有庞大的人脉。她帮我们想到了办法：她认识的一个人三个月后结婚，新房目前空着。这座房子看起来非常完美，因为未建成的花园正好可以变成沙坑。

房子的拥有者是家具制造商，所以格莱赫妈妈让他为我们制作了一些小桌椅。然后，在她的帮助下，我们走访了很多商店，设法免费拿到了一些玩具、书籍和地毯。我们将房子里最大的一个房间装饰了一下，幼儿园就成形了。我们在镇上宣传了一波，告诉感兴趣的父母，我们会在早上接孩子出来，晚上将他们送回去。惊喜的是，第一个早上就有40多个孩子在自家门口等候，喊着玛尔塔和我的希伯来语名字"玛尔卡"（Malka）和"雅法"（Jaffa）。我们像穿着花衣服的风笛手一样，接收了这些"订单"，并让他们列队走向幼儿园。幼儿园开了一整个暑假，家长们以各种形式付了费用，这些钱足以支付租金，购买沙子和其他用品了。

在所有的经历中，特别是参加"哈希默·哈扎尔"的活动时，我的母亲都给了我很多帮助。当我还小的时候，每当我要开会，她总会接送我。"我不认为一个组织要开这么多会，"她过去常说，"你总是很忙。"有一次，当我们参加一年一度的犹太扫墓活动[1]时，我无意中听到母亲在向她的姐妹说起我。她告诉对方，我总是忙个不停，忙着参加凯伦·海耶索德联合会和犹太国家基金会的这个那个活动："不管活动在哪儿，就总有她。"

我的阿姨回答说："她没办法控制自己，这是她的人生使命。

---

[1] kever avot，于犹太新年和赎罪日之间进行的亲人扫墓活动，一般在周日举行。

贝尔泽（Belzer）拉比不是说她肩负使命吗？所以要有耐心。她
是一个聪明的女孩，一个出色的女孩，做了很多好事。所以要接
受这一点。她不由自主，这就是她的命运。"

我不知道阿姨具体在说什么，但我很高兴她支持我。实际
上，即便家人心里并不愿意，也不会在行动上阻挠我。

————————

有一次，我为"哈希默·哈扎尔"团体组织的活动的地点在
卡普沙尼[1]，该地距离米哈洛夫采有一个小时的车程。我被安排到
当地的托马霍夫（Tomashov）医生夫妇家里。托马霍夫医生是一
位颇有名气的资深医生，以治疗当时很常见的甲状腺肿而闻名。
我记得他的打字机，我用它来打出活动列表和项目，以及一群小
孩要表演的剧本。

一年后，托马霍夫医生写信给我，问我是否愿意和他一起工
作并学习一些医学知识。他希望我最后能成为他的助手，这样他
的妻子就可以退休了。我做过很长一段时间的医生梦，所以，当
19 岁正在寻找工作的我收到信后，便接受了提议，回到了医生
夫妇身边。托马霍夫医生让我去医院待了一段时间，我在那儿学
了一些基础知识。我还帮他打字，并学习如何包扎伤口之类的技
能。那是一段忙碌的时光。在医生的妻子出门的一段时间，由于
没有时间做饭，我们通常在附近的一家餐馆就餐。

有一天，我收到了一位朋友从老家寄来的信。她说她从格莱
赫妈妈那里听到谣言，说医生爱上了我，想和妻子离婚并娶我为

————————
[1] Kapušany，斯洛伐克东部普雷绍夫地区的一个村庄。

妻。我感到十分震惊。这似乎很荒谬，因为他比我大太多了。事实上，因为这谣言过于大胆，我打算直接去问医生，这是破除谣言最好的办法。

那天晚上在餐厅吃晚饭时，我告诉他这封信和其中包含的八卦。听到这话，他放下餐具，注视着我。

"对不起，"我说，"我做不到。"

不久之后，当他的妻子回来并可以再次担任助手时，我离开了托马霍夫医生，返回家乡。

在这次经历之后，我对学医产生了动摇。学习的时间过长，而想要独当一面也要付出很多。或许，我应该继续开幼儿园，毕竟那是我喜欢并擅长做的事。或许我可以找个医生结婚……不过，一定要和我年龄相仿！

在距离米哈洛夫采25公里的特雷比绍夫镇[1]，我开始正式学习幼教课程。彼时，20岁的我已经不再是一个热血的锡安主义青年，我卸下了其他担子，专注于学习。我到布拉迪斯拉发参加考试，并在两年内完成了四年的课程。

我打算回家后在米哈洛夫采建立一所幼儿园——那将成为镇上第一所正式的幼儿园。

回来后不久的某天，我在街上遇到了亚历克沙先生，他仍然是我们的镇长。他问我过去几年去了哪里。我告诉他我的计划，他的眼神告诉我，他对此事很感兴趣。

---

[1] Trebišov，斯洛伐克最东部的工业小镇。

"玛格达，跟我来。"他笑了，"我在特雷卡街上有一所房子，里面有几间办公室，但其他房间都是空的。"

他带我去看了房子。这座房子很干净，有一个门厅和三个相邻的房间。里面还有几件家具，让幼儿园开张已经够用了，其他的东西可以有钱了再买。

"这儿很棒。租金是多少呀？"

"我会向你要房租吗？"他点了一根烟，继续说道，"你知道吗？很多年前，米哈洛夫采有所幼儿园，我想我知道家具在哪儿。我来安排，它们很快就会被送到你的新幼儿园。"

我感动得不知道说什么，但镇长很坚持。"这是你应得的。"他说。

幼儿园很快就开门招生了。几天之内，它通过了学校督察局的注册，并招满了学生。这些孩子有的来自犹太家庭，有的来自非犹太家庭。我很快就适应了新的生活：每天早上步行去上班，在路上问候鞋匠卡霍特（Kahot）先生——一位为我制作了许多漂亮靴子的顾家男人——并和玛尔塔等朋友度过愉快的周末。当时间来到 1940 年时，我的生活已经走上正轨。我很自豪我能够处理生活中的各种问题，并拥有了自己的事业。

————

1942 年年初，一位列车员对某个人透露道，他听说未婚的年轻犹太女性将会被带走，到德国的工厂劳作。一传十，十传百，恐慌和疑惑的气氛弥漫了整个犹太社区。据说，列车员已经把他的女朋友送到乡下躲起来了。我开始听到其他女孩被送走的故事——一个被送到了爱尔兰，一个被送到了英国，几个被送到了匈牙利。

尽管我丝毫没有察觉，但到了1938年年底，捷克斯洛伐克大部分犹太人的生活开始发生变化。我生活在一个非常小的世界里，被幼儿园的日常运作填满。无论如何，生活在米哈洛夫采的4000名犹太人对局势有些后知后觉，部分是因为此地位于国家的最东端。

第一次世界大战结束后，捷克斯洛伐克成立，成为中东欧少数几个管理良好的民主国家之一。这种情况到希特勒开始强行扩张其政权时被打破。1939年，他控制了捷克的一半地区。剩下的斯洛伐克，很快就在奉行法西斯主义和民族主义的人民党及其受党卫军训练的赫林卡卫队的助纣为虐下，成为纳粹德国的傀儡国家。他们很快就颁布了"雅利安化"法令，随后是所谓的"犹太法典"。大多数犹太医生和律师被迫停止执业。最终，米哈洛夫采有436家犹太企业被取缔，十几家的财产被没收。所有这些都成了斯洛伐克人民党和赫林卡卫队的战利品。犹太人失去了工作，尤其是那些担任公务员的人；犹太儿童被公立学校拒收。与在德国一样，大多数犹太人被命令佩戴黄色的大卫星标志。

然而，我的幼儿园却没有被勒令关闭。或许是因为它得到了学校督察局的授权，又或许是因为它也接收非犹太血统的孩子。真正的原因，我无从知晓。我甚至不需要戴黄星标志。最明显的变化是，现在是由父亲们，而不是母亲们，来接送孩子了。这或许是失去工作的男人们找点事做的唯一方式。我们只向那些仍然有能力支付的人收取费用。毕竟，生活还要继续。到了晚上，如果我还有精力，我会和朋友——犹太人和非犹太人——去看电影。如果说我对谣言产生过怀疑的话，我的想法是，即便发生了什么，幼儿教师的身份也可能让我得以豁免。

家里发生了一些变化；只有我最小的弟弟亚瑟和我留在父母身边。我的大哥马克斯于 1933 年搬到了巴勒斯坦；欧内斯特和尤金加入了斯洛伐克游击队，以对抗法西斯的统治。

1942 年年初，为了庆祝即将到来的普林节，我正忙着与玛尔塔和她的丈夫组织大型木偶戏。我们希望这个节目可以鼓舞每个人的士气。我们要写剧本，并且要排练。我清楚地记得孩子们在 3 月初的笑声和欢呼声。它让我们的心中充满喜悦。

正如我母亲常说的那样："我们最好不知道，下一个路口会遇到什么。"

2

驱 逐

1942 年 3 月

　　我没想到会在幼儿园里见到鞋匠卡霍特先生。但他确实来了，在 1942 年 3 月下旬的一个早晨，他突然来访。他抖掉外套上的雪，然后问是否可以跟我借一步说话。这很反常。除了是他的顾客，并在上下班时偶尔打个招呼，我对他并不熟悉。我知道他有家室并且在社区中备受尊敬，仅此而已。

　　在办公室里，像说悄悄话似的，他把声音压得很低。

　　"很快他们就会带走年轻的未婚犹太女人。她们将被带到巴塔鞋厂工作，可能会在那儿待好几个月。但我可以帮助你。"

　　"你能帮我，是什么意思？"

　　"选择其中一个孩子。我会声称那是我们的孩子，我会保护你。"

我盯着他看了一会儿。

"你为什么要这样做?"我始终不解。

"我爱你,我想救你。"他说道,虽然看不出什么情绪。

我皱了皱眉。

"但你是我的邻居,"我回答道,"我认识你的妻子。她很努力地照顾你们的三个儿子。你要我做你的情妇吗?"

"你要我说得多明白?我愿意为你赴汤蹈火。"

我无言以对。

"我需要考虑一下,"我最后说,"我们明天再谈。"

冬天的米哈洛夫采常常下雪。那天下午,我在又一场大雪中回家,仔细考虑了卡霍特先生奇怪的提议。我把这件事告诉了母亲,她感到很震惊。当然,她也听到了谣言,但和我一样,她无法理解卡霍特先生的提议。

"真有脸。"她说。

第二天早上,米哈洛夫采的墙上贴满了告示,宣布所有 16 岁或 16 岁以上的未婚犹太女性当晚到市政厅报到。人们在社区奔走,皱着眉头在寒风中蜷缩而行。当父母把孩子送到幼儿园时,每个人都在谈论"女孩"和"驱逐"、"巴塔"和"豁免"等字眼,以及"为什么"的疑问。我的员工适龄且未婚,她们什么也没说。

鞋匠一大早又来了。

"非常感谢你，卡霍特先生，"我说，"你人很好，你的好意我心领了，但我不能按你说的做。我觉得我能得到豁免，但如果我必须到巴塔工厂去，我会去的。那对我来说不算什么。"

那天下午，各个犹太家庭都聚集在各家房子的外面，试图搞懂这项法令。我的邻居参与了一些政府事务，他说他会把女儿藏起来。

"我也可以把玛格达藏起来。"他提议道。

但当我看到藏身之处时，我有些动摇。那是一个小柜子，几乎没有任何移动的空间，没有窗户，也没有光线，如同一个小小的监牢。我能在里面活多久？我决定看看我是否能得到豁免。

几个小时后，两名赫林卡卫队军官来到我家找我。他们告诉我和家人，是卡霍特先生——当地护卫队的领导人，派他们来的。我们不知道他还有这重身份。

我的母亲赶紧跑到鞋匠家求救。她"砰砰砰"地敲他的门，喊着卡霍特先生的名字，但无人应答。

我和卫兵一起来到镇上的办公厅。其他一些当地女孩或是被带到这里的，或是接到通知后自行来到这里的，其中不乏我父亲和母亲两边的亲戚，以及一些曾经的同窗。很多我认识的本地女孩没来。我猜她们可能成功逃走了，或者找到了藏身之处。大厅的一侧，是一群因没有交出女儿而被审问的父亲，有的看上去已被殴打过。其他女孩来自米哈洛夫采周围的小村庄。其中一些也是我的亲戚，而另一些则来自贫困的农民家庭。最终，办公厅大约会集了 120 个年龄在 16—25 岁的女孩，还有稍微超出了年龄的几个。大多数女孩来自信奉哈瑞迪教派[1] 的极端正统犹太人家庭，她们几乎没有社群外的任何生活经验。在大厅外面，是另外一群不允许进来的父亲。他们如同老虎一样在黑暗中踱着步，偶尔停下来，试图在人群中认出自己的女儿。

大约一个小时后，父亲提着一个箱子来到大厅。不知怎的，我被允许在门口见他。我打开箱子，里面是母亲为我装好的我最喜欢的衣服，它们是住在我家的寄宿生给我做的。还有一双新鞋，一条羽绒被，但我还给了父亲："我用不着，我会回来的。"

父亲告诉我，他会一早去学校督察局，为我求取豁免文件。作为一名教师，他知道这个身份会得到重视。他向我保证，我会离开这个地方，回到家里——我只是不得不在此等待，忍受这个漫长而寒冷的夜晚。

由于每个人对可能发生的事情都一无所知，整个大厅的焦虑谈论最终平息了下来。作为女孩中年纪较大的一个，我决定四处走走，尽我所能地宽慰人心。我在人群中发现了瑟瑟发抖的伊隆卡（Ilonka），我幼儿园的一名年轻助手，她像个孩子一样紧紧抓住我。我还碰见一群十几个从边远村庄来的年轻女孩。她们穿着传统的农妇裙：头巾系在下巴下，装饰简单的围裙搭配着分层的伞裙。我担心她们会在巴塔工厂遭遇歧视，所以打算做点什么。

---

[1] 信奉正统犹太教的宗教团体，由很多教义不甚相似的小教团组成。作为整体，其特点是严格遵守犹太教法和传统，反对现代价值观和行为方式。在一般情况下，哈瑞迪教徒只读宗教学校，阅读世俗读物也是不被允许的。

我把我的箱子拿到她们面前。

"你们换上大众一点儿的衣服吧。"我说。

我领着女孩们去水房，催促她们各自选一件喜欢的衣服。她们兴奋地谈论并换上了挑选的衣服后，乡土气息便被很好地盖住了。眼尖的人可能会发现，她们穿的裙子有些不合身，但这已经是差强人意的办法了。我把已经空了的手提箱放在一边，只剩下身上穿戴的东西了：外套、靴子、一个小手提包和一个暖手筒。

不久之后，一名捷克宪兵找到了我——一名被指派为赫林卡卫队成员的当地警察。他说他认得我，因为他的站点离我家不远。

"为什么这么做？"他说，"为什么把你的衣服给别人？我没见过这么干的。"

"我们要去巴塔工厂，我怕她们太显眼而被排斥。而且，我父亲会为我拿到豁免文件。"

"你太天真了。"他说。

第二天一早，我父亲去了学校督察局。然后他脸色阴沉地过来了，透过窗户跟我说话："办事员告诉我，犹太学校的年轻宗教指导老师花了两万克朗，把你的文件买走了。"

"什么？但她信教啊，她是向上帝祈祷的人啊。"

我父亲告诉我，办事员说有个办法。"他跟我说：'时代在变，海灵格先生。你给我两万克朗，我就让她把豁免文件还回来。'咱家拿不出这么多钱。我对不住你。"他的眼睛充满泪水。

"别担心，"我说，"我不会有事的，那只是座鞋厂。"

"他们破坏了我家园子里最珍贵的花。"当他转身离开时，我听到他对一个朋友说。

就在这时，捷克宪兵再次凑过来，对我说："刚刚的事我都听到了，我想帮你。我的一个叔叔在政府部门工作，可以为你出一份豁免文件。"

我不明白宪兵为什么要帮我，我感谢了他，但拒绝了他的提议。

那天下午，也就是 1942 年 3 月 26 日，120 名离开家的女性乘公共汽车来到火车站。当我们离开办公厅，穿过积雪覆盖的道路走向公共汽车时，一群人看着我们。看到自己的女儿时，母亲们都抹起了眼泪。当我的母亲看到我时，她从人群中向我跑来。她的脸上带着泪痕，双手捧着我的头。

"亲爱的女儿，有些事我必须告诉你，虽然你可能不记得了。你 8 岁的时候，你父亲带你见过著名的贝尔泽拉比。拉比把手放在你的头上祝福你，然后说道：'这个女孩将在一生中完成特殊的使命。她将拯救成百上千犹太人的灵魂。'这些话你记住了，记住了。"

我们抱着，吻着，不愿分离，直到一名守卫将她拉开。"别担心，"我说，"你们很快就会收到我的消息。"

努力平静下来后，我爬上了公共汽车。汽车发动时，我向父母挥着手。那是我最后一次见到他们。

到达火车站后，一辆通勤车将把我们拉到米哈洛夫采西边150公里的波普拉德镇[1]。在车上，我们时而对冒险有所期待，时而忧心忡忡，时而又满怀失望。和办公厅相比，火车相对温暖和舒适，这让许多人在两小时车程中一直睡着。我一直想着母亲的话，想着拉比的祝福，并努力地安慰着自己。

火车到站了，我们下车后便乱成一团。车站挤满了女孩，都是从斯洛伐克东部的其他村庄和城镇来的。每个人都在用合适的方式抵御寒冷：有一小群女孩坐在行李箱上，大部分人聚在一起站着不动，还有一些人到处踱步。每个人都在讨论将要去哪里，但这些谈话就像余烬一样，燃烧后便消亡了。赫林卡卫队队员死死地盯着我们，除此之外，没有任何组织来管我们了。

不知怎的，经过了这一切，那个捷克宪兵又找到了我。

"我已经写信给我叔叔了。你先在这个地方待上两天，到时豁免文件就准备好了。"他说。他让我写一封信给父母，并允诺我一定会送到。我在他的记事本上写了几句话——无非是保证我没事——然后把记事本还给他。然后他就走了。

最终，我们都被推进一座巨大的建筑，在里面度过了另一个不舒服的夜晚。建筑高两层，里面的房间空空荡荡，地面很硬。这不是人能住的地方：没铺地板，没有暖气，一切混乱。我们又饿又渴，但没人给我们送吃的。只有那些在火车上剩了点食物的女孩在吃东西。我们挤在角落里取暖，一些女孩默默地流着眼泪，另一些女孩则在对目前的环境大声抗议——如果我们要为政

---

[1] Poprad，斯洛伐克北部城镇，位于高塔特拉山山脚。目前，波普拉德以旅游业知名。

府出力，那为什么要遭受此种对待？没有任何回应。

和大多数人一样，我对那个晚上的记忆是模糊的，我迷失在惊吓和历史的迷雾中。

天亮后不久，守卫穿过大楼，大声叫喊着，要我们收拾行李，离开大楼。能再动起来几乎是种解脱。我们越早到达目的地越好——那是有食物和温暖的地方吗？当我们聚集在冰天雪地上时，整个人群的规模一目了然——根据我自己的估计，总人数大约是来自米哈洛夫采的人数的十倍。守卫三三两两地站在我们周围，抽着烟，踢着脚下的脏雪。一个穿着制服的人宣布，我们很快就会被安排乘火车到德国去，三个月后就能回家了。他的话让女孩们稍微高兴了一点儿。但只有小小一会儿。

过了一会儿，一列火车开进了站，但这并不是一辆客车，而是一辆专门拉牛的火车。车刚停下，周围的守卫就行动起来。他们大声叫喊着，把我们赶上车。女孩们尖叫着，为了不走散，她们努力地跟着自己的朋友和家人。车的踏板放了下来，我们不得不爬进车厢，拿着箱子的人们死死攥着把手，不想遗失唯一的财产。车厢毫无特色，只在两边的高处有几扇窗子。这些窗子又小又窄，还被安上了防护栏。每个车厢里大约挤了 90 个人，因为没有足够的空间让每个人都坐下，大部分人都是站着的。每个车厢的角落都有一个桶，大概是让我们上厕所用的。依旧没有水和食物。

随着门被重重关上并被从外面上了锁，宪兵和他的承诺在我的脑海中闪了一下。他说我们要在波普拉德住两晚，但结果只住了一晚。我不知道他是否成功地为我拿到了豁免文件——尽管，我之后了解到，他的确将我的信带给了我的父母，给了他们一些宽慰。

气氛很压抑。车厢里的空气很少，感觉似乎要窒息了。里面也很黑，黑到我不知道这是白天还是夜里。一开始车厢很安静——蔓延的恐惧好像有一种特殊的气味，有一种静止的力量——但没过多久，一些女孩就慌张起来。没有人知道我们为什么会被塞进牛车，没人知道我们会在车上待多久。不过，我们都明白，终点站不会是巴塔工厂了。当周围的世界关闭时，另一个想法重回我的脑海：母亲讲述的关于贝尔泽拉比的故事。当我眯起眼睛，看着黑暗中惊慌的面孔时，我想知道，贝尔泽拉比是否比我们中的大多数人都了解真相。

"如果我们同心协力，就一定不会有事。"我反复念叨着这句话。我用我在幼儿园安抚小朋友的经验，一个又一个地，安慰着这些悲伤的女孩们。但是随着时间的流逝，人们的不安在放大。车厢的气氛很糟糕，人们的压力越来越大，表达的方式也从抽泣变成了哭喊。

时不时地，我会请一些强壮的女孩把我举起来，通过小窗看外面的景象。大部分看到的都是白雪覆盖的农田，但有一次，当火车缓慢地驶上山坡时，我看到一群在铁轨旁工作的犹太男人。

我用希伯来语大喊："我们被抓走了！不知道去哪儿！帮我们查出目的地！"

其中一个挥了挥手，表示他听到了。

还有一次，火车停了一会儿。我朝外看去，发现此地是斯洛伐克西部城市日利纳[1]。当女孩们把我放下来时，我告诉她们，我们还没有走出国界线。或许，这样可以保留一丝希望。

火车又开始运行了。但这次方向相反，且不在之前的轨道上。大约一个小时后，火车再次停下时，外面人说的已经不是我们的语言了。再透过小窗户看，我已经不知道我们身处何地。不过，可以确定的是，我们正在穿越波兰的边境线。我的最后一丝希望破灭了。

"如果我们同心协力，就一定不会有事。"我再次安慰大家。但是已经很少人能听见我说话了。

当时我们不知道的是，作为条约的赔款项目，我们被卖到了波兰。那是纳粹与懦弱的斯洛伐克政府签订的协议的一部分，斯洛伐克将会以"重新安置和再培训"的名义将一些犹太人驱逐出境，并为每个犹太人向德国支付 500 马克，外加运输费用。这就是斯洛伐克人民党解决"犹太人问题"的办法。斯洛伐克犹太人除了要为德国提供急需的劳动力外，更重要的是，德国人承诺，任何被斯洛伐克驱逐出境的犹太人将永不回国，斯洛伐克政府没收的任何财产都可以永久充公。在越过国界线进入波兰后，对于我们这群斯洛伐克犹太公民，布拉迪斯拉发政府再也不用负责了。

我属于第二批被运出的年轻女性——斯洛伐克政府已经运出了 7000 名女性和 13000 名男性。在再次驱逐犹太男性之前，还有 4000 名女性将被运出。然而，斯洛伐克政府很快发现，他们找不到"又年轻，又健康"的犹太人来履行合约了，所以，到了

---

[1] Žilina，斯洛伐克西北部城市，毗邻瓦赫河。近捷克与波兰边境，距首都布拉迪斯拉发约 200 公里。

4 月底，他们也开始以家庭为单位将犹太人送走。在 1942 年 10 月之前，超过 57000 名斯洛伐克犹太人被驱逐至波兰，这是斯洛伐克犹太人口的三分之二。

———————

很久以后我才知道，我的父母和最小的弟弟在 1942 年 5 月被送到了波兰东部的武库夫地区[1]。由于德语不错，我的父亲在一个小镇的邮局工作了一段时间。这让他有机会给我的弟弟欧内斯特和尤金写明信片。他让所在小镇的其他人在卡片上署了名，以让其家人知道他们还活着。在 1942 年 5 月 28 日的明信片上，我父亲写道，他不知道会在武库夫待多久，但每个人都很好，互相帮助。他鼓励尤金去社区办公室帮他领取养老金。不久之后，我的父母和最小的弟弟，以及其他数百名被送至此处的犹太人被杀害了。

———————

"往外走，往外走！动起来，快点儿！"

在车厢里感受不到时间，但当火车停下时，外面的天色已经很晚了。当门打开后，眼前是我们完全无法理解的恐怖景象。回想起来，如果我知道我们这三年——我们中能活过三年的人——将会有何种经历，那么眼前的景象根本不算什么。但当时，前两天还在家中的客厅里舒服地待着，现在的预想也不过是到一个工厂做工的我们，在看到这一幕时，显然是无法接受的。我们几乎

———————

[1] Łuków，位于波兰东北部。1942 年 5 月，德国政府在此地建立了一个犹太人聚居区。到了 1942 年 9 月，此地被圈禁；年底，所有犹太人被杀害。

变成了动物，任人宰割。

外面的光线非常刺眼，我们本能地眯起了眼睛。地面上覆盖着厚厚的白雪，延伸到地平线处，与灰白色的天空融为一体。一条冰面间的崎岖小路通向远处的一座建筑。车站没有站台，也没有坡道，我们跌跌撞撞地走进这严酷的环境中。由于没带行李，我的行动比较轻快，跳下车后便开始帮助那些带着厚重行李的人。行李被勒令放到一边。穿着制服的守卫用德语喊着指令，狗在吠叫和咆哮。

一些著名的照片记录了犹太人抵达奥斯维辛集中营的场景。出现在照片中的是排成长队的男男女女，还有在旁边等待"挑选"[1]的抽烟聊天的不同级别的党卫军官兵们。但这种相对有序并不是 1942 年 3 月 28 日第二批抵达的大约 1000 名女性下车后的感受。我们没有看到传说中的德国效率。参加这个"欢迎派对"的人包括一些刚从德国的拉文斯布吕克集中营转移来的党卫军士兵，他们中的大多数人都没有受过教育。他们并不是组织者或管理者，而是训练有素的残酷狱卒。和他们一同到来的，还有数百名拉文斯布吕克集中营的德国女犯人，她们负责维持秩序。一些人相当"负责"，要是谁下车慢，或者放行李耽误了时间，或者不愿意远离火车，都会被她们责骂或殴打。刚开始，党卫军并没有进行将人们分出生死的"挑选"活动，该活动会在几个月后开始。由于队伍很混乱，我们被推搡着来到数百米外的奥斯维辛集中营。入口处，张贴的是如今早已臭名昭著的标语：劳动带来自由。

---

[1] 这是本书中一个常见词语。"挑选"一般指的是挑出那些被送入毒气室的人。偶尔，"挑选"的目的是将一些犯人送到其他地方，做劳工或进行实验等。

3

奥斯维辛集中营

1942 年 3 月 28 日

我们被赶进一座空荡荡的毛坯建筑。在昏暗的环境中，我们只能看到彼此的眼睛以及其中的各种紧张情绪。震惊、怀疑、不解。当然，还有恐惧……恐惧盖过了其他任何情绪。

来自米哈洛夫采的女孩们尽可能地待在一起。一些女孩开始脱掉厚重的外套。

"别扔，"我说，"把它铺在地板上，可以当垫子。"

我们抵达时的境况让我意识到，我们应该紧紧抓住我们能抓住的所有东西。

接着……什么也没发生。虽然周围好像没有任何守卫，但因为上了锁，我们还是没法从这里出去。

一两个小时后，一群德国女犯人带着装着茶水的大罐子来到大楼。放下大罐子，她们说："你们想喝的话，就喝吧。但是告诉你们，这水有毒。"之后，她们离开了。

对于两天没有任何进食的我们来说，这是一种残酷的折磨。但为什么要这么做呢？费尽心思把我们带到这里，就是要在第一天就把我们杀死？我想她们一定是在撒谎，所以主动喝了一口茶。茶水的味道很差，比脏水还要难喝，但我没有呕吐或抽搐。我又喝了一点儿，我没事。

"我们都已经脱水了，"我对周围的女孩说，"喝点儿吧，即便它很难喝。"

之后，这些德国女犯人又端着一罐温汤回来，告诉我们，这次的汤真的有毒。我再次第一个做出尝试。这是一种用腐烂发酵后的蔬菜制成的汤，虽然它比刚才的茶更令人作呕（刚开始我止不住地干呕），但它仍旧没毒。我捂着鼻子又喝了一口，还是没事。我鼓励其他人也喝点，只是为了让她们暖暖胃。

现在，除了努力睡去别无他法。我躺在没有地板的土地上面，头枕着暖手筒。我将外套的毛领紧紧地围在脖子上，双手伸进袖子里。我闭上眼睛，试图弄清楚离开家后发生在我们身上的事，以及之后可能发生在我们身上的事。在我身边，1000 个女孩怀着 1000 种情绪低语着，哭泣着，然后睡着了。

当我们被叫醒并被叫到外面时，天还没亮。

"点名！[1]"守卫喊道。"点名"，这是一个我们非常熟悉的词。

---

[1] 原文为德语词"Zählappell"。

当我们被告知在办公厅前排成五排时，听到的就是这个词。守卫告诉我们不要动，然后就走了，让我们站在寂静中。寒风很快就吹透了我们的外套，但没人敢动。我们在原地站了好几个小时。

随着天色变亮，我们逐渐看清了周围的环境。这地方看起来像一个军营，有两三层楼高的排排砖房。一段距离外的栅栏后，是一群穿着又大又脏的旧军装的其他女孩，她们被残忍地削去了头发。她们用动作向我们暗示着什么，尽管起初我们不知道原因。有些人似乎在抓挠自己，有些人则指着自己的嘴巴、手腕或脖子。她们看起来很生气，就像疯人院里的病人。我以为她们想吃东西，但后来我们明白了，她们想要让我们把手表和珠宝，甚至围巾扔给她们。但原因是什么呢？她们来这里已经多久了，以至于看起来如此可怕和无助？我很快就会知道这些女孩也来自斯洛伐克，只比我们提前两天，也就是第一批来到这里的女孩。

随着时间的流逝，挨冻的女孩们开始受不住了。在疲劳、虚弱和恐惧的多重作用下，她们开始昏厥。我注意到一个看起来很壮的女孩，她告诉我她来自布拉迪斯拉发。由于似乎没有人在朝我们这里看，她和我把昏倒的女孩抱回大厅，直到她们醒来。

终于，更多的守卫和德国犯人来了。一位领导咆哮着说我们应该动起来。

"动起来，动起来！"

那些行动迟缓的人会被棍棒殴打，直到她们开始移动。

"我们跑起来吧，"我对身边的女孩说，"服从命令可能对我们有好处。"

我们到达了一座被他们称为"桑拿"（sauna）的建筑。我们被要求重新列队。因为我是跑过来的，所以我站在最前面的队伍中。他们要我们走进去。

我们刚进大楼，另一群德国女犯人就命令我们脱掉衣服，把衣服堆到一边。有那么一刻，我在想，到时候我们该分不清到底是谁的衣服了。但当我想到围栏后的女孩们时，我意识到，这种担忧真是多余，我们再也不能取回衣服了。我们还必须摘下所有的珠宝、手表、眼镜——身上的所有东西——然后把它们放在桌子上。又是一大堆。我们赤身裸体地站着，瑟瑟发抖，等着接下来将发生的事。我环顾四周，女孩们的脸上尽是害怕和羞耻，特别是最年轻的女孩和来自东正教家庭的女孩。

但羞辱才刚刚开始。

隔壁房间有一群男人，每个人都拿着一把大剪刀。我们每个人都必须站在其中一个面前。

他们边说笑边进行着手里的动作——剪掉我们的头发，我们的腋毛，最后让我们站到凳子上，剪掉我们的阴毛。这个过程被称作"处理"（process）。由于是剪刀而不是推子，他们尽可能地把剪刀贴近我们的皮肤；由于剪刀并不锋利，很多人都被挫伤了。我们赤裸着身体被推到外面，穿过一个院子来到另一栋楼，里面是几个装着散发出浓郁化学气味的浑浊水池。我们被分成十人的小组，分批次下到"消毒"浴池中。水又冷又深，足以漫过我们的脖子。从浴缸出来，我们全身湿透地站着，直到被领入另一个房间。在这个房间，每个人发了一条裤子，一件衬衫，一双由一个扁平的木鞋底和一条皮质带子制成的"木底鞋"，以及一个木碗和勺子。有人问了我们的名字，然后给了我们一颗黄星标志和一块印有编号的布条——我的编号是2318。姓名和号码随后被记录在一个大本子上；黄星和编号要缝在我们的衬衫上。我一只手提着大号的裤子，另一只手捂着衬衫，因为衣服上没有任何纽扣。当我们站在外面，等待身后的女孩被"处理"时，我们发现这些破旧、肮脏的衣服上印有苏联红军的红星。这些一定是战俘的制服。那些犯人后来怎么样了，我们不得而知，但大部分衣服上都沾着干涸的血迹。……不难猜测，他们的原主人为何不再需要这些衣服了。

我们很快也明白了，栅栏后的女人为什么会不停地抓自己：这些制服上爬满了虱子。现在，虱子将和我们共生。

最后的程序是注册，并没有在第一天完成。我不记得我们究竟是在接下来几周中的哪天注册的。历史告诉我们，在其他纳粹集中营，缝在衣服上的编号足以确定囚犯的身份。但在奥斯维辛集中营，这还不够，需要一个更永久的标记——一个文在我们身上的刺青，可以永久地标记奥斯维辛集中营囚犯身份的刺青。就这样，在我的左前臂外侧被针刺过之后，我一生都是2318号囚犯。

一切完毕后，天色已晚，我们被带到了睡觉的地方：9号区。一栋和所有其他建筑一样的二层砖房将容纳我们这1000人。女孩们推搡着跑进去，希望摆脱寒冷，虽然里面并没有暖和很多。我和米哈洛夫采的其他几个女孩住在楼上，那里有两个大房间，每个房间都摆满了三层床，中间只有狭窄的过道。当我找到一张床时，我发现了床垫。我将手伸进去，想知道里面的稻草是否柔软或暖和。幸运的是，当我把手伸进开口时，我摸到了一条足够长的麻线，可以让我系上衬衫和裤子。

当女孩们找到合适的地方并和朋友，甚至姐妹与亲戚待在一起时，大家都舒了一口气，觉得事情终于告一段落。至少有床睡了。但环顾四周，看着浑身是伤，从几个小时前开始无法认出谁是谁的女孩们，不再有人谈论工厂或者回家的事了。当一切都不可期的时候，我们怎么会知道未来在哪儿？

我看到一个制服上有个红色倒三角的女人。这表明她的身份有点特别，因为别的德国女犯人衣服上的三角形是绿色的。虽然她全身的毛发也被剃除——表明她也是个犯人——但她并不像其他人那么凶残。我走近她，用德语问她为什么在这儿。

她回答说："我叫玛丽（Marie），是负责这个房间的室囚犯长。我是一个政治犯。我的丈夫是一位著名的波兰医生，我们住在离这儿不远的奥施维茨[1]。我被关进来之前，每天都能通过铁网看到努力劳作的囚犯，并且看着他们因为没有足够的食物而逐渐消瘦。一有机会，我就会跑到铁网前，给他们送些三明治。他们会激动得哭出来。然后有一天，一名党卫军在街上碰见了我。他狠狠地打了我一顿，然后把我带到他的办公室继续打。他们把我关进了集中营，我再也没出去过。我并没有被安上任何罪名，但我丈夫不知道我在哪儿。"

她说话的时候，旁边的两个女孩又踢又挠，又哭又叫。玛丽解释说，很多犯人到了这儿就疯了。假如被发现，她们就会被

---

[1] Oświęcim，波兰小波兰省的一个镇。奥斯维辛集中营位于其西南侧。

党卫军带到医疗营，向其心脏中注射致命的苯酚药物。我不希望这种事发生在这些看上去很强壮的年轻女孩身上。我相信她们会恢复过来，她们只是被吓到了。我告诉玛丽，我是一名幼儿园老师，也许可以帮助她们，她同意了。她告诉我她也是一名教师。在接下来的几天里，我睡在这些可怜的女孩身边，一有空就和她们聊天。我拍拍她们的头和脸，告诉她们我一直在。几天后，她们平静下来，很快就像我们期待的那样恢复了正常。她们感谢我帮助她们重新获得了理智。

我们都不知道接下来会发生什么，但我意识到，我青年时期的领导经验和开幼儿园的经历会对我有所帮助。

那天晚上没有守卫看管我们，但也没有任何食物送来。第二天早上，玛丽问有没有人愿意到营地另一端的厨房端汤。

"女孩们，我们得主动做这事儿。"我对米哈洛夫采的同乡们说。我们在第一个大厅看到过大罐，所以我知道盛汤的罐子有多大。我算了一笔账，每个大罐需要 4 个人来抬，那就是总共需要 60 个人。我开始去找那些看上去更壮实的女孩。

我们是第一批到达厨房的人。德国女犯人一开始不想给我们任何东西。

"他们说你们是妓女，"她们说，"你们对我们有威胁，还是死了的好。"

"我们不是妓女。"我用德语回答道。她们似乎对我流利的德语感到震惊。

另一个人上下打量着我们，让我们伸出手给她看。"你们一辈子也没干过活儿，这么沉的罐子，你们抬得起来吗？"

"如果能抬动，我们就能抬走是不是？"我反问道。

"能抬走你们就抬走，但这是不可能的。"

"我们能做好，"我说，"请你们出一个女孩，如果我们俩能将一个罐子抬回9号区，那就不用麻烦别的女孩跟着了。请直接让她们把剩下的汤抬走。"

一个身体强壮的德国女犯人自愿和我一起抬罐子。我们把大罐夹在中间，开始往回走。虽然很重，但还能应付。所以，我打算提高赌注。

"我们不走了，我们跑吧。"我说。我们抬着罐子开始小跑，一下也没停地跑上了9号区的楼梯。

"你很不错，"我们把它放下后，那个德国女孩说，"我挺喜欢你的。"她拍了拍我的手。

第二天一早，我们听到传言，说我们将会被分配一些工作。每个人都开始谈论我们会做什么工作。我们终于要去工厂工作了吗？有轻松点儿的工作吗？

一个德国囚犯走进来，将一群女孩聚在一起。她把她们拽起来，告诉她们去楼下等。"你们要到田里干活。"她说。

一听这话，我就站了起来，想和她们一起。在户外劳作肯定比被困在工厂里好。而下地种田对我以后去巴勒斯坦也有帮助。

但我话音刚落，玛丽就出现在我面前。她扇了我一巴掌。

"我挑这个。"她指着另外一个女孩，对那些德国女人说。她把我推回床上。

在德国人带着被选出的女孩离开后，我瞪着玛丽。

"她是囚监，"玛丽说，"囚监们非常残暴。那些女孩不是去种地的，大概率会去搬运石块，并且全程被囚监监工。等到晚上，你看到她们浑身是伤、精疲力竭的样子，就知道我说的不假了。"

我默默地听着。

"另一种工作是拆房子。我见过男犯人做这项工作。你知道具体是怎样的吗？一些女孩在屋顶上，另一群女孩在下边。上面的女孩将砖块扔给下面的女孩，后者得把砖接住。她们经常被砖块砸伤，有些被砸死了。如果有人说不想向下面的人扔砖块，囚监就会让她做接砖块的人。这就是纳粹的管理系统。他们不把我们当人看，然后杀死我们。"

玛丽告诉我，我将干擦地板和铺床，以及运送食物的活儿。

"我会再选几个女孩帮你。你和这些女孩将为这里的 600 个人运送茶和面包。如果面包上可以放点什么，你也拿上。等会儿，你和我选的其他女孩去搬装着晚上喝的汤的罐子。你的职位是'内务'。"

那天晚上，和玛丽说的一样，疲惫的女孩们回来了，她们的身上带着瘀青，有一些身上还有伤口。从此我便知道，玛丽可以信任。

————————

"我们将石头从一个地方搬到另一个地方。"一个人说。

"我们一直在跑。"另一个人说。

"跑得慢的人都会被打,旁边的狗一直在叫。"

"我们正在拆房子,他们要扩大营地。"

"我们从上面向下扔砖头。"

还有人在收土豆,这听上去似乎没有那么艰苦。但大部分人的工作十分辛苦。

而第一天才刚刚结束。

————————

我们来到集中营的一两天后,另外一批人也被运送过来。党卫军努力地维持着军队的秩序。在我们被剃光后的一天或两天内,我们几乎没有看到任何党卫军守卫。他们把管理权交给了室囚犯长和囚监。

事情在第三天(或者是第四天?记住确切的时间已经毫无意义)起了变化。那天一大早,天还没亮时,我们就被叫起来到外面集合,接受点名。女党卫军军官在我们的房间里走来走去,不停喊着:"动作快点儿!快点儿!"她们拿着棍子,殴打那些动作慢的人。我们再次穿着破旧的衬衫和裤子,踩着系带的木底鞋来到严寒中,和第一天早上一样排成五排。再一次地,我们站了好几个小时。最终，有两到三个党卫军女守卫走过来，开始数人数，并核对人员名单。这些没有受过教育的女守卫计算起来十分困难，每次出错都会让我们多待上一段时间，这就是我们要站上几个小时的缘故。如果有囚犯在严寒中晕倒，她会被殴打，直到她重新站起来。

点名成为每天必做的项目，有时一天两次。随着越来越多的囚犯被运送过来，点名的时间也越来越长。点名占据了我们很长时间：早上几个小时，经历了一天的辛苦劳作之后，晚上又是几个小时。党卫军有各种各样羞辱我们的做法，如果说"处理"是第一种，那么"点名"就是第二种。

除了点名，我们的日常主要由工作和睡觉组成。每天早上，囚监们都会离开，去处罚一些"犯错"的犯人。一些女孩在营里工作时，我便会去把茶运来，那是我们的早饭。我们需要将茶分配给所有女孩，确保食物足够。之后，我们要整理床铺和拖地，然后回到厨房拿面包，有时还会有黄油。每个人只能分到很少的面包。然后，我们再次回到厨房，运送装着难以下咽的汤的大罐。同样地，这些汤供所有人食用。

不久之后，我们逐渐摸清了这个系统的运行方式，并开始做一些有益于我们的尝试。我与一个叫卡特娅·辛格（Katja Singer）的女孩逐渐熟悉，她也是第二批被运送过来的囚犯，现在是 9 号区一楼房间的内务。卡特娅并不觉得自己是犹太人，只是因为在布拉迪斯拉发与一家犹太人同住，她便被抓了进来。她是一个天生的领导者，我们很快就喜欢上了对方，尽量在工作时待在一起。

这份工作的一个优势是，我们知道了其他营的囚犯的位置，这点很有用。我与在医院营工作的女孩取得了联系，求她们给我一些医疗用品，这样可以帮那些在户外工作的女孩处理伤口。我们想办法将东西藏起来，或者让它们"人间蒸发"。通过这种方式，我们拿到了一些治疗割伤和瘀伤的药膏，运气好的时候还会有治疗腹泻的药物。有一些女孩负责修补亚麻布料，我悄悄接近她们，请求她们撕点下来，可以当绷带用。随着时间的推移，这些被称为"组织活动"的行为逐渐频繁起来。组织活动将在集中营生活的方方面面发挥重要作用。

我很感谢玛丽为我挡住了外面的苦差事，但也意识到：既然已经知道自己能干什么了，那么就要尽力为大家多做一些事。

每天晚上，当在外面劳作的女孩们回来时，我们都会把盛汤的罐子抬到楼上，让她们大吃一顿。一般情况下，在吃完之后，她们都会静静地躺在床上——因为已经没有力气讲话了。在盛汤之前，我们会先将汤搅匀，确保每个人都能分到点儿蔬菜。每天晚上，当她们吃完了饭，我用在给托马霍夫医生当助手时掌握的基本医疗技能，为她们的伤口涂上药膏，并将伤口包扎起来。我们也会喂她们吃些药，假如我们碰巧拿到了这些药的话。

一天晚上，在即将吃完晚饭的时候，一个女孩向我走来。她告诉我："我叫布鲁玛（Blumah），是布拉迪斯拉发拉比的女儿。他让我来看着你。你自己还没喝汤，你现在必须吃饭，要不然，你怎么照顾我们呢？"我和她成了好朋友，也从她的话中明白了一点：想要在此地生存下去，我们必须互相照应。

遗憾的是，不论我们怎么做，很多女孩还是因为过度劳作和食物匮乏而营养不良，还有一些病倒了。有些人睡着了就没再醒来，剩下的则因悲苦的处境而不堪重负。有些人想逃避点名，但只有两种选择：要么被党卫军射杀；要么就在守卫不注意的情况下，撞击电网自杀身亡。有时，我们在营地里能听到附近的枪声。一些女孩就这样消失了，甚至没有给出一个解释。

就在几周前，我们还从未考虑过死亡的问题，但现在，死神已经和我们如影随形。

玛丽一直对我们很友善，不知是否因为她伪装得很好，党卫军对此并无反应。在我们到达集中营后不久，她跟我讲话，并对我不吝微笑。她告诉我，奥斯维辛很快就会被清算，而她会换上新衣服，离开这里回到丈夫身边。在这之前，她只需要做一次药物检查。此后，我再也没见过她了。后来我才知道，她的心脏被注射了致命的苯酚。纳粹会给玛丽的丈夫出一份证明，告诉他玛丽死于心脏病。我们永远不会知道玛丽为什么被杀害，或许是她对我们的友善最终被党卫军察觉。她的死或许是一个警告。

对于我们这些活过夏天，来到秋天的人来说，一个谎言不言自明了：赫林卡卫队的三个月后放我们回家的承诺是一个谎言。与此同时，我决定尽可能地保持乐观，并鼓励那些和我一起工作的人。

每天，我们都重复着从厨房搬运食物的无聊工作。有一次，那个和我一起抬罐子的德国女犯人把我带到一个房间，那个房间里储存着意大利腊肠、肉，以及其他供党卫军高级军官食用的美食。她说我可以随便拿。我拿了点熏肉和一些盐，这些是我一直想得到的东西。但我没有拿太多，因为如果被发现了会很危险。

后来，她变得有些过于热情，我突然就明白了她的意图。我非常小心地跟她说，她是一个好人，我一点儿也不想违背她的意愿，但我对这事儿不感兴趣。

还有一次——大约是在 1942 年 7 月，我们快要离开奥斯维辛集中营一号营的时候——一名党卫军监视员站在面包房附近跟我讲话。

"你叫什么？"她用德语问我。

我愣了一下，惊讶于她对我的熟悉。在我们日复一日的见面过程当中，有些界限逐渐被打破了。也许她注意到我对在厨房工作的人说德语。也许，因为她太年轻（18 或 19 岁），不像其他成熟的监视员那样清楚纪律。她长着一双大眼睛，有一张微胖而美丽的脸庞，梳着长长的辫子。虽然她才刚到几天，但我已经注意到她了，因为她一直在以一个小女孩的方式跟其他守卫聊天。

"我叫玛格达。"我说。

"我是厄玛。"她回答道。

"很高兴认识你。"我像在网球俱乐部认识了一个新朋友一样回答道，然后才反应过来，我是在和什么身份的人说话。

厄玛告诉我，她注意到，其他女孩拎多少面包，我就拎多少面包，而不是像其他的内务一样，自己空着手，而让其他的女孩拿所有的面包。

"玛格达，我尊敬你！"她说。

从那时起，当周围没有其他人时，这个守卫就叫我玛格达，而我也叫她厄玛。

在接下来的几天里，当我在等待运面包的时候，厄玛偶尔会来跟我说话。有时她似乎忘记了我是囚犯，她是监视员，像姐妹一样跟我聊天。她似乎希望我喜欢她。她甚至告诉了我一些她听到的纳粹内部消息。比如，她听说党卫军打算选一些犹太囚犯，替换现在的德国囚犯和其他政治犯，来管理房间和各个区域。当我问她为什么时，她说他们认为这些工作会让选中的"管理者"变得沮丧、愤怒和刻薄。犹太犯人内部会出现裂痕，囚犯们不会再骂党卫军残忍，而是骂这些被选出的管理者。

大约一周后，厄玛不再在面包房值班。在一段时间内，我不会再见到她了。我并不知道，这位名叫厄玛·格雷斯的年轻女子将成为恶名远扬的奥斯维辛集中营守卫之一，她的外号是"奥斯维辛的鬣狗"。

4

比克瑙集中营

1942 年 8 月 6 日

1942 年 7 月下旬传来消息，说我们要搬到几公里外比克瑙的新营地。这让很多女孩精神振奋。我们在奥斯维辛集中营住了四个月，住处人满为患，食物难以下咽，身体每况愈下。在户外拆房子的女孩们，很多因为体力透支而生命垂危。

到了 7 月，情况更糟了。在我们抵达集中营的前三个月，营地里只有年轻的斯洛伐克女孩。我们被关押在奥斯维辛集中营内一个有十个区的区域，与集中营的其他部分相隔绝，那些区域关押的是男犯人和战俘。严格说来，我们并不属于奥斯维辛集中营——我们隶属拉文斯布吕克 [1] 妇女集中营，现在营地的长官和

---

[1] Ravensbrück，距柏林北部 90 公里的德国村庄。拉文斯布吕克集中营在 1939—1945 年被用来专门关押女犯人。

很多守卫都是从那里调来的。

被关押在一个相对小的区域，并且有着相似的背景，使得我们以一种奇怪的方式成为一个共同体。我们甚至保持着微弱的希望，可以像被承诺的那样回家。当更多的犹太妇女从法国和荷兰来到集中营时，情况开始发生变化。监狱突然变得更加拥挤紧张，因为犯人的数量在几周内翻了一番。我们听说，如果是以家庭为单位来到这里的，包括儿童在内，会被一起送进毒气室。这个消息重新让大家感到恐惧——不光是为我们自己，也为我们身后的家人。

随着最后的希望逐渐破灭，只有搬到新营地的期待能给我们带来一些安慰。再坏也不会比这里更糟了。

我们大错特错。

————————

转移的一天很快就来了。点名之后，我们开始朝新的营地出发，有大约一个小时的步行路程。一些走不动或者行动不便的女孩被党卫军守卫们拖到一边。我们不知道在她们身上发生了什么，有传言说她们被杀害了。

当我们到达比克瑙时，对情况会转好的期待瞬间烟消云散了。眼前的一排排砖房，与其说是供人居住的，不如说是养马的马厩。营房周围是深灰色的泥土。在砖房的泥泞之中，是一条条很深的沟，底部是混着水的淤泥。沟上面铺着木板，以作桥梁之用。在排水管装好之前，它们的作用是排水，不过，它们更像是壕沟。围绕在整个区域（后来我们知道这里是 B-Ia 辖区）

周围的是带刺的高铁丝网，外面是一些瞭望塔。马路对面是另一个围网区域，也有成排的营地建筑，与我们所处的区域十分相似。那是 B-Ib 辖区，关押的是男性囚犯。我们还能看到营地外面的大片荒地。

即便仍在室外，我们也早已明白，如果说奥斯维辛集中营是地狱，这儿不过是另一座地狱罢了。弥漫于此的沉重气氛似乎也让党卫军守卫和德国女囚犯们变得更加残忍，他们几乎是把我们推进营里的。我进入了 2 营，营地像马厩一样被分成隔间，但本应容纳一匹马的空间，现在要供 30 个女人居住。每个隔间里都搭了两层用松散木板组成的平面，加上地面，这就是 30 个女人睡觉的地方。几百名妇女被塞进一栋建筑。地上铺着薄薄的草垫，10 个人共盖一条破毯子。仅有的光线来自一些没有玻璃的小窗户，以及倾斜屋顶与墙壁相接的缝隙。当然，刺骨的寒风也会从这些缝隙钻进来。

很明显，我们是在比克瑙集中营还没建好的时候就被送进来了。当然，纳粹对我们的福利毫无兴趣，甚至，我们已经不再是随用随弃的劳动力了，而是可以任意屠杀的动物。据说，已经有几百人被送入毒气室。

新营地没有厕所，也没有自来水。所谓的"厕所"是地上的一个大洞，上面盖着一块木板。忍受这个露天大坑的恶臭已经够糟糕的了，但更大的恐惧来自对掉进粪坑的担忧。我们到达后的几天内，一个女孩身体失衡掉了下去，浑身沾满了粪便。她跌跌撞撞地在整个营地跑动，寻找可以冲洗的地方，但哪里都没有水。一名守卫选择了最常见的解决方法：开枪打死她。

我们唯一能接触到的水来自一口污井，边儿上系着一个水桶。几百个女人每天要在外面劳作，在这炎炎夏日，她们会因口渴而陷入绝望。为了早点喝上口水，她们常在井边厮打起来。有时候，会有女孩失足掉进井里，我们没有办法把她捞出来。遗憾的是，这并不是个例。

即使只是在营地里行走，也不是一件容易事。木底鞋很容易陷进泥里，最后只能光脚；也可能掉进沟里，浑身沾满污泥。虽然没有鞋面的木底鞋不能防雨，但没了它们，我们就得在粗糙的地面上打赤脚。更糟糕的是，这成了党卫军让你消失的理由之一。一些女人只因没有穿鞋而被枪杀。

营地中有一名党卫军高级守卫名叫史蒂威茨（Stiwitz），他开始用我们的生命做游戏。在我们不注意的时候，他会吹响哨子，大喊："封锁！"[1]这是所有人必须返回营地的信号。在这致命的"抢椅子"游戏中，每个人都必须在第二声哨吹响前返回自己住的营房。为了尽快赶回去，女孩们在壕沟的木板上推搡，许多人失足掉进沟里，陷入淤泥中。有些人则是因为身体太虚弱了，无法按时返回。第二声哨吹响时还留在外面的女孩会被捆起来，装进前往毒气室的卡车。有一次，当第一声哨声响起时，我还在外面，看到几个同乡掉进了沟里。我跑过去帮她们，但是第二声哨吹响时，我们并未返回。几分钟后，我和朋友们就被推到了卡车装卸用的坡道上。谁都没有说话，因为我们都知道接下来将发生什么。我第一次对自己的生命进行了总结：这就是我的人生，结束了，但至少我曾试着帮助别人。片刻之后，就在他们移开坡

---

[1]　原文为德语词"Blocksperre"。

道之前，一个准备回奥斯维辛的守卫小组从我们身边经过，带头的是和我一起抬过汤，并且让我在储藏室"随便拿"的那个德国女犯人。她现在戴着囚监的袖章。她看见我后，便跑到坡道上，把我拉出来并扇了我两个耳光。

"我需要这个人，"她告诉站在卡车旁边的守卫，"她是我的工作小组的一分子。"

她让我走到她的小组成员前面。我们列队出发，当我们转过拐角时，她喊道："走！赶紧从我眼前消失！"

我逃脱后十分感激她，也一直试图弄清刚刚都发生了什么。那天晚上，在回忆着我的九死一生和其他女孩的不幸命运时，我又想起了贝尔泽拉比交给我的使命。

————————

卡特娅·辛格被党卫军任命为比克瑙集中营2号区的区囚犯长。她让我做这个区的内务。所以，我恢复了在奥斯维辛的工作：负责此区的卫生，并运送和分发食物。不过情况也有些许不同。犯人的数量翻了一番，意味着我们要多拿一倍的食物，再也不会像在奥斯维辛一样有闲聊的时间了。

我选了16个人帮我一起拿食物。我们的日常工作是运送茶、汤，以及面包房烤的面包（早上和晚上，共400个面包供1000个女孩食用）。在我的帮手中，许多人白天需要在外面工作，所以她们会很累。"我知道这很难，"我告诉她们，"但我一个人完不成这个任务。"和以前一样，我和她们拿同样多的面包。拿回来后，我们分配并且分发拿到的食物，除了面包之外，有时还有黄油。在大多数情况下，食物比在奥斯维辛还糟：面包不像是用面粉做的，更像是用木屑做的，并且非常干巴。但我们活下来了。有人说，吃这些东西只要能活过三个月，就能够活更久。不幸的是，很多女孩做不到，尤其是六个月前在前 4 个批次被运送过来的斯洛伐克女孩。有些人是在劳动中死去的，有些是在睡梦中死去的，还有的是在点名的时候晕倒死去的。死亡成了常态。

就像在奥斯维辛集中营一样，我们也遵循着一定的规则。我们必须这样做——这是我们活下来的唯一方法。当然，人们也可以自怨自艾，但这没有任何用处，它不会使时间过得更快或增加活下来的机会。我们必须适应这种生活——假如这也能被叫作"生活"的话——并竭尽所能地找到方向。总有一天战争会结束，如果我们能坚持到那一天，就能回到过去的生活中去，或者至少，能够创造新的生活。与此同时，我不断对大家重复着一点：如果我们一直团结互助，就有机会看到战争胜利的曙光……尽管我们需要付出更多的努力才能做到这一点。

尽管只有短短一段时间，但我们仍旧获取了给家人或朋友写明信片或信件的机会。当然，这些信件要遭受审查，但一个来自米哈洛夫采的女人想到一个办法，她将另外一张卡片，或者一张纸，粘在了原卡片的上面。她在原卡片上用希伯来语写下她想说的事实，然后将之盖住，再在封面上用德语写下可以通过审查的文字。她的这种偷天换日的行为成功了，因为战争结束后，这些卡片在其他地区被发现。也就是说，早在 1942 年，协约国政府就已经收到了一些来自集中营内的消息……当然，没有人试图解救我们。以同样的方式，我往米哈洛夫采的啤酒厂寄了几张明信片。我很担心家人的命运，我能想到的能和他们联系上的唯一方式就是通过啤酒厂。我认为，无论事态多糟糕，啤酒厂都会运行下去的。我认识啤酒厂的厂长菲利普·莱希（Philip Reich）和他的妻子泽尔玛（Zelma），他们的孩子曾就读于我的幼儿园。我给他们写了一封信，里面写着所有和我在一起的女孩的名字，希望他们能转告我们的父母。后来我知道，这些信件确实到了他们的手中，并辗转于镇上的各家各户。到那年年底，不知是党卫军洞穿了我们的把戏，还是觉得这么做太人道了，总之，自那之后，写信的机会越来越少，特别是对于营里的犹太犯人而言。

就像在奥斯维辛一样，点名还在继续，只不过，比克瑙的点名更加性命攸关了。早上，通常是黎明来临之前，我们就得挣扎着从床上爬起来。木板或地面非常不舒服，让人很难入睡。再加上许多人饱受户外劳动的折磨，食物又无法提供营养，很多女孩连站都站不起来了。我们这些力量稍大的人会在点名时扶着她们。但是，由于要一直在严寒中保持站立或下跪的姿势——这是命令——坚持下来仍旧非常艰难。而到了下午（尽管不是每天），很多女孩在烈日下劳动了一天之后，点名会再来一次。我们总是会相互搀扶，有时候是以将胳膊连成排的方式，但仍有一些人因体力不支倒下，之后被带走。

随着越来越多的人抵达，营地也越来越拥挤了。新来的人有的来自斯洛伐克，另外一些则来自欧洲的其他地区。肮脏的环境中挤满了人，疾病的飞快传播也就不足为奇了。我们抵达后不久，斑疹伤寒和疟疾就席卷了营地，死亡率迅速上升。有一次我走在营地的路上，看到一大堆赤身裸体的尸体——她们大概是死于其中一种疾病，如果不是被累死或饿死的话。收集这些尸体是

"尸体小组"[1] 的工作。眼前的景象令人悲伤——这些女孩都曾经年轻而美丽。我回到我的居住区并告诉女孩们,我们决不能以这种方式死去,我们要努力活着。"我们必须继续互相帮助,互相鼓励。"

1942 年冬天,我罹患斑疹伤寒。通过尽可能地保持 2 营的卫生,我们躲过了最严重的瘟疫。但是,包括我在内的 30 个人还是发烧了,身上没有一点儿力气。如此一来,我们面临着双重危险。第一,疾病本身就可能杀死我们;第二,如果史蒂威茨发现我们中的任何一个生了病,那么整个区域的女孩都可能被送进毒气室。这种情况在 10 月份已经发生了很多次,数千名妇女在一个月内被杀害。每次点名,每个人都必须到。卧病在床不是休息,而是死亡。而作为营里的内务,如果我在点名时未现身,情况则会更加危险。更糟糕的是,现在有个新的德国女犯人做我们的区囚犯长,因为卡特娅已经有了新的职务,她被党卫军任命为营地的档案管理员。不过万幸的是,那个德国女犯人并不坏:她没有将我生病的事情报告给史蒂威茨。当然了,她也不会越界出来保护我。

我的情况不太好。体温居高不下,舌头肿胀着,没法儿吃也没法儿喝。我的神志变得不太清醒,也没法儿走路。我只能像小孩一样拖着腿,趴在地上匍匐而行。如果有人进来,会有个女孩踢我一下,以示警告。点名时的列队变得根本不可能,即便其他女孩会撑着我。有个叫鲁岑卡(Ruzenka)的女孩想到一个保护我的办法。她让一个夜间在厨房工作的女孩帮我打掩护,说我在

---

[1] 原文为德语词"Leichenkommando"。

夜里工作，所以白天得补觉；与此同时，她替我在点名时点到。一天早上，当史蒂威茨走进营房发现我躺着时，我按计划为我的行为做了解释。他咆哮道："闭嘴吧，回去睡觉。"但不知道为什么，这个计划只对我有用，其他 29 名患病的女孩仍被送进了毒气室。

我们已经到达比克瑙几个月了，一些在厨房或医疗营工作的女孩已经探索出了拿到我们需要的东西的方法。只要尽力去找，药品和食物总会有的——它们都在党卫军的手中。如果关系打通了，从"卡纳达"（Kanada）拿到东西都是可能的。"卡纳达"是一个仓库的代称，这是纳粹储存从新囚犯手里没收物品的仓库。他们对这些物品进行分类，并从中获利。不被发现的关键在于每样东西都少拿点儿，然后偷偷地带回营房。当然这也非常危险，被发现就会被立即处死。幸运的是，大多数党卫军守卫的脑袋并不灵光，更加聪明的女孩们很少被抓。普通的党卫军守卫也可以用从"卡纳达"拿出来的东西贿赂，因为她们是没有机会拿到这些东西的。当了母亲的守卫最喜欢小孩的衣服，因为那是违禁品。

在医疗营工作的囚犯知道我需要药，但是她们只能拿到一些治疗心脏病的药物。我不管三七二十一地吃了些，但并不管用。然后在厨房工作的女孩们偷偷带了些有蔬菜的好汤给我，我喝完后稍稍有了些力气。过了一会儿，我突然很想吃番茄，这真的是奢望。但有人发现，有一些囚犯在比克瑙集中营附近的德国研究中心工作，那里种有番茄。一个女孩冒着生命危险偷了几个给我。别说吃下去，就只是在我肿胀的舌头上碰一下，我就感觉到莫大的慰藉了。最后，当我的体温再次升高时，我神志不清地嘟嚷着要喝柠檬水。这次，另一个来自米哈洛夫采的女孩帮我实现了愿望。她在党卫军的食堂工作，成功地为我带了一些苏打水。光是她们为我冒险的勇气，就足以让我活下来了。

当管理这一区域的德国区囚犯长对我失去耐心并扬言要把我送到毒气室时，一个女孩跟她说，自己的缝纫技术一流，假如能找到布料，就可以为区囚犯长缝制任何东西。另一个在厨房工作的女孩跟她说，自己很会做饭，愿意为她做上一顿美餐。她们轮流帮我争取着时间，争取着不被送进毒气室的时间。

1943年年初，在一个深冬的黎明，党卫军守卫宣布了一个消息：女子集中营中的所有人，要排成五人队列向外出发。没有人知道原因，我们只知道我们不需要知道原因。我还是爬不起来，于是朋友们又想出了应对的办法。我被安排在一列的中间，左右分别是两个强壮的女孩。她们抬着我的手肘，脚根本就没沾地。幸运的是，我在一队双腿不断移动的女孩中间，隐藏得不露声色。当党卫军喊停的时候，我们走到了一片被白雪覆盖的空地上。并不是让我们来干活的——这只是一种惩罚，在天寒地冻中站上一整天的残酷惩罚。她们把我放在一块平坦的岩石上，偶尔让我活动一下，或者把我架起来，以防我被冻僵。她们在我身边围了一圈，确保我躲开党卫军守卫的目光。

鲁岑卡在裙子下面藏了一个汤碗，里面是一个装着茶水的瓶子。一有机会，她就会给我喝一口。另一些虚弱的女孩时不时地倒下，再也站不起来。即便有些还没死，死神也已经在跟她们招手了。在一整天的惩罚结束后，党卫军会把她们当作破玩具一样处理掉。当我们返回营地时，党卫军开始将虚弱的女孩拉出队伍。每个人都又冷又饿又虚弱，但党卫军从不怜悯。后来我们了解到，这些女孩——大约有1000人——被送往了被称为"死亡之区"的25号区，那是被送往毒气室前的临时站点。我又一次以某种方式逃脱了被毒死的命运。

当天气稍微转暖了一些时，我终于康复了。距离我们到达这里已经有大约一年的光景。只有几百名同批次的斯洛伐克女孩还活着。斑疹伤寒和冬天一样，已经杀死了许多人，尤其是那些在户外工作的女孩。能活下来的，都或多或少地做到了互相帮助，这些小团体可能是以家乡和血缘为纽带，也可能是以其他东西为纽带。就我来说，帮助我的是我的米哈洛夫采亲戚和朋友，以及和"哈希默·哈扎尔"等青年组织有关的宗教团体成员。我们的命运并不掌握在自己手中，但是如果无依无靠，活下来的概率就会更低。

我们恢复到了之前的"作息"。点名是一天的开始，接着是工作一整天，然后又是点名，之后就是睡觉。在此期间，我们会吃上几口东西。

星期日是休息日，周围的党卫军也比较少，我们的心情在这一天会出奇地放松。在一个温暖的星期日下午，党卫军守卫点过名并离开后，我们就有了属于自己的时间。我会和几个朋友坐在一起聊天，忽略周围飞来飞去的虫子。但是，有时候苍蝇太讨厌，当它们落在我们的耳朵、鼻子或嘴巴上时，我们不得不挥手拍打它们。一个女孩说，只有魔鬼才能创造出苍蝇这种东西。这样的谈话是我们在短暂的自由时间中苦中作乐的方式。

然后其中一个女孩解开了她的裤子和衬衫。"让我们通过抓虱子来分散下注意力吧。"她说。然后她从身上捉了一只虱子，用两个指甲把它夹碎。我们身上总是爬满虱子，它们有时会咬伤我们，伤口就会感染发痒。除了在身上爬，它们还在我们的头上爬。这些虫子一直伴随着我们，尽管我们不能完全无视它们，但也早已适应了。

我们加入了夹死虱子的游戏。

"设想一下，假如我们像平时一样待在家里，"伊迪丝（Edith）说，"半敞着衣服躺在床上，正在找虱子并夹死虱子？"我们笑得眼泪都出来了。正是因为有这些悲喜交加的珍贵时光，我们才不至于疯掉。

————————

然而，我又生病了。我再次发起高烧，这一次不是斑疹伤寒，而是另一种瘟疫：疟疾。这次，一些女孩带我去了医疗营。我们现在都知道，所谓的"医疗营"名不副实，它只不过是一个单独的营房，里面是几个职业为医生和护士的因犯，没有几种药物，也没什么治疗设备。然而，她们认为我可以在这儿休息一下，至少可以逃避每天的点名。

我在医疗营住了一夜。夜里，老鼠们跑来跑去，当它们咬我的手指脚趾时，我会把它们踢开。或许，它们早已成功地咬过一些昏迷过去的人，或者尸体。奇怪的是，2 号区并没有老鼠，所以在第二天早上，我跟她们说我要回我住的营房。我宁愿病死，也不愿意活生生地被老鼠吃掉。那天晚些时候，我听说整个医疗营都被清空了，所有在那儿的"病人"都被送到了毒气室——当党卫军认为医疗营的人太多时，他们就会这样做。

　　我又一次逃出了死神的魔爪。我再一次想到了贝尔泽拉比和他认为我肩负的使命。

5

区囚犯长

1943 年年初

集中营里出现了非常奇怪的声音。像是有人唱歌——我确定那是歌声——这种行为在这儿已经不同寻常了。用德语以外的语言唱歌是绝对不允许的，但我们中很少有人会德语，不过……其实，很多女孩都会唱歌，但都是悄悄的，只唱给自己听。但是，刚才的歌声像是很多人发出的合唱，声音也很饱满。随着声音越来越大，我们终于听清，这歌声来自一队正在向集中营行进的女囚犯。最后，我们终于听清了歌的曲调，她们唱的是法国国歌《马赛曲》。党卫军守卫在周围跑动着，拿枪指着那些敢瞪眼看他们的人，并且命令她们转过头去。

这一幕令人难忘。

她们继续大声唱着歌往前走，直到进入 B-Ia 辖区。队伍中大概有 300 人，都戴着代表其政治犯身份的红三角袖章。

然后卡特娅找到了我。

"玛格达！我需要你，"她说，"我想让你当区囚犯长，看管这些法国女人。"

"我不想当区囚犯长，"我说，"内务的工作不需要出头，挺适合我的。我为什么要把自己暴露在党卫军面前？"

"她们来自德朗西^[1]。"卡特娅说。德朗西是纳粹在巴黎北部设立的一个囚禁地，囚犯们从这里被运送到欧洲各地的集中营。"这些女人都很有文化，有医生、律师和作家。她们需要一个可以教她们如何在此地生存的人。你放心让一名德国囚犯管理她们吗？她们很可能活不过一周。"

她盯着我。

"你会接受这份工作的。"她说。

"但我不会法语。"我说。

"天哪，什么话，玛格达，你不会法语？"卡特娅笑了，似乎觉得这根本不是借口，"你上过学。我相信几个词你总会吧。'Excuséz moi'^[2]之类的。其他的你会学会的。"

她说的没错。我懂点小学水平的法语。现在我没有借口推托

---

[1] Drancy，法国法兰西岛大区塞纳 - 圣但尼省城镇，位于巴黎郊区。1941 年，纳粹德国占领此地后在此建立集中营。1941—1944 年，该集中营共有 12 万法国人和犹太人被谋害。

[2] 法语词，"打扰一下"的意思。

了——反正我本来也没有任何说"不"的权利。我将第一次成为区囚犯长，对这些女人负责。我将负责维护我所在区域的秩序，包括点名期间的秩序，并执行管理每个区域的守卫的区指挥官的指示，这个职位通常由男性担任。

新来的女人被安置在一个营房里，我去里面见了她们。

"你们谁会说德语？"我问。

一个女孩走过来，说她叫玛丽-伊莉丝（Marie-Elise），是一名记者。

"好，我需要你做我的翻译。"我说。

在玛丽-伊莉丝的帮助下，我告诉这些女人："我不是主动担任这个职位的。这不是什么好玩儿的事，在这个地方没有好玩儿的事。如果你们理解并配合，我们的生活会尽可能地好过一点。我们需要共同努力。"

我告诉她们斑疹伤寒是如何通过苍蝇和虱子在营里传播的。是的，虽然营房很难保持干净，但是我们必须尽己所能。我告诉她们如何从厨房运送食物，如何应对点名。我强调了点名的注意事项：必须准时、身体站直并且听从命令。这样的话，点名的时间就会尽量缩短。

"明天早上，我们要比点名的时间起得更早，练习一下。我们得保持士气以及能量。"

我能看出来，她们觉得我疯了，但她们听从了我的指挥。

我可以尽量让这些女孩做一些内务工作，以免她们面对户外劳作可能造成的生命危险。但是，想要保全每个人是不可能的。

当玛丽 - 伊莉丝了解了集中营生活的运行机制后，她便成了我的好队友。法国人抵达几周后的一天早上，我们为点名做好了准备。一名党卫军军官迈着大步走了过来，停在我们面前。我出列，告诉他我是区囚犯长。我认出了他，他是我在医疗营见过一两次的医生。他问我这些女人是从哪儿来的。我回答他后，他说他需要一个翻译。玛丽 - 伊莉丝走出队列，站在我和军官之间。

他让玛丽 - 伊莉丝问大家，点名站到现在，谁坚持不住了。我的心一沉。我知道他在即兴选人。我知道大多数女人都讨厌每天早上和许多晚上在雪地里一动不动地站几个小时，而且她们中的许多人很可能会举手。我知道举手意味着什么。但我怎么做才能提醒她们呢？

在玛丽 - 伊莉丝问出这个问题之后，几个女孩举起了手。我放松了一点儿，因为人数很少。然而，医生认为人数不够。

他命令玛丽 - 伊莉丝再问问，那些年纪大点的、不太舒服的，是不是坚持不下来整个点名的过程。

在玛丽 - 伊莉丝翻译这个问题时，我用手肘碰了碰她，并尽量不被发现。她不动声色地翻译完这个问题，但最后用法语补充道："……但最好别这么诚实。"

说完，没有其他人举手了，很多举起手的人也把手放下了。只有前面一位身材矮小的老太太举起了手。

也许是意识到自己输掉了这场游戏——对于党卫军来说，这就是一场游戏——医生打算离开。就在这时，小老太太开始挥手，然后用蹩脚的德语喊道："还有我，长官。我 67 岁了，我很累。"

他转过身来。

"那就过来[1]。"他厉声说。

她跟着他走了，我们再也没有见过她。

其他人留在原地继续等待点名。

————————

在奥斯维辛和比克瑙待了一年之后，我们这些第一批抵达的幸存者已经不再想回家的事儿了，我们只想活下去。1943 年 4 月，当距离我们仅 500 米的新烟囱又冒起浓烟时，对未来会发生改变的任何期待都烟消云散了。

B-Ia 辖区外究竟是什么情况，我们很难明了，尽管小道消息总是层出不穷。可以确定的是，烟是从新近投入使用的毒气室和火葬场冒出来的，这是纳粹简化屠杀步骤的最新举措。在接下来的六个月里，另外三个火葬场将投入使用；根据历史记载，在其使用的高峰期，每天有将近 5000 人被夺去生命。

在比克瑙剩下的时光中，烟囱中冒出的浓烟一直提醒着我们纳粹对我们的态度。

现在，营里的厕所和一些临时的水房都有了管道供水系统。

————————

[1] 原文为德语 "Kommen Sie"。

与我们刚到比克瑙时地面上的大坑相比，这过于豪华了，尽管它们也不过是挖在开放地沟上的大小适中的洞而已。卫生纸依旧是不可能有的，便后的冲洗（没有肥皂）完全由区指挥官决定。情况的改善并不是由于纳粹的"良心发现"，他们只是为了避免大规模疾病的再次暴发。

每天都有新囚犯到来。男人、女人和儿童从欧洲各地抵达集中营，有时是 100 人左右，有时则是上千人。在某些时候，我们会眼睁睁地目送一支主要由老妇人和小孩组成的队伍从我们营房前的路上走过，那条路通往毒气室。而被认为有劳动价值的妇女，则在被"处理"后，带进了我们的营房。

在这些女性中，有一群精致优雅的荷兰女孩，她们根本不适合在户外劳作。她们的囚监十分残酷，并且由于语言不通，这些女孩经常因违反纪律而被打。她们很快就被送到了被称为"死亡之区"的 25 号区。25 号区可被看作死亡等待区：将一小撮人送进毒气室显得很浪费，人数足够多时才行。这些悲惨的灵魂将在这里度过人生最后的时光。

25 号区的区囚犯长叫艾塔·韦茨勒（Etta Wetzler），她的大声呵斥和严厉态度让囚犯们的处境雪上加霜。正如厄玛·格雷斯告诉我的那样，现在有许多犹太囚犯担任着区囚犯长的职务。其中的极少数人，比如艾塔，很希望取悦党卫军，并且通过模仿党卫军的野蛮行径来达到这一目的。这正是纳粹设立这一职位的意图所在。

卡特娅告诉我，为了让这些女性免受艾塔的伤害，一个办法是让我到 25 区担任内务的职位。虽然我当时是法国女囚犯的负责人，但这种职位变动是被允许的。尽管被提升为档案管理员，但卡特娅并没有权利指定哪个人来做区囚犯长或者内务。不过，她与党卫军关系密切，因而对任免囚犯职位有一定的影响力。她的直接领导是营指挥官玛丽亚·曼德尔[1]。卡特娅的头脑十分灵活，对营地的风吹草动了如指掌。很快，对于奥斯维辛和比克瑙各个岗位上负责人的身份，卡特娅已熟稔于心。以强大的人脉和清醒的认识为前提，她在任命一些类似区囚犯长的职位时，尽量选择具有同情心的人。当看到有些区囚犯的处境过于艰难，她还会经常调换区囚犯长和内务的工作地点；如果哪个区出现了像艾塔一样的管理者，她也会竭尽所能地保护犯人。

我在 25 号区做的第一件事，是向这些可怜的女孩解释集中营每天的工作生活流程，以及她们应该怎么做。就连这个小小的举动，也让艾塔怒不可遏。她大步走到我面前喊道："你就像在跟幼儿园的小孩说话！"

很快就有女孩死去。缺水、饥饿和疲惫笼罩着她们，一些人在点名的时候就体力不支，当场倒地死亡。没过几天，党卫军就认为，这些女孩根本干不了活儿，可以处理掉了。她们在营房外的烈日下坐了一整天，并不知道自己只是在等待前往毒气室的卡车。

我和一个帮手找到一个水桶。我们在里面装满了水，并拿了两个杯子给这些女孩。还能喝水的就让她们喝一些，没力气喝的

---

[1] Maria Mandel（1912—1948），出生于奥匈帝国一个鞋匠家庭，1941 年加入纳粹党，1942 年来到奥斯维辛 - 比克瑙集中营，集中营级别最高的女性长官，主管女子营。1947 年，她在奥斯维辛审判中被判处死刑。1948 年，曼德尔被处以绞刑。

就往她们头上洒点儿水，让她们尽量感到凉快。在她们恐惧的眼神中，我仍然看到了对这种虽然微小且最终并无用处的慈悲的感激。

————

在另一批波兰妇女抵达后，卡特娅告诉我，我将成为她们的区囚犯长。斯塔莎（Stasa）和费拉（Fela）将以内务的身份成为我的帮手，除此之外，还有一些跑腿人员。跑腿人员通常是年轻的犹太女孩，比如我只有 14 岁的表妹艾丽斯卡（Aliska）。她们会时刻关心营地的动向，让我知道发生了什么。她们还可以让我和其他区囚犯长和营囚犯长互通有无，如果区指挥官或其他党卫军要见我，她们也会先来找我。

这些波兰妇女已经很虚弱了。在像牲畜一样被运送到这儿之前，她们已经在一个犹太集中区度过了几个月的艰难时光。可是，更残酷的命运在等着她们——她们被送上装卡车的坡道，刚刚抵达比克瑙就要被送往毒气室。当她们走向我们时，我们看不出她们刚幸存于一场劫难本应有的生命力：这些穿着不合身"制服"的女性头发已被剪掉，她们面色苍白，眼睛里没有任何神采。

我用斯洛伐克语和她们说话，相近的语言使我可以与她们沟通。我告诉她们此地的生存法则以及每日的作息。让另一名囚犯告诉她们该做什么，她们一定觉得很残酷吧。毕竟，我有什么立场，来告诉她们应该做什么呢？当然，我们这些早期囚犯抵达时经历的混乱，她们不曾体会过。彼时，控制局面的只有咆哮的恶狗、挥着鞭子的党卫军和残忍的德国囚犯。但是，我要怎么跟她们解释这些呢？她们也无法理解我的行为，我在这里学到的最重要的本领是：维持营房的秩序。这是避免守卫注意的有效方式，是活下来的有效方式，但是，我该怎么跟她们解释呢？

大量波兰女人被派到户外劳作，她们有的在拆除德国人为扩大营地而占领的村庄，有的在扩建比克瑙的营地，有的在挖土豆，有的则是在做将石头搬来搬去的无用工作。从一开始，这些工作就很残酷。大多数囚监仍是德国囚犯，可以任意处置这些波兰女人。每天晚上收工回来，她们都伤痕累累。

有时，当她们回来后，会被命令站在营房外面，面临另一场"挑选"。身体强壮、还能继续干活儿的分为一类，身体太弱干不了活儿的被分为另外一类。后面一类将被送进毒气室，"送上烟囱"。这种"挑选"是即兴的——谁都不知道什么时候发生。有时是在某个犹太节日，这就显得更加残忍了；有时则是有新的囚犯被运送过来，党卫军需要腾出一些空间。在他们眼里，劳动是我们的唯一用处，而不管早晚，我们终究会被处死。既然如此，摒弃那些快要饿死和累死的老囚犯就成了为新囚犯创造空间的最简单办法。

党卫军区指挥官对这些情况有着绝对的掌控权，谁生谁死就在他们的一念之间。作为区囚犯长，这种时刻我必须在场。但是，这对我太困难了。我只能眼睁睁地看着这些满眼恐惧的女孩一个个被拉出队伍，被迫装进通向死亡的卡车的车厢。"这个留下来，这个不留。"当这样的声音在我耳边不断回荡时，我不能显示出任何情绪。但凡我显示出一点儿同情，被送上烟囱的就是我了。作为一个区囚犯长，我在某些情况下能做的，就是分散党卫军的注意力，或者打乱既定的计划，从而挽救一些生命。

如果在区指挥官开始"挑选"之前还有些时间，我会把女孩们排成一排，让更强壮、更健康的女孩站在前面和后面，虚弱一些的女孩站在中间。这样党卫军便有可能注意不到这些虚弱的女孩。

有一次，选人的是一个年纪稍大的区指挥官。他的行为举止比大多数党卫军守卫要温和，仿佛他不必以此来证明自己一样。

他转向我，似笑非笑地说："你以为我不知道你把那些虚弱的女孩藏在中间吗？我会从中间把她们挑出来的。"

我按照党卫军制定的规则，像德国士兵一样跺着脚后跟，喊出了我的编号："2318 号正在报告。"

毫不犹豫地报出自己的编号是一种表忠心的简单方法。

"她们的身体没有问题，"我说，"她们没有生病，只是需要做点儿稍微轻松的工作。我向您保证，她们几天后就好了。"

"你要她们做什么？"区指挥官问。

经过几秒钟的思考后，我说："您看到那些散落在地上的木底鞋、毯子和脏衣服了吗？这些女孩可以把它们收起来洗干净。她们会把衣服晾干，然后将鞋配好对，这样它们就可以重新使用了。"

"在哪儿洗？"他看起来并不相信我。

"就在水房。"我补充道，"循环利用这些东西对德军有好处。"

"你来安排？"他继续问。

"是的，我来安排。"我说。

区指挥官摇了摇头，虽然我不确定这是对这个疯狂计划的惊讶还是好笑。"那就安排吧。"他说。

在一些在储藏室工作的女孩的帮助下，我们拿到了一些肥皂和绳子。我从厨房多拿了一些面包和黄油，然后将这些苦苦挣扎的女孩带到水房。这几天天气很好，工作轻松了一些，吃的也多了一些，她们慢慢恢复了体力。我们将清洗过的毯子和衣服拿到服装储存室[1]，这样它们便可以循环利用了。

不久之后，这些波兰女孩制作了一个漂亮的"皮埃罗"（pierrot）娃娃——尽管我不知道她们是从哪儿拿到的材料。这是种小丑娃娃，脸圆圆的，有着松软的长腿和手臂，头上戴着有绒球的尖顶帽子。它的身体是用丝绸做的，雪白的脸上画着一双漂亮的眼睛。她们把娃娃放在我的床上，以表达对我的感激之情。我含着眼泪对她们说了谢谢。即使在这个地方，在这样的条件下，这些女孩也保持着对美德的追求。

但我不能把这个礼物留下来。我能用它做什么呢？

我去找区指挥官，并问他："您结婚了吗？"

"结了。"他说，"我马上就放假了，很想见到我的妻子。"

"我们认为您应该送她一件礼物，"说着，我便把洋娃娃递

---

[1] 原文为德语词"Bekleidungskammer"。

给他。

他很高兴，把它拿在手里，翻来覆去地观看。

我想知道那个娃娃现在在哪儿。

———————

区囚犯长不是一个想做就做，想不做就不做的职位。如果党卫军打算任命你为区囚犯长，你要么答应，要么被送往毒气室。卡特娅虽然有一定的影响力，但也不是什么事都能做主。我能做到的，就是努力让大家聚在一起工作，并且防止疾病的发生。整个集中营共分为三十个区域，我们的区域吸引的注意力越少，党卫军给我们找的麻烦就越少。当然也有例外，因为有些党卫军守卫常常感觉无聊，我怀疑有时他们也会因无聊而喝酒。不过，只要我们不给他们找麻烦，他们就不会找我们的麻烦。

当然，作为一个区囚犯长，你有时也会被看作某种领导，或者可以为别人提建议的人。有一天，一个女孩向我走来，用斯洛伐克农村方言跟我说话。这个女孩年纪很小。然后另外一个女孩也过来了，应该是她的妹妹。她们有着蓝色的眼睛，头上长着淡黄的金发。她们告诉我，她们来自一个只有她们一户人家是犹太人的村庄。这也就是为什么，她们看上去的样子和说话的方式并不像犹太人。

"告诉我，玛格达，"其中的姐姐用意第绪语跟我说，"我们会活下来，还是会死去？"

"我们会活下来的。"我说。

"但你怎么知道？"

"我知道，因为他们不能杀死所有人，而那些团结一致的人将活下来。就像诺亚方舟。你知道那个故事吗？

她点点头。

"人和动物聚在一起，团结一致，他们活了下来。"

这个故事给了她一些安慰。

"你认识斯塔莎（Stasha），我们在营房里照顾的那个人，对吗？"我说，"她不是犹太人。她是一名波兰囚犯，但她帮助了我们，所以我们也要帮助她。"

斯塔莎是众多在集中营外收土豆、洋葱等蔬菜的囚犯之一。有时她们会一边干活一边往铁网边上扔蔬菜，等晚上天黑的时候，一个机灵的女孩会靠近铁网，用手指将下面的蔬菜拽进来。相比从厨房里偷食物，这种方法显得更加安全。偷东西总是很危险的，尽管有些女孩已经轻车熟路了。我就不行——我知道我一定会被抓。

"有天下午，当我带一些生病的女孩去医疗营时，"我对那个斯洛伐克女孩说，"我发现斯塔莎坐在外面，像个小女孩一样抱着自己。我问她怎么了，她说她得了斑疹伤寒，被其他女孩赶出了营房。我跟她说她可以和我一起去我们的营房，我们会照顾她。她会回到她所在的区域完成点名，但其余时间都和我们在一起。她照顾我们，所以我们也照顾她。这就是我们活命的方式。"

我想，这个女孩会在这次谈话后获得一些力量。

斯塔莎后来康复了，她感激得流下了泪水。

"在我小的时候，每当在家或者去教堂，"斯塔莎说，"神父常常对我们说犹太人的坏话，告诉我们犹太人杀害了耶稣，并编造了许多谎言。我的父母很相信他，所以我也相信他。我家附近住着一个留着长胡子的犹太人，有一天我们拿着火柴，准备把他的胡子烧掉。在同样是犹太人的你们救了我之后，我对此事感到非常惭愧。如果我能活着出去，我会告诉神父他错了，并告诉其他人：犹太人热爱和平，我们应该和平共处。"

当然，并不是所有人都能活着从这儿出去。但我一直想着，一个人只有一次进毒气室的机会。在离开这里之前，我们必须尽可能地避开这次机会。

————————

再次见到厄玛·格雷斯的时候，我颇感意外。从奥斯维辛离开之后，我就再没有见过她。1943 年 4 月的某天，我在比克瑙遇见了她。我们在集中营的路上碰到了，但我花了几分钟的时间才认出她来。她没有梳长辫子，而是把头发盘在了帽子里。她的脸有点消瘦，人也没那么稚气了。她的制服比之前的合身，穿上去也显得更精神，腰带和靴子也擦得很亮。她的腰带上别着一把左轮手枪，靴子里塞着一根鞭子。

周围没有其他人，所以我大胆地跟她说了一些话。

"厄玛，你现在看起来像个真正的党卫军。"我说。

不知道是不是我的话有些不太妥当，她顿了一下，没有回应我。难道她不记得我了？但她随后就说："你好，玛格达。"

"我希望你不要变得和其他人一样残酷。"我说。

她看了我一眼，没再说什么，然后走掉了。

————————

随着时间的流逝，在户外劳作的女孩们变得越来越虚弱。即使我们想方设法拿到了额外的食物，也不能阻止她们一天天地憔悴下去。许多人被斑疹伤寒击垮，有些因疟疾而倒下。

这就产生了一个新的问题。

女犯人晚上出去上厕所太危险了。你可能会仅仅因为待在外面而被枪杀。因此，很多女人晚上只能在营房里大小便，弄脏自己睡觉的地方。这些女人被剥夺了多少尊严啊！我们必须做点什么。房间里恶臭难忍，而且这也会增加斑疹伤寒再次暴发的风险。

不过，我们找到了权宜之计。比克瑙集中营一直在扩建，因此，到处都是废弃的工具、边角料和其他垃圾。我们只需要充分利用我们找到的东西。一些女孩把医疗营外的几个空木箱带回了营房。我们在每个箱子上挖了一个洞，再在下面放一个桶，然后把它们放在营房边上。这样，临时厕所就建成了，女孩们可以在此方便。我们还找到一辆旧手推车，它被放在营房的后门处，方便我们在第二天将排泄物运到真正的厕所里。但问题还是没有解决。睡在上层的女人常常因病得太重或太疲惫，无法及时下来上厕所。有些人就在躺着的地方大便，另一些人则用自己的餐具装粪便，然后将其扔出窗外，很多粪便都粘在窗框上。当第二天太阳升起，照耀在这些粪便上时，营房的气味就会变得更加恐怖。

在没有守卫值班的较为宁静的时刻，我开始寻找解决的办法。

我在营地后面发现了一块很泥泞的区域，这些淤泥看上去像吉卜赛人用来刷墙的那种材料。或许，我们也可以用这些淤泥将窗框重新刷一遍？要是能找到一些白色涂料，刷完淤泥后再刷一层白色，那就更好了。它们很容易擦洗，能够让营房更好地保持干净。

普林斯（Prince）是一名男性囚犯，他的工作是驾着装有物资的马车在比克瑙集中营的各个建筑间活动，将物资分发到储藏室和厨房等地方。在一个没有党卫军守卫在周围的时间点，我拦住了他，问他我们从哪儿可以拿到白色涂料。

"我们需要两桶。"我说。

"我知道哪儿有，"他说，"但如果党卫军问起来，我该怎么说？"

"你知道他们不会问的。"我说，"你只是在执行命令。从来没有人问过你。但如果他们真的问了，只需告诉他们这是一个区囚犯长要的，把责任推给我就好。我会和几个强壮的女孩在这儿等你，我们把桶拿下来只需要几分钟的时间。拜托了，我们需要你的帮助。"

第二天，普林斯照例经过。这次，马车上出现了我的"订单"。女孩们把桶拖下来，将它们带回营房。我们现在可以开始粉刷的工作了。

在夜深人静的时候，我们又来到了营地的周围，寻找需要的物件。我们找到了两个梯子、一些水桶和一些可以组装成油漆刷的长棍和抹布。白天过来可能会面临很多问题，所以夜幕降临后过来比较安全。先把事儿做了，解释的事情以后再说。那天晚上，粉刷的工作开始了。我们把梯子靠在外墙上，斯塔莎和费拉爬了上去。她们在裸露的木窗上先涂了一层泥土，再涂一层白色涂料。她们也细心地将窗台和窗台下的墙壁涂上。其他人则涂了窗户内部的部分。

第二天早上，我们一边等待点名，一边欣赏着我们的手艺。明亮的白色窗框让我们的营房成了整个营地最干净的营房。

点名过后，卡特娅跑进了营房。

"玛格达，你做了什么？他们会开枪打死你或用绳子绞死你的。他们会说，你把窗户漆成白色是为了给盟军飞行员发信号。他们觉得你是在搞破坏。"

"我不知道我有这么聪明。"我说。

"这不是开玩笑。营指挥官正在考虑如何惩罚你。我很担心。"她边说边冲出营房。

我走出营外，看见区指挥官在外面，就是我给过娃娃的那个人。

"我听说因为我粉刷了窗户，他们要绞死我。"我说，"您应该知道我这么做是为了保持卫生。您知道斑疹伤寒正在蔓延，我们得采取一些措施。"

他盯着我看了很久。

"您知道，我这么做也是为了您。"我说。

"这是什么意思？"他问。

"党卫军也可能感染斑疹伤寒。"

"这倒没错。"他说，"悄悄告诉你，我最近听说5000名党卫军死于斑疹伤寒。几个月前，还死了一名营地医生。"

当我听到这个消息时，脑中的第一个想法是可喜可贺。当然，我把这个想法藏在了心里。

区指挥官告诉我，他会替我向毗邻的男子营的营指挥官解释一下。我想我走了一些运，碰上了党卫军也在试图消灭斑疹伤寒的时刻。他们认为我做的事是有用的。我被带到营指挥官面前，他让我指导其他女子营房的区囚犯长粉刷墙壁。这些区囚犯长认为我疯了，并且并不情愿受我指挥。然而，她们必须得服从命令。"听不听我的，随你们的便，"我说，"我只是在传达上级的命令。"

不幸的是，事情并没有就此结束。B-Ia辖区的营囚犯长是一名叫斯腾佳（Stenja）的波兰囚犯。她是一个反犹主义者，并认为我被"提拔"到她的头上来做指挥，是对她的冒犯。斯腾佳也鼓动营指挥官玛丽亚·曼德尔和她的报告负责人玛格特·德雷克斯勒（Margot Drechsler）来反对我。男女党卫军军官之间并不总是和睦共处的。既然女军官的地位永远不可能在男军官之上，诸如曼德尔这样的女性军官便会用更严厉的方式来证明自己。就这件事而言，一个同级的男军官的下属教自己的下属做事，让曼德尔觉得自己被冒犯了。她决定把气撒在我身上。

她并没有处死我（处死反而是一件容易的事），但用更恶劣的方式折磨了我。我将成为恶名昭彰的 10 号实验区的首位区囚犯长。

⑥

10 号实验区

1943 年 5 月

"你不是犹太人。"

我回到了主营——奥斯维辛一号营——站在了党卫军司令、奥斯维辛首席医生爱德华·沃斯 [1] 的面前。他盯着我的头发，它们已经长得足够长了，浅浅的颜色和自然卷非常显眼。

"2318 号正在报告。"我一边喊出我的编号，一边跺着鞋后跟。我盯着他的眼睛——虽然这么做有风险，但我愿意一试。我不会表现出恐惧。

---

[1] Eduard Wirths（1909—1945），出生于德国巴伐利亚州的一个天主教家庭。1933 年加入纳粹党，次年加入党卫军。1942 年 9 月—1945 年 1 月为奥斯维辛-比克瑙集中营的党卫军首席医生，为司令级军官。

"你不是犹太人，"沃斯医生再次说道，"肯定搞错了。你的头发很浅，身材又高又瘦。你叫什么名字？"

"我叫玛格达·海灵格。"我回答道。我想知道，在集中营里，除了"瘦"，还有别的选择吗？

我小心翼翼地继续着谈话。

"我不是犹太人？据我所知，我一直是犹太人。"

"你之前是做什么的，玛格达？"他问。

"我是一个幼儿园老师。"

"看，我说吧，你不是犹太人。"他说。

我不知道他这句话是什么意思。

说这些话的时候，我们在10号实验区的楼上。10号实验区与9号区相邻，9号区就是去年4月我刚刚抵达奥斯维辛的时候居住的地方。沃斯医生告诉我，10号区已经被改造成了做健康研究的诊疗所，而我将成为这里的区囚犯长。

我环顾这间光线昏暗的房间，它与9号区的空间一样大，不同的是，9号区的空间要供我们大约600人共同居住。而这里铺位少一些，彼此的空位大了一点，大约可供400个女孩居住。所以，尽管这里没有任何家具，但它看起来更像一间宿舍。

我突然想要测试一下，沃斯医生说我不是犹太人，他是不是真是这么想的。

"如果要把这里变成医院，"我说，"我需要床单、毯子和枕头，还有女人晚上穿的衣服。"

"这些都有。"沃斯医生说。

我对这个回答感到震惊，我决定再往前走一步。

"我还需要肥皂和毛巾。"

有那么一刻，我以为我有点儿冒险，但他说他可以在第二天帮我安排。

"我还需要从比克瑙带几个女孩回来，做我的帮手。"我的胆子又大了起来。

他面无表情地点点头，走了，把我留在那里。一切似乎顺利得令人难以置信，但时间会告诉我究竟是不是这样。

现在，我用一些时间再次环顾这个房间。我很熟悉这和 9 号区相似的布局，只是，这里所有的窗户都被厚重的木板封住了，只有顶部的狭窄缝隙有光透进来。其他的光则来自电灯发出的昏暗灯光。封上窗户是为了防止外面的人偷窥，因为 10 号区将会成为唯一的女性居住区？又或者是为了防止我们向外看？

第二天，一群来自塞萨洛尼基[1]的希腊犹太女孩被带到 10 号区。她们最近才抵达奥斯维辛集中营，并且在一次"挑选"后活了下来。她们洗过了澡、剪了头发、穿上了旧制服并被文上了编号，和一年前的我们所经历的一样。然而，当这些女孩上楼发现床铺已经整理好，还有肥皂和毛巾时，她们非常惊喜。当晚上穿

[1]　Thessaloniki，希腊北部最大港市及第二大城市，塞萨洛尼基州首府。

的衣服到了之后，我随机发给了她们，并让她们穿上。她们在房间里走来走去，咯咯地笑着。对于一些个子小的女孩来说，衣服太大了，她们就像拖火车一样拖着它们，而一些高个子的女孩连腰都没遮上。她们手忙脚乱地交换着衣服，直到每个人都找到合适自己的。她们开怀地笑着。在这个黑暗的地方，这是一个超越现实的喜悦时刻。

10 号区的生活与比克瑙十分不同。在这里，我们不需要在外面接受点名，每天都有人来数房间里女孩的数量；不用去厨房或面包房运食物，男犯人会给我们送来汤、茶、面包和黄油，每样东西都比在比克瑙时给得多。有时，在厨房工作的男犯人甚至会在常规食物中塞上一些意大利腊肠和奶酪，有时是一封信或一件类似礼物的东西。（甚至有人给我送了情书！）楼下有合适的厕所，周围也几乎没有党卫军守卫——只有两个守卫在白天看着前门。晚上那扇门就会被锁上，里面便只剩下我们。

这么说的话，与比克瑙相比，10 号区相当豪华。

是我想得太简单了。

微弱的阳光从木板窗的缝隙透进来，女孩们永远不能向外踏出一步。当然，这只是最基本的情况，不久之后，我们就会发现，这里才是真正的人间炼狱。

如果你还记得，沃斯医生告诉我这是一座研究性的诊疗所，但具体怎么研究，他没有详细说明。营房的第一层由许多小房间组成，其中一些没有窗户，另外一些有窗户的，则像楼上的房间一样被封上了。这些房间里有各种类型的医疗设备，当我到这里时，其中的大部分还在调试。

在"研究型"医生每天早上开始工作时，我的一项工作内容就是按照他们需要的人数将女孩带到楼下。克劳伯格（Clauberg）医生大概需要 10 个，舒曼（Schumann）医生也是 10 个，沃斯医生 5 个，诸如此类。一些医生会点名要一些囚犯，另一些只要保证数量就可以。

事情很快就明了了：这种"医学研究"既不单纯，也非无害。一些返回房间的女孩病得很重：有的在呕吐，有的在头痛，有的双腿之间带着血。另一些则根本没有回来。我无法知道实验室沉重的门后究竟发生了什么，只能听回来的女孩们讲。在那些得以返回诉说自己经历的女孩中，有些告诉我，一些刺激性的液体被注入了她们的阴道，这过程疼痛难忍；有些说她们被某种东西辐射，我能看到她们的皮肤上被灼伤的痕迹；其他的女孩则被麻醉了，不知道在自己身上发生了什么事，只是醒来后发现自己的私处非常疼痛。一些人的阴道口被缝上了线。

有一些囚犯担任了护士。她们有的是在帮医生做手术，有的则是做一些基本的术后护理。我们从她们那里获得了一些信息。我记得我对这些护士说过："女孩们，让我们记住我们所看到的一切。如果我们能够活下来，我们一定要将这里的恐怖事件公之于众。现在我们不能写下任何东西，但让我们将这些铭记于脑海。"

在医生中，有些也是囚犯，他们时不时地检查着这些"病人"。这里面，有一位法国女医生——精神病专家阿德莱德·哈特沃尔[1]，她很早便来到10号区。哈特沃尔医生是一个又高又瘦的新教徒，因不满地方监狱对犹太妇女的虐待而被送到奥斯维辛集中营。她有着一头乌黑的直发——因为她不是犹太人，所以没有剃光头。她被安排为沃斯医生的助手。尽管没有任何妇科检查或外科治疗经验，她还是得检查这些女孩的子宫颈，有时甚至要做切除手术。

一天晚上，阿德莱德脸色苍白地回到楼上。她告诉我，沃斯的所谓研究对许多女性造成了不必要的伤害。她告诉我她不能再继续下去了，她要说"不"。

"你知道你会受到什么样的惩罚吗？"我说，"他们会处决你。要不然就是送你做拆除建筑的工作，你坚持不了多久的。"

"不管受到什么惩罚，我都不会再做实验了。"她说。

第二天，她告诉沃斯医生，这项工作让她违背了自己的宗教信仰。不知是什么发挥了作用，总之，她说服了沃斯医生，并且并未因这种拒绝而受到处罚。在后来被转移到比克瑙之前，她有几周的时间在做其他医生的助手，并照顾参与过实验的女孩。

作为囚犯，给任何人写东西都是很危险的。如果它们被发现，写信人和收信人都可能被安排去做拆除建筑的工作，或者被送进毒气室。因此，我们慢慢地摸索出了一种秘密交流的方式，用来传递口头消息，这项工作由一连串的跑腿人员和其他有一定人身自由的囚犯工作人员完成。在这种情况下，我得以向卡特娅

---

[1] Adélaïde Hautval（1906—1988），出生于法国阿尔萨斯。法国医生、精神病专家。1943年来到奥斯维辛集中营，并拒绝在此地为囚犯做精神实验。

请愿，希望阿德莱德能被派往医疗营，而不是去做拆除建筑的工作。不久之后，阿德莱德与一些其他法国女人被转移到了拉文斯布吕克集中营，这将提高她活下来的概率。

另一位著名的囚犯医生是马克西米连·塞缪尔[1]。他是在我到这儿几个月后过来的。塞缪尔医生是德国犹太人，战前是一位著名的妇科医生。塞缪尔在第一次世界大战中曾为德国战斗，但这并没有令他获得豁免——他和妻女依旧被捕，并经由德朗西被送到奥斯维辛集中营。他们刚到集中营，他的妻女就在"挑选"中与他分离。他的妻子直接进了毒气室；他的女儿似乎还有劳动价值，但没有活多久。尽管他年事已高——将近 62 岁，身体虚弱——但他仍是同一批次在第一次"挑选"后活下来的 12 个人之一。党卫军看中了他的医学专长。

最初，塞缪尔医生接手了阿德莱德的工作。他经常上楼检查他做过手术的女人。因为他是犹太人，如果周围没有党卫军，我可以和他交谈。塞缪尔医生告诉我，他听从沃斯医生和霍斯特·舒曼医生的指挥，而这两个人再加上卡尔·克劳伯格医生，就是 10 号实验区最恶名昭彰的纳粹医生。他还告诉我，他肯定会死在这里，因为作为一个犹太人，自己知道的太多了。

随着时间的推移，事情变得愈发清晰——历史档案对此也有记载——克劳伯格和舒曼在 10 号区所做的实验，主要围绕在发明不同类型的绝育手术上。新的绝育手术将会和大屠杀一道，成

---

[1] Maximilian Samuel（1880—1943），德国犹太人，妇产科医生。曾在第一次世界大战中授勋。在奥斯维辛集中营，他在犯人身上做过一些身体实验。"二战"过后，他被一些历史学家指控与纳粹合谋。另有一些观点认为，塞缪尔也在努力地帮助其他囚犯。

为消灭犹太人的有效方式。

和在比克瑙一样，我学会了另外的反抗方式，虽然很危险，但我希望能做些事，减少女孩们所受的伤害。如果有些女孩在某些天的处境非常艰难，我会尽量让她们多休息。有一次我问塞缪尔医生哪些实验最不危险。他告诉我，克劳伯格的绝育手术不太可能成功。我后来才知道，克劳伯格在探索如何使输卵管发炎，从而阻止女性怀孕，而舒曼则在探索用强力辐射的方式对生殖系统进行破坏。克劳伯格的实验会对人体造成很大伤害，他也成功地绝育了一些女性；但舒曼的被试死亡率更高。一些人被灼伤得太严重了，已经没有了实验价值，所以，她们被直接送进了毒气室。

瓦迪斯拉夫·德林[1]医生也是我在10号区任职时的囚犯医生，他是一名信奉天主教的波兰政治犯。包括纳粹和囚犯在内的所有医生都在进行着持续而明显的竞争，塞缪尔会告诉我德林做手术的具体细节，包括他如何在不施用全身麻醉剂或其他药物的情况下做卵巢切除实验。他还告诉我，德林会在不清洗甚至不消毒的情况下重复使用手术器材。没有亲眼看到手术的过程，我无法确定他的讲述的真实性，但德林的确是个虐待狂，他对自己手术刀下的女人毫不同情。

而作为医生的犹太囚犯，则和其他囚犯工作人员（包括我和卡特娅）一样，走在一条步步惊心的路上。我们的工作让我们有了些许自由和一定的见缝插针的机会，尽管理论上我们要毫不犹豫地听从党卫军的指挥。与此同时，只要可能，我们就会通过

---

[1] Wladislaw Dering（1903—1965），波兰外科医生，"二战"之初曾在波兰军队做军医。被关押于奥斯维辛集中营期间，他曾帮助其他医生做绝育手术。

有限的自由和对党卫军的了解，来和他们迂回战斗，从而减少伤害和挽救生命。当然，越界的风险很大，如果我们看起来很温和或者对执行党卫军的命令显示出丝毫的不情愿，就可能在没有任何警示的情况下被送上烟囱。1943 年 11 月，塞缪尔医生就遭遇了这样的命运，彼时，我已经离开了 10 号实验区。我听说，某天早上他被从 10 号实验区带走，然后再也没有回来。一些曾被塞缪尔医生动过手术的女人认为，他可能在工作时显示出了不配合——要么是很不情愿地慢慢推进自己的工作，要么就是没有按要求来做。也可能是，正如他告诉我的那样，他知道的有关纳粹医生的事情太多了。我们从来不知道他失踪的确切细节，但可以肯定的是，他是被沃斯医生下令处决的。

————————

作为 10 号实验区的区囚犯长，我的一项自由便是可以在某些情况下外出，这是那些作为实验对象的女孩不允许做的事情。除了从被封掉的窗户的缝隙中透进来的阳光外，她们看不到任何日光。某个星期日，当沃斯医生和我说话时，我决定再碰碰运气。我指出女孩们见不到光——我可以带她们出去呼吸一下新鲜空气吗？

"好吧，玛格达，如果你非要这么做的话。"他同意了。我在心中暗喜，没有表现出来。

那是非常完美的一天——可以让我们暂时忘记自己身处何处的一天。女孩们在路边的缝隙中发现了一些小花，一个女孩甚至认出了一些可以熬汤的野菜。在一个小时左右的时间里，我们的精神状态发生了这么大的变化，真的是令人惊奇。

还有一次，我一个人走在 10 号区外面的马路上。我走过了将 10 号区和 11 号区的庭院隔开的砖墙。我们经常听到类似枪声的声音从这个方向传来，但是封上的窗子让猜测变得不确定。直到战后，我们才了解到这个院子的真面目：那是一座刑场，一个数百起凶杀案的现场。

透过墙上的铁门朝院子里看时，我呆住了。

地上躺着三具年轻女子的裸尸。我认出了其中的一个，想起她们是前一天被送去做实验却没有回来的三姐妹。

突如其来的悲伤淹没了我，我几近崩溃。一直以来，尽管暴行、死亡和魔鬼般的虐待一直围绕着我，尽管我的心一直在滴血，但我始终保持着冷静。我下定决心，不会向党卫军表现出任何的软弱和恐惧；我下定决心，向所有苦难中的女孩展示坚强的一面。但此时此刻，在一刹那的时间里，面对曾经健康如今却被当作腐烂尸体抛弃的三个女孩，我内心的最深处被击中了。

奇怪的是，我们总能在最黑暗的时刻发现微光。

10 号区的夜晚相对平静。每天晚上六点，大楼的门会被锁上，党卫军守卫返回自己的营房，这里只剩下了我们。他们的离去，再加上被封上的窗户，声音很难传出去，这让我们有了难得的娱乐时光。

米拉·波塔辛斯基[1]是著名演员、舞蹈家和歌手，她在这儿是

---

[1] Mila Potashinski（1918—1992），出生于波兰华沙一个演艺世家。其父为演员和导演雅各布·维斯利兹（Jacob Waislitz），其夫为演员莫伊舍·波塔辛斯基（Moishe Potashinski）。

一名护士。当我知道她的才艺后，有了一个主意——成立一个歌舞团。她同意了，然后挑选了一些女孩，开始教她们唱歌跳舞。

在阿尔玛·罗斯[1]到来之后，歌舞表演被打磨得更加成熟了。

1943 年 7 月中旬，身为第 57 批被运送的囚犯中的一个，阿尔玛经由法国抵达奥斯维辛。在同一火车上的 1000 个人中，她和其他 11 名女性被选中，在经过"处理"后被送到了 10 号实验区。其中一名囚犯护士认出了她，指着她跟我说，她是一位著名的维也纳小提琴家。我对她的名字并不熟悉，但当护士告诉我阿尔玛的前夫是瓦萨·普里霍达[2]时，我开始注意她了。

这对她来说是个机会。我还不知道具体要怎么做，但如果我可以为阿尔玛找到一把小提琴，或许她就可以不用参加实验。或者最起码，她的演奏可以让 10 号实验区的女性的精神受到鼓舞。

通过我们的地下消息组织，我将自己的想法告诉了海伦·齐皮·斯皮策（Helen Zippy Spitzer），后者是卡特娅在行政办公室的助手。齐皮本人也是一名音乐家，所以她知道我的建议有多重要。在包括齐皮、卡特娅和在"卡纳达"仓库工作的其他囚犯形成的网络的助力下，我们拿到了一个成色不错的小提琴。这很可能是从一个不幸的新犯人手里没收的。

当我把小提琴交给阿尔玛时，我感觉很满足。

---

[1] Alma Rosé，奥地利犹太小提琴家，出生于小提琴世家。她于 1943 年被送到奥斯维辛集中营，次年因急病死于营中。

[2] Váša Príhoda，捷克小提琴手，小调作曲家。他与阿尔玛·罗斯于 1930 年成婚，1935 年，二人离婚。

仿佛有一种魔力，那天晚上，这个地方简直换了一种模样。

党卫军守卫把我们锁在里面离开后，我就会派两个年轻女孩站在门口守着，以防有人靠近。阿尔玛拿起乐器，调好音，开始演奏。她演奏的是什么我不记得了，但在那个连鸟叫声都听不到的灰暗世界里，我们梦回美好的旧时光。

从那天晚上开始，阿尔玛的演奏就成了常规项目。她也会加入米拉的节目，为我们歌唱或者朗诵诗歌。有了小提琴，米拉的歌舞表演变得更加生意盎然。

随着时间的推移，在一次又一次的实践中，我们的表演被打磨得非常成熟——直到被党卫军发现。很可能是一名囚犯护士对某个医生透露了消息。但是，我们发现，"惩罚"我们的方式是在一群党卫军军官面前表演。野蛮了足够久，他们似乎也在怀念有文化的生活。

最后，在听完阿尔玛的演奏后，玛丽亚·曼德尔决定将她转移到比克瑙。她希望她能领导一支由女囚犯组成的管弦乐队，从而与男子营已有的管弦乐队相抗衡。阿尔玛将领导女子管弦乐队度过 1943—1944 年的冬天，直到她于 1944 年 3 月下旬病倒。尽管曼德尔下令党卫军医生为阿尔玛治病，但她还是于 4 月初去世了。米拉活到了战争胜利的一天，她的丈夫莫伊舍也是如此。他们搬到了澳大利亚，并在墨尔本创立了一个意第绪语剧院。

作为奥斯维辛 - 比克瑙集中营最残酷的地方之一，10 号实验区被载入了历史。尽管如此，我们的人性从未被剥夺，音乐给了我们力量。

─────────

10 号区还有一位做人类学实验的医生，他的日常工作就是给女孩的头部做石膏模型。他告诉我，他要证明犹太人的大脑比德国人的大脑小，从而进一步证明，犹太人的智力比德国人低下。

"犹太人的脑细胞比德国人少。"他说。

他让我送 30 个女孩到奥斯维辛集中营的医疗营，以便他制作石膏模型。

我开玩笑说："我也想要一个模型。"

"可以，我会给你做个模型，证明你的大脑也不太发达。"他半开玩笑地说。

一周后，我接到通知，要我在晚上将这 30 个女孩关进一个独立房间，然后锁上门。医生把钥匙留给了我。午夜时分，她们将乘火车被带到另一个城镇，在那里的疗养院被继续研究大脑。天黑下来后，我听见有人在敲击房间门上的小金属窗。我打开小窗，是米拉。

"玛格达，如果他们想研究我们的大脑，就得先杀了我们。放我出去吧。"

我让她出来了，不久之后又放出了另一个女孩，她恳求我别让她和她姐姐分开。党卫军并不总是有秩序的，所以我有一种侥幸心理，认为他们不会发现少了两个人。

我想错了。

他们发现少了两个女孩。党卫军将矛头指向了我，因为我是唯一可以释放她们的人。

"他们要处死你。"有人在第二天早上说，我将被处决的消息很快传开了。

我记得我第一次面临死亡时的想法：这就是我的人生，结束了，但至少我曾试着帮助别人。我想知道他们会用什么方法处决我。像我在院子里看到的那三个女孩一样？在其他囚犯面前被公开绞死？注射苯酚？送到毒气室？

我继续着区囚犯长的工作。我还能做什么？与此同时，那些希腊女孩开始为我祈祷。

刽子手雅科（Yaco）给我带了话。每个人都知道雅科：高大、强壮的雅科，他在这儿就像一个巨人。他是一名波兰犹太人，战前是一名摔跤手。但作为刽子手来说，他出奇地温柔。

他带的话是这样的："如果我不能以其他方式帮助你，至少能做到手起刀落，让你少受点儿罪。"

希腊女孩们偷偷为我做了两个漂亮的枕头，然后将它们放在了我的床上。枕头非常柔软华丽，但就像波兰女孩做的皮埃罗娃娃一样，我无福消受。沃斯的车正好停在 10 号区的门口，车上没人，但窗户开着。我看到他的枪放在后座的枪套里。我跑回楼上，拿了枕头，在周围没人的时候跑下楼，扔进车里。

不久之后，沃斯在走廊里找到了我。

"我听说你惹了麻烦，玛格达。你为什么要放了她们？"他说。

"我只做我认为正确的事情，"我说，"我不觉得自己做错了什么。"

"好吧。你会接受营指挥官奥梅尔的审问。"

一个在行政区工作的斯洛伐克女孩带我去见奥梅尔。她在路上跟我说："对不起，玛格达。没有人能从他这儿活着出来。奥梅尔虽然个子很小，但性格复杂，手段强硬，他杀了很多人。"

"就在这儿说再见吧。"她指着奥梅尔的办公室对我说。

我站在汉斯·奥梅尔[1]的面前。之前，我从来没见过这位党卫军司令，但正如刚才那个女孩告诉我的那样，他是个矮矮胖胖的男人。他头宽脸小，两眼的间距很近，显得很刻薄。

"你为什么要放走这些女人？"他说。

我重复了我对沃斯医生说过的话，我只做我认为正确的事情。

他又问了一遍，我的答案还是一样。

"出去。"他说。

我转身离开，不知道刚发生的事会有怎样的后续。

我回到了 10 号区，每个人都在用震惊的表情欢迎我的回归，

---

[1] Hans Aumeier（1906—1948），出生于德国小镇安贝格。在常常面临失业的情况下，奥梅尔于 1929 年加入纳粹党，成为该党的早期成员之一。1942 年 2 月—1943 年 8 月，在奥斯维辛集中营任司令官，其间发明并使用了很多刑罚。1948 年，他在波兰被执行死刑。

除了沃斯医生。

"谢谢你的枕头。"他说。

我没有说话。

但事情还没结束。曼德尔，作为 10 号区的最高负责人，对一个男性长官释放我的行为十分不满。她决定处罚我。

那天晚上，带走我的是厄玛·格雷斯。自从我们在返回比克瑙的路上相遇后，我就再也没见过她了。她没说我们去哪儿，只是让我跟着。等我们出来后，她开始跟我说话，就像我们在面包房门口初次相遇的时候那样。她并没有讨论我所犯的"罪行"。现在想来，这有点不寻常。我心不在焉地听着她讲话，作为一个并不知道自己将面临何种处罚的人，我实在是无法集中注意力。

我们走进 11 号区，这是一个专门惩罚犯人的区域。我们沿着中央走廊往前走，然后右转，从楼梯走进地下室，接着又是一条走廊，我们穿过一道铁门，来到大楼的最后面。在那里，我们面对着四扇木门，这些门的高度还没有普通门的一半。

"这些是站立牢房[1]，"格雷斯说，"曼德尔下令，你必须在这儿度过七个夜晚。白天你要继续工作。"

她让我蹲下，进入其中一间站立牢房，然后关上了门。在一段时间里，这个小小的牢房只有我一个人。当我站在中间的时候，可以轻而易举地摸到四周的墙。除了从屋顶附近的一个小格栅（是个通风口）透进的微弱光线之外，没有任何其他的光

[1]　原文为德语词"Stehbunker"。

源了。后来又有三名囚犯被送进来，我终于明白了这里为什么叫"站立牢房"。当我们四个挤在这个狭小的空间时，我们只能站着。即使是在运送我们的火车上，仍然可以找到地方稍坐一会儿，但是这里不行。我们几乎不能移动手臂，更不能将它们抬起。我们痛苦地呻吟着度过了一夜。真的是非常恐怖的经历。只有魔鬼才会使用这样的刑罚。

第二天早上，门被打开，我们从这种折磨中解脱了出来。那三个女孩像大多数被送进这些牢房的人一样，被送到了户外，做拆除建筑的工作。格雷斯告诉我，我的工作是打扫周边区域的厕所。

等其他人被带走后，格雷斯小声说道："点名前赶紧躺会儿。否则你将无法度过这一天。"

"厄玛，谢谢你。"我说。

"别客气。"

我不记得那天早上的点名，那一周早上发生的任何事，我都不记得。我头晕目眩地做着交给我的工作，直到我在大楼里遇到一群跟我做同样工作的男囚犯。听说我被送进了站立牢房，光这一点就足以让他们同情我。

"躺下休息吧，"其中一人说道，"我们会留意党卫军，也会帮你打扫厕所。"

另一个给了我一些他省下来的食物。

我尽量不去想未来的夜晚。

但当夜幕降临时，我不得不返回站立牢房。然后就是日复一日，直到我被"刑满释放"。我始终努力保持理智。每次和我关在一起的都是不同的女孩。我能活下来，主要得益于我在室内工作，并且得到了男囚犯的帮助，他们每天都会找到我，然后让我休息。许多白天被派到外面工作的女孩没有回来，她们很可能死于疲惫，或者因为没有完成工作而被处决。

在最后一天的某一时刻，我在厕所附近躺着，男囚犯们在我周围打扫卫生。

"党卫军来了！"其中一个喊道。

男囚犯们很快离开，我也迅速地站了起来。我来不及假装出工作的样子，便坐在离我最近的马桶上，装出正在上厕所的样子。

党卫军军官问我在做什么。

"哎呀[1]，"我说，"我在拉屎。"

"我一直在找你。"他说。

他告诉我他叫陶伯（Tauber），是比克瑙集中营一个区指挥官的朋友——就是我送了玩偶娃娃的那个军官。

"我需要一个区囚犯长。"他说。

---

[1] 原文为德语"Ich scheiße"。

7

回到比克瑙

1943 年 9 月

每天凌晨四点半，哨声会准时响起，所有人都必须马上从床上爬起来。人们会争先恐后地跑向厕所——成千上万的女人推搡着，希望利用好这第二声哨响前的短暂时间。如果足够幸运，她们会占到一个简陋的厕所（不过是露天的大洞），然后回到营房喝点还没有凉透的茶。

当第二声哨响时，冲锋又开始了，这次是冲出营房，并在点名的营房前排成五排。那些跑得太慢的人可能会挨揍，或者被狗咬。可悲的是，一些区囚犯长——尤其是非犹太人刑事罪犯——会加入到惩罚者的行列中来。

不管天气如何，我们都必须站着等待点名。我们站在泥泞之上，雪地之上；刮风、下雨、落冰雹，甚至是骄阳似火的天气，我们也都得站下去。女孩们臂膀相连，相互搀扶，有时候会轻轻晃动，以减轻总站在一个地方时脚部的压力。在有些日子里，党卫军守卫会命令一整个队伍跪下，有时还会让她们将双臂伸直了举过头顶，这被称为"做运动"[1]。最过分的情况是，他们会让女囚犯将石头举过头顶，如果石头落下，便会砸伤她们。

整个过程会持续好几个小时。首先是守卫数出我们的数量。如果对不上数，他们会再数一次。他们会找出哪些病了的人没来，或者哪些人在夜里悄无声息地死掉了。总会有这样的人。有时他们会故意数得很慢，只是为了折磨我们。直到整个集中营的所有区域的点名都结束后，我们才会解散。

每天早晚都要站上或跪上几个小时的时间，对身体健康、营养充足的人来说都不太能坚持，更何况是又饿又累的囚犯们。在等待点名结束的时间里，总会有人倒下、死亡。而一旦有人在点名的时候死了，点名就会重新开始。任何身体虚弱，或有生病迹象的人——被认为没有劳动价值的人——都将被选出来，送进毒气室和火葬场。

熬过点名之后，无论是在户外做拆除建筑的工作，还是在营房内做一些室内工作，每个人都要行动起来。对一些人来说，她们的工作之一就是立马收集在点名中死去的人的尸体。

这种生活日复一日。而透过铁网，我们也能看到，男子营也发生着同样的事情。

很难用言语来形容每一次点名对囚犯所造成的伤害，更别说

---

[1] 原文为德语"Sport machen"。

日复一日、月复一月，甚至年复一年地累加了。点名就是要折磨我们，让我们失去做人的尊严，并且"挑选"出那些生病或虚弱的犯人。他们要减少人数，这是向灭绝犹太人的"伟业"不断逼近的步伐。

对于我们这些幸运的幸存者来说，点名是从 1942 年来到集中营一直到战争结束时的常规项目。而对我来说，稍稍不同的是我在 10 号区工作的那段时间，那时，点名在营房内进行。作为比克瑙集中营的一名区囚犯长，我的职责是监督点名前的秩序，确保队伍能排得像直线一样。至少在这段时间，我可以稍微活动一下。点名一旦开始，我就得站在党卫军军官的旁边，监督整个过程直到结束。

————

陶伯要我做总部大楼 [1] 的区囚犯长。这座木质建筑是所谓的"精英区"，是女性囚犯居住的主营之外的另一女性营房，住在这儿的是 360 名党卫军军官的秘书人员。她们也是囚犯，但不用经受其他女囚犯所经受的一切折磨。她们基本上都不是犹太人——除了一个名为利亚（Leah）的女孩，她是一名跑腿人员。

当我第一次进入大楼时，她们没有注意到我。和女子营的囚犯相比，她们的状态是多么放松啊！这些"精英"女孩的生活条件也并不好：营房非常冷，睡觉的垫子很薄，几乎无法提供舒适和温暖。但是，当生命并未受到威胁时，小小的不舒适也可以忍受了。即便她们没有以一种"正确的方式"观看守卫，也不会被

————
[1]　原文为德语词"Stabsgebäude"。

枪杀。她们也不会因为生病等情况而被送到毒气室。

而到了点名环节，她们会不慌不忙地走出去，玩一会儿再排成一排。她们会在这时打闹和开玩笑，队伍因此变得松散。她们从不会被要求跪下或把手举在空中。过来点名的守卫也并不严肃，因此常常数错数。

几天后，这些女孩仍然对我视而不见。我拿起陶伯给我的哨子，走到营房中央，大声吹响了哨子。房间安静了下来。

"我被任命为你们的区囚犯长。我不是主动要干这项工作的。党卫军的陶伯让我接手这项工作，我就来了。我会尽我所能地帮助你们。如果你想问我要什么东西，我或许可以帮忙。我希望我们能让这个地方尽可能地干净和整洁。但是你们要注意自己的举止。点名时我看到有人在嬉闹。你们这么做的时候，会耽误大家的时间。不过，你们好像并不关心又饿又累的其他囚犯，她们因为你们的嬉闹需要等更久的时间。"

她们没有说话。

"从现在开始，"我说，"我希望你们在听到点名的指令后尽快出去。我希望你们每五个人排成一排，尽量快地完成点名。我们得为那些境况不如我们的人考虑。"

第二天早上，女孩们听从了我的意见，点名完成得快多了。

就像我在 10 号区工作时那样，我又带了几个斯洛伐克女孩过来，她们是我的室囚犯长、内务和跑腿人员。我需要她们，因为我可以跟她们说母语；她们也需要我，这样她们就不会面临被选去做户外拆除工作的危险。

现在，我需要她们帮我完成一项全新的任务。营房的女孩在白天到党卫军的办公室工作时，我和她们会将营房里所有的旧毯子都收起来。我们找到了几辆手推车，用它们将毯子送到储存室。我会向储存室的相关人员报告，说这 360 张毯子是陶伯命令我更换的。事实上，陶伯并没有下达这个命令，但我很清楚，库房的工作人员并不会找他确认。我是"精英区"的区囚犯长，我还知道陶伯的名字，这就够了。我们把新毯子运回营房，铺在睡觉的板子和地面上。

当女孩们在晚上返回营房，看到新的毯子时，简直不敢相信眼前的一切。她们兴奋地讨论个不停。那天晚上的哨声响起后，以及后来我和她们相处的所有时间里，她们都会很快就听指令排好队，并服从其他一切命令。

这就是我作为区囚犯长的工作之道：为境况变好做出小小的努力，无论这努力是更换毯子还是节省几分钟的点名时间。

————

在"精英区"待了一段时间后，我回到了比克瑙的妇女主营。在接下来的几个月里，我在卡特娅的安排下在不同的区域工作过。卡特娅一方面尽可能地遵守着营指挥官玛利亚·曼德尔的命令，另一方面想办法让犯人们少受点折磨。我的职务有的时候是区囚犯长，有时则是区囚犯长的二把手。

从"精英区"离开之后，我有段时间在"混血区"工作。根据党卫军的说法，这里的犯人父母中只有一方是犹太人。他们来自包括意大利、希腊和法国在内的不同国家。这个区还有一些孕妇。

我不知道为什么这些年轻的母亲和孩子会被留下。因为他们无法工作，而党卫军通常并不会对没有劳动价值的人感兴趣。老弱病残和大部分儿童会在第一时间被送入毒气室。有传言说，一位名叫约瑟夫·门格勒[1]的医生正在做一些儿童实验，但我并不知道相关细节，也没有和门格勒打过交道。

不久之后，我被叫到一个名为博姆（Böhm）的党卫军军官面前，他告诉我有一整个村庄的俄罗斯人即将抵达。

"他们不是犹太人，但他们也是囚犯。"指挥官说，"如果俄罗斯人同意释放我们的一名军官，这个村庄的村民就能回家。"

"我看了你的档案，知道你是一名幼儿园老师。我希望你来看管这些年轻的母亲和她们的孩子，还有老太太们。单身女孩被关在另一个独立区域。"

这个地方对所有成年人来说都很恐怖，更别说孩子们了。而且随着天气逐渐转冷，情况会更加糟糕。

"尊敬的指挥官，这儿并不适合儿童居住。我请求您准许这些孩子每天能够洗漱以避免生病，准许他们在营房内完成点名，并且吃上有营养的食物。"

---

[1] Josef Mengele（1911—1979），党卫军军官、医生，在奥斯维辛集中营做了很多致命的人体实验。他是挑选被送往毒气室的囚犯，并监督毒气释放过程的医生之一。第二次世界大战之后，为了逃避审判，他逃到南非，后又辗转到过阿根廷、巴拉圭和巴西等南美国家。他在一生中并未遭到审判。

"就按你说的办。"他说。

俄罗斯人很快抵达，我被分配到2号区，那是母亲、儿童和老太太居住的地方。当得知此处的条件不会像其他区域那样糟糕时，俄罗斯妇女们为了感谢我，对我承诺说，以后会带我去见"斯大林老爷"。

然而，其他人对我并不满意。一时之间，我又迎来了一次和死亡的交锋。

这些俄罗斯单身女孩住在我们旁边的3号区。她们的区因犯长是一名非犹太裔德国人，对我为我这个区创造的条件非常不满——特别是早晚时分，当我在营房内点名时，她便更会想到这些。她向曼德尔编造了一些关于我的谎言，于是我被拖出营房，而她代替了我的职位。我在这个冬季的第一场雪中被带入了另一个区，和其他犹太囚犯关在一起。我什么都没带，连一条毯子都没有。几个小时后，我的波兰朋友斯塔莎知道了我的消息，给我带了枕头和毯子。她告诉我她会试着把我捞出来。在第二天早上的点名过后，我发现这不太可能。因为我们被告知，我们这群没被分配工作的人将会被带到医疗营，以辐射的方式进行消毒。这让我立即想起了10号区那些做完舒曼医生的实验后再也没有回来的女孩。我不得不想，这就是我生命的终点了。我们被带到了医疗营，其中一个医生的助手认出了我。当医生进入房间进行准备工作时，这位助手告诉他们，管道被冻住了，任何消毒手术都没法进行。他用一个简单的谎言救了我的命，以及我身边这些女人的命——尽管只是暂时的。

与此同时，斯塔莎一直观察着2号区的风吹草动。当她看到一个男人走进营房时，她找到了曼德尔的助手玛格特·德雷克斯勒。斯塔莎不会说德语，但她一边用波兰语说着"跟我来"，一边对德雷克斯勒做出愤怒的手势。德雷克斯勒跟着她来到 2 号区，斯塔莎朝营里指了指。德雷克斯勒惊讶地发现了这个新的区囚犯长和她的情人——那个走进营房的男人。

"滚出去，赶紧消失！"斯塔莎听到德雷克斯勒对那个男人喊道。

德雷克斯勒对这位区囚犯长说："你通过撒谎，让玛格达离开了这里，现在你要付出代价。你将会被送到惩戒队[1]。"

然后她对斯塔莎说："把玛格达带回来。"

斯塔莎听不懂德语，但她知道我的名字，也知道德雷克斯勒在问什么。当她找到我时，她气喘吁吁而又无比自豪地说道："玛格达，你要回 2 号区了。"

看到我回来了，俄罗斯女人和孩子们都非常高兴。有些人甚至把我高高举起，嘴里喊着："玛格达回来了，玛格达回来了！"

一段时间后，一名跑腿人员给我们带来一条消息，说 14 岁及小于 14 岁的俄罗斯男童将会在第二天乘卡车被运走。这当然让孩子的母亲们十分焦虑。没有人知道这些男童会面临什么。

在营地走动时，我找到厄玛·格雷斯，问她是否知道点儿什么。

---

[1] 原文为德语词"Strafkommando"。

"玛格达，别担心。他们将被德国人收养——主要是那些没有孩子的农民。他们会被友好对待，帮助农民干活儿，在德国生活几年以后，他们甚至会忘记自己是俄罗斯人。"

很遗憾，我无法将他们留下。但是，我能够拿到一些布料、绳子和钢笔。我们在其中一块布料上写下每个孩子的全名，用绳子系在他的脖子上，并将布料藏在他的衬衫下面。我对每个男童都说了类似的话："米沙（Misha），你必须记住你有一个哥哥伊万（Ivan）。你 14 岁了。你能记住你的兄弟和家人。当战争结束后，你要告诉别人你是俄罗斯人，你想回到父母身边。"

这些男孩的命运是什么，以及在他们之中，是否有人成功回到家乡，我无从知晓。

最终，我又被调去做另一个区的区囚犯长。随着时间的推移，大部分年轻的俄罗斯女人也被带走，到由德国人管理的医院担任护士。我不知道那些老妇人后来的命运，也不知道她们在男子营中的丈夫和儿子的命运。

在某些安静的时刻，我会回想起我敢于和党卫军讨价还价的经历，比如我给沃斯医生开的条件，或者最近跟党卫军长官博姆就俄罗斯儿童的生存环境一事提出的诉求。我从来没有预知这些事情，或者做出未雨绸缪的打算——只是在有需要的时候，某种东西在驱使我前进。这也是贝尔泽拉比口中我的使命的一部分吗？

1943 年年末，当天气转冷时，还发生了一件事情。这件事是围绕一个身材高大、性格友善的德国女人开始的——我熟识的一个斯洛伐克女孩和她一起工作。这个德国女人被称作"普夫妈妈"（Poof Mama），但是没人知道她真正的名字。战前，她是一家妓院的老鸨。现在她负责比克瑙集中营一座新建成的浴室楼，其中浴池的官方名称为"灭菌设备"[1]。这座建筑是专门"处理"新近抵达的犯人的。

1942 年秋天，从奥斯维辛主营转移到比克瑙后不久，我们有了新的衣服——粗布连衣裙，以代替我们刚刚抵达时发放的苏联红军旧制服。这是简单的灰色连衣裙，每人一件。无论是生活、工作还是睡觉，我们只有这一件衣服。发的东西里不包括内衣，要想保暖，我们只能依靠这件裙子。

也许是因为在奥斯维辛 - 比克瑙集中营活过几个月的囚犯太少了，没有人想过要重新给我们分发衣服。所以，在大约十五个月过去后，经历过各种雨雪风霜，这件裙子已经破旧不堪了。在即将到来的冬天，我们很难靠它们取暖。

一些女孩将毯子撕坏，用来修补衣服；或者直接将毯子裹在身上。这位斯洛伐克女孩在浴室工作时，听人说所有的斯洛伐克女孩都将被送往火葬场，因为她们撕坏了毯子。

她告诉我，当她向普夫妈妈解释她的担忧时，普夫妈妈说："不要难过，小宝贝 [2]。"然后边往外走边说："我很快就回来。"

过了一会儿，她回来对女孩说："别担心，没事了。我去见了营指挥官曼德尔，告诉她：'如果你胆敢对我的斯洛伐克女孩做

---

[1] 原文为德语词"Entwesungsanlage"。

[2] 原文为德语词"Liebchen"。

什么，我就会告诉所有的男指挥官，你是我妓院里最好的妓女。'曼德尔求我什么也别说。我认为她可以信守承诺。"

我们一直没有找到这件事的确证，但针对我们的威胁暂时解除了。关于撕坏毯子的事情不了了之。我们突然接到命令，所有的斯洛伐克女孩都要去浴室。彼时，只剩下大约300个斯洛伐克女孩了——1942年抵达这里的7000多人中的300人——而且几乎所有人都被安排了工作：打扫、做饭、做内务、做区囚犯长等。在集中营的运行中扮演某种角色提高了我们的生存概率，毕竟如此一来，我们可以和其他女孩一起工作，从而互相帮助。然而现在，这种团结可能会对我们产生不利。我们为什么要去浴室呢？

300个人一起走进浴室楼的大厅。现在，大厅里放着一张长桌，后面坐着一些高级党卫军军官。我认出了坐在中间的党卫军上尉弗朗兹·霍斯勒[1]，他曾在奥斯维辛集中营任职多年，以极度残忍而闻名。我还在10号区的时候，霍斯勒就在奥斯维辛集中营主营开设了一家妓院，其中的"工作人员"是非犹太裔女囚，被他认定为雅利安人的囚犯。在这里"工作"的女囚可以靠身体换取较好的生存环境。现在，霍斯勒已经晋升为营指挥官，和玛利亚·曼德尔共同主管女子营。在他旁边的是男子营的营指挥官兼上尉约翰·施瓦朱伯[2]。

---

[1] Franz Hössler（1906—1945），纳粹党卫军上尉，先后在奥斯维辛-比克瑙集中营、米特堡-朵拉集中营和贝尔根-贝尔森集中营任职。第二次世界大战之后，他在第一次贝尔根-贝尔森审判中因犯人类罪反人类罪而被判处死刑。1945年，他在德国的哈默尔恩监狱被执行绞刑。

[2] Johann Schwarzhuber（1904—1947），曾在奥斯维辛集中营任营指挥官，后调职至拉文斯布吕克集中营，成为该营的第二头目。1945年，英军攻破拉文斯布吕克集中营，施瓦朱伯被捕。施瓦朱伯于1947年被执行死刑。

霍斯勒指控我们犯有破坏德国财产罪，因为我们撕坏了毯子。

"那是蓄意破坏，"他说，"你们都将被送进毒气室。"

听到这儿，300 颗心都沉了下去。

我向前迈了一步。身后的女孩试图把我拉回来，但我没有退回去。

"2318 号正在报告。"我一边说，一边跺着鞋后跟。

或许是被我的不卑不亢吓到了，霍斯勒什么也没说——我把这看作我可以继续说下去的表现。

"尊敬的指挥官，这些囚服是一年前发放的。我们穿着它们工作，穿着它们睡觉，穿着它们在烈日和风雨下接受点名。这些衣服已经破烂不堪了，而随着天气越来越冷，女孩们本能地想要取暖，即便这意味着要牺牲一条毯子。如果您处于这种境况，相信您也会这么做。如果我们有可以更换的裙子，就没有必要再破坏德国财产了。"

我回到队伍中。

霍斯勒沉默了片刻，脸因为愤怒而变红。

"你这个傲慢的犹太人！"他厉声说道，"你将第一个被送上烟囱。你——"

"她不仅是一个傲慢的犹太人，"施瓦朱伯打断道，"还是一个聪明的犹太人。这些女人会拿到新裙子。"

现在霍斯勒把目光转向施瓦朱伯，但他不敢在我们面前批评他。当施瓦朱伯下令让我们返回营地时，他什么也没说。

第二天我们收到新衣服时，女孩们一遍又一遍地拥抱我，直到我被抱疼了。

我是如何鼓起勇气再次"口不择言"的？或许在奥斯维辛-比克瑙集中营待了近两年后，我能更好地把握党卫军在想什么了。我知道，我们这300个工作经验丰富的女孩对他们有多宝贵。如果没有我们维护集中营的日常秩序，他们将会手忙脚乱。又或者，再一次地，是冥冥中的一种力量推着我向前走。

————

1943年年底，我出现了体力透支的情况。几个月来，我的工作一直很紧张。最开始，我是10号区的区囚犯长；然后，在站立牢房接受处罚后，我在很多营房做过区囚犯长，其中就包括有俄罗斯人的营房。当有新的犯人抵达集中营，正在适应这个她们突然掉进的地狱时，我要确保她们知道各项规定，从而提高她们的生存概率。与此同时，我还要确保她们服从党卫军的命令，并且永远不要看上去太软弱。

我问卡特娅我能否稍微休息一下，于是她在营地办公室为我找了一份工作，我得以和她的助手齐皮待在一起。营地办公室在4号区，其中的一端是办公室，另一端则是工作人员居住的地方。

我跟齐皮很熟络。她跟我一样，也是第二批抵达集中营的。一直以来，她的工作都是协助卡特娅完成档案记录的任务。卡特娅和齐皮摸索出了一套救人的方法。在每次淘汰弱者的"挑选"中，她们负责把将要送进毒气室的囚犯的编号记下来。有时候，她们会用已经死了的囚犯的编号替换被"挑选"的囚犯的编号。党卫军从不计算卡车上的实际人数，他们只看"挑选"名单。只要上面的编号够多，他们就满意了。

齐皮曾经是一名美术设计员，所以她很会做这项工作。早些时候，她的一项工作是将普通的衣服改作营地制服。她在上面绘制了很多红色条纹。（这种制服出现在党卫军用完所有苏军旧制服之后，启用著名的"条纹睡衣"之前。）现在她负责账目、登记簿或分类账单，这些文件都很厚，清晰地记录着囚犯的各项信息。她用她整洁的字迹，记下了所有被送入毒气室的囚犯的编号，以及他们被处死的原因。——当然，他们是怎么死的不会被记录下来，虽然大部分都是被毒气毒死的。她只能将死因写成心脏病、斑疹伤寒、肺炎、白喉等等。

（厄玛·格雷斯曾自豪地告诉我："我们肯定会赢得这场战争。因为我们有完整的女性死亡名单，所以没人会相信任何关于毒气室的说法。你看，玛格达，我们多聪明！"她的说法最终会被证明是错误的，因为党卫军没有留下这个欺骗性的"证据"，他们将名单销毁了。）

这项工作最糟糕的部分是，在有些时候，名单甚至会在"挑选"之前被填上。这意味着齐皮要为未亡人编造死因。当然，一些人她并不认识，也有很多人最近才抵达比克瑙。不过，名单上确实出现了一些熟人，并且还能在营地里看到这些被决定了命运的囚犯——"我面前是一个大活人，但我知道他们明天或后天就会死去。"她曾这么对我说。然而，和所有其他人一样，在党卫军的屠杀系统面前，她无力挽救这些生命。

　　1943—1944 年的冬天，我和齐皮一起做这项工作，用最整洁的笔迹将囚犯记录在案。然后，在 1944 年的春天，我的这种相对平静的生活被打破了——卡特娅告诉我，数千名匈牙利人会在不久后抵达，而曼德尔希望我回来继续做区囚犯长。当然我们谁也不知道，奥斯维辛 - 比克瑙集中营最黑暗和凶残的时期即将到来。

8

营囚犯长

1944 年 5 月

卡特娅带领包括我在内的主要由斯洛伐克女性组成的 7 人小队前往比克瑙 B-IIe 辖区，这里也被称为"吉卜赛营"。纳粹认为罗姆人（即著名的吉卜赛人）是"不洁的"，就像对待犹太人一样，他们在被集体逮捕后送到奥斯维辛集中营，进行强制劳动或被屠杀。罗姆人并未和其他囚犯一起关押，而是单独居住于 B-IIe 辖区。然而，在此区的 30 个营房中，有 7 个已被清空——囚犯可能已经被集体屠杀——以为匈牙利人的到来做好准备。

卡特娅对我们说："因为会说匈牙利语和德语，你们被选作这里的区囚犯长。"

她为我们分配具体任务。我负责 1 号区；安娜·布莱切塔（Anna Brechta）负责 4 号区；薇拉·费雪（Vera Fischer）负责 7

号区，诸如此类。

那时，我和薇拉已经是朋友了——虽然是以一种不同寻常的方式认识的。她也是斯洛伐克人，比我晚两个星期到达奥斯维辛。早期的某个时候，在奥斯维辛主营的 9 号区，我发现她在她睡觉的上下铺的木头上刻了一些字。我给了她一耳光并告诉她，如果破坏德国财产的行为被发现，她和其他人就可能受到惩罚。薇拉对我的反应很吃惊，但她很快便理解了我。她解释说，她想写下在脑海中盘旋的一首歌的歌词。我知道缘由后，便为她找了一些纸和笔，这样她便可以好好把歌词写下来了。我不记得这首歌了，那张纸也消失很久了，很可能就在她写下不久后就不见了。但是我们的友谊自此开始萌芽。我告诉薇拉，盛汤的时候可以站在队伍队尾，这样就能多吃到一些罐底的蔬菜。和我一样，薇拉后来成了比克瑙的区囚犯长。

卡特娅将我们带到我们居住的营房后，宣布我成为这 7 人小队的队长。她还告诉我们，比克瑙来了一个新的司令——党卫军上尉约瑟夫·克莱默，据说性格非常残暴。我们最好能将秩序维护好，避免引起党卫军的注意。

不久之后，匈牙利人陆续抵达。

————————

自 1942 年 8 月以来，被分别关押于最初的分区 B-Ia 辖区和 B-Ib 辖区的男女囚犯们被党卫军虐待、折磨，甚至是谋杀，只有包括我们在内的少数人在比克瑙幸存下来。不过，这显然不是党卫军工作的全部，他们有着更大的计划。

在我们的营地，一天又一天，我们看到四个烟囱在新的毒气室和火葬场的位置上逐渐升高。新的"卡纳达"建成了，这个"安全仓库"[1] 由 30 间小屋组成，新囚犯的随身物品将会被没收至此。这座"卡纳达"要比奥斯维辛主营的第一座"卡纳达"大得多。它在 1943 年年底投入使用，同时投入使用的还有一座新的浴室建筑。而在我们的营地外面，新建的是一条铁轨线，包括其配套的匝道，或曰装卸区。1944 年 5 月，这条铁轨建造完成后，列车得以直接进入营地内部，而不是像以前一样停在几百米外被称作"旧犹太坡"[2] 的主干线上。如此一来，运载囚犯的火车可以被更快地清空，首次"挑选"也会变得更加便捷。对党卫军来说，更方便的一点是，那些被"挑选"出来要立即送进毒气室的囚犯，不再需要卡车运送了。只要跟他们说他们将到那座建筑中冲个澡，他们就会乖乖地走向自己的命运。

这些新的设施都是为杀害更多的囚犯准备的，纳粹的"死亡工厂"之梦即将实现。

在营地主路的对面，通电铁网的后面，数百间新的营房拔地而起，延伸到远处。而 B-IIe 辖区——我和薇拉等人现在所处的吉卜赛营——就是扩建计划的一部分。

5 月，匈牙利人渐次抵达。与以往不同的是，每次抵达的人数都很多，往往是数千人。在此之前，奥斯维辛 - 比克瑙集中营的匈牙利人很少，因为匈牙利不像捷克斯洛伐克和其他国家那样，支持德国对生活在其国家的犹太人的驱逐。但 1944 年春天，

---

[1]　原文为德语词"Effektenlager"。

[2]　原文为德语词"Judenrampe"。

当德国入侵匈牙利之后，一切都变了。在之后的两个月内，近50万犹太人被运出匈牙利，其中的大部分来到了奥斯维辛。

火车在新的铁轨线上停下后，成百上千的人在匝道上排着队。我们看着他们被"挑选"，大多数人，特别是带孩子的妇女和老人，被直接送到了毒气室和火葬场。

能干活的年轻女性则在浴室被"处理"后来到吉卜赛营，每次的规模有小几百人。就像两年前我们抵达这里时一样，她们迷茫、困惑且害怕，对自己和家人的命运一无所知。

在第一批匈牙利人抵达吉卜赛营后不久的一个星期天，我的表妹，作为跑腿人员的艾丽斯卡找到我。

"玛格达，快跟我来。1号区的女孩们想跟克莱因医生走。他告诉她们要带她们去疗养院。"

我跟着艾丽斯卡回到1号区，看到了弗里茨·克莱因[1]医生。克莱因医生又高又瘦，戴着眼镜，看上去很斯文。他用正宗的匈牙利语和一大群女孩说着话，说她们是多么美丽，不需要在此地受苦。

"你们为什么要待在这儿？"他说，"我会送你们去我的疗养院。那儿什么都有，又美好又干净。还有花园和好吃的。"

---

[1] Fritz Klein（1888—1945），出生于奥匈帝国，在布达佩斯大学完成医学学习。1939年，他应征入伍，加入罗马尼亚军队。1943年，应征加入德军，成为党卫军成员。曾先后在奥斯维辛-比克瑙集中营、诺因加默集中营和贝尔根-贝尔森集中营做营地医生。1945年在贝尔森审判中被判处死刑，并于当年被执行绞刑。

女孩们推搡着，试图冲到前面，好让克莱因带她们一起走。我在其中看到了我的另外一个表妹，她也叫玛格达——玛格达·英格兰德（Magda Englander）。玛格达是个跛子，如果被党卫军发现，她就会被判死刑。如果她被派去做户外拆除建筑的工作，她一定会被发现，因此，为了避免这种情况，我一直让她在营房里干活儿。

当然，我之前已经见识过克莱因的把戏。薇拉和我已经见过很多次。这是党卫军的残酷伎俩之一。克莱因根本没有所谓的疗养院。他试图用舒适的条件来欺骗女孩，而真正的意图是将她们送进毒气室——尽管，这些女孩年轻、健康，还有劳动价值。在他眼里，这根本不重要，因为空缺很快就会被新的囚犯填上。

从她们抵达集中营的那一刻开始，我们就一直提醒她们，不要相信党卫军的所谓承诺。我们经常指着烟囱说："这是他们允许我们离开的唯一方式。"但克莱因用她们的母语与她们交流，她们被打动了，想跟他走。

我挤到队伍前面，举起双手喊道："你们不能去疗养院，不能留我一个人在这个营房里慢慢腐烂。如果我要留在这里，你们也一样。"

我指了指营房。

"回屋去，回去。进到里面去！"

一些女孩按我说的转过身来，其他人则在抱怨。"你为什么要这么刻薄？"她们瞪着眼睛对我说。

有些人变得歇斯底里。一些女孩——包括我的表妹玛格达——非常想跟克莱因一起走，我不得不以扇耳光的方式让她们清醒过来。如果一个耳光就可以挽救她们的生命，那就太值了。

我转向克莱因。

"您今天来这里没什么事。克莱默司令如果知道了，他会很生气的。所以请您离开，并且不要再做出这样的举动。"

克莱因伸手摸了摸腰带上的枪，但他改变了主意。他还是转身走了。我的勇气再一次奏效，尽管我有些胆战心惊。

在那之后，包括玛格达在内的一些女孩对我怀恨在心。她们从不感谢我的救命之恩，只记得我打了她们耳光。

————————

运送匈牙利犹太人的列车一辆接着一辆地抵达，我们的七个区很快就住满了人，营房甚至达到了党卫军期待的那种过度拥挤。每天，24 小时，四个火葬场的烟囱都冒着烟。

卡特娅来找我说："你们每个人都将搬到 B-IIc 辖区——他们叫它 C 营。曼德尔会跟你说，你将成为营囚犯长，负责整个营地。""卡特娅，你可怜可怜我吧。我不能做这项工作。让其他人来当吧。"

我试图找出借口，让我摆脱如此重担。

"即使我能活着走出去，我怎么可能让成千上万的女人保持开心？我会树立多少仇敌？"

"这不是我的决定，"她说，"无论如何，我们的地下组织也希望你能接受这项工作。他们知道你会尽力帮助别人。你更想让斯腾佳当吗？你知道她有多残忍。她只会尽快将她们送进毒气室。"

我并不开心。我不想承担这么重的责任。

过了一会儿，仍然任营指挥官曼德尔助理的玛格特·德雷克斯勒把我叫了过去。

"海灵格。你将成为 C 营地的营囚犯长。"她说。

"请不要让我当营囚犯长，"我说，"我不会当。"

"你当然不会当，玛格达。C 营是新建的。"她笑了。

第二天，任命还是来了。"玛格达，到前面来。"

我走到营地门口，一辆黑色的大车正在门口等着我。后座的门并没有关，里面坐着司令克莱默。

我的脚后跟"咔嗒"一声。"2318 号正在报告。"我喊道。

"海灵格，"他说，"上车。"

之前，我并不知道克莱默是谁，不过，他来到集中营任职的时候，营里已经传遍了这个残暴男人的消息。他身材高大，在担任另一个集中营的司令期间，他用手掐脖子的方式杀过一些人。完事之后，他将对方扔到地上，然后从他们的身上跨过去。

汽车行驶了约 500 米，来到另一个营地。一路上，我们都很沉默。下车后，两排长长的营房在我们的面前展开。他低下头来，盯着我看。

"你将成为这里的营囚犯长。"他说。

打眼看去，这里有大概30间营房（确切数字是32）。如果每间营房能容纳1000名囚犯，那么30000多人将由我负责。一座被通电铁网圈禁的城市。

我们走到第一个住宿区，我往里面看去。除了睡觉的小隔间，其他什么也没有。

"司令官先生，您想让我当这里的营囚犯长？"我说，"但营房是空的。没有供睡觉的稻草垫，没有毯子，没有碗也没有勺。如果这些女人只有这样的生存条件，那您的卫兵会叫她们犹太猪。您还是直接把她们送进毒气室吧。"

"你为什么那么为别人着想？想想你自己。"他说。

"假如您换位思考一下，如果您管理着德国囚犯而不试图帮助他们，有些人会认为您是懦夫。"

他盯着我看了一会儿，然后上下打量着我。我没动。我只是站直身体，不惧他的目光。我能感觉他是在寻找我的弱点，但我不会显露出任何弱点。

他说："明天会把这些东西送来。"

C营目前关押着8000名男囚犯。几名党卫军军官正在讨论，如何在不出现任何错误和骚乱的情况下，让女囚犯们从吉卜赛营反方向走来的同时，将这些男囚犯转移到相邻的B-IId辖区，也就是所谓的D营。

"我可以负责组织这件事，如果你们允许的话。"我说。

他们同意了。

我走到 D 营，找到了 D 营的营囚犯长。

"我需要带 8000 人到这儿来。为了保持秩序，我们每次会带 1000 人过来。"

我开始行动了。前 1000 人 5 人一排形成队伍，秩序井然地走到他们的新营地。党卫军守卫在路边看着，但他们不用做任何事。接着，我在吉卜赛营集结了 1000 名女囚犯，并让她们用同样的方式走到 C 营。一旦她们走进营房，下一批男囚犯就可以搬进女囚犯原来住的营房。相同的程序进行了 8 次之后，男女囚犯都顺利抵达了党卫军想要他们去的地方。

军官们对我顺利解决这个问题感到惊讶。他们的震惊点在于，一个犹太女人竟然有如此的组织能力。司令克莱默满意地看着这一幕。

我看到了机会。

"克莱默司令，如果我和我的区囚犯长以及其他工作人员能维持好此地的卫生和秩序，您能让党卫军守卫离营房远点儿吗？"

"你将和党卫军监视员格雷斯一起工作。从明天起，她就是这个营的营指挥官。"

────────

C 营就这样建起来了。我和卡特娅一起找到来自斯洛伐克的女孩，尤其是在户外从事危险工作的那些，并在之后将她们任命为区囚犯长。有一些是我的朋友和亲戚。

一个叫艾尔莎·克劳斯（Elsa Krauss）的女孩靠近我，告诉我她来自我的家乡米哈洛夫采。她觉得我们可能是远房亲戚，问我是否可以给她安排个职位。

"你就是我一直要找的女孩。我希望你找到100个左右的其他女孩，就是你需要的数量，因为你们将负责整个营地的卫生，包括厕所的卫生——在这种情况下，我们必须努力保持清洁。"

2号区有一半是厨房，另一半是我们居住的房间——我的房间是4米乘2米的——另一个房间住的是C营的档案管理员，一个叫格尔达（Gerda）的很不错的女孩，以及营囚监长瑟卡（Surka），她负责在户外做拆除工作的女孩们的组织工作。其他住在这里的人还包括2号区的区囚犯长和在厨房工作的女孩们。

一个匈牙利女孩被我们选作内务，方便她用她们的语言来沟通日常职责。自我们来到奥斯维辛集中营以来，每天早上都有一群女孩将大罐的茶送到营房——每罐茶由四个女孩共同搬运。之后，她们会吃点儿面包，偶尔有黄油、奶酪或意大利腊肠。到了晚上，她们的食物是寡淡的、发酸的"汤"，汤底有一些蔬菜。

C营最开始有大约7000个女性，她们几乎都是从吉卜赛营转移过来的匈牙利人。但在几天的时间里，随着越来越多从匈牙利驶来的列车的到达，C营很快就住满了人。不久，我的"城市"就发展到了其最大容量的30000人口，她们拥挤地生活在一个长

800 米、宽 200 米的区域。情况非常可怕，正如许多其他幸存者在讲述亲身经历时所回忆的那样。每个营房都人满为患，居住用品不过是一层稻草垫和四个或更多女人共用的薄毯子。食物也很糟糕，就像我们刚抵达时吃的一样，远远不够提供人体所需的营养。女人们很快就只剩下骨架。

死亡总是近在咫尺。我们不应忘记，1944 年夏秋两季是屠杀最疯狂的时期。纳粹在几个月内杀害了近 40 万人，其中大部分是匈牙利犹太人。大多数人在抵达后被立即毒死，但也有许多人在几周或几个月内死亡。有的人失去了活下去的信念，倒地不起，有的则是主动撞向通电铁网，结束这一切。工作中受伤、生病、营养不良——任何导致无法工作的原因——都是党卫军将剩下的人送上烟囱的理由。当然，他们也可以不需要任何理由。他们可以肆无忌惮地杀死出现在"错误"地方的犯人，或者用"不当"方式看他们的犯人。毕竟，终极的目标就是种族灭绝。一个犹太囚犯的生命没有任何价值。

我该怎么做，才能让这个无法消除的地狱少一些痛苦？

我在一个我没得选的位置上。但是，既然我已经在这个位置上了，那么，30000 条生命就已经压在了我的肩上。如果我能做出丁点儿的改变，让营地里的女性少受点儿苦，那我就会去做。

选好区囚犯长之后，我将她们召集在一起并对她们说："你们被选作区囚犯长了，但你们是有责任的——你们需要尽可能地照顾我们的犹太姐妹。和其他人相比，你们有独立的空间睡觉，也有少量自由，所以作为回报，你们要努力帮助其他人。"

我反复强调，我们要在几乎不可能的情况下尽可能地保持营地的清洁和卫生。我们要努力预防或控制疾病的暴发。我们要努力维持秩序，避免引起党卫军守卫的注意。我们要尽量缩短点名的时间。我们要公平分配食物，尽可能多给那些有需要的人，不管她们是因为从事了过多的户外劳动，还是因为身体有恙。我们会隐藏生病或受伤的人，以防她们被"挑选"送进毒气室。

如果我们做到了这些，一些生命可能被挽救，或者活下来就变得更加可能。但我们必须共同努力。

"如有失职行为，你们将会受罚。"我说。

不幸的是，我有时的确要管教她们。其中有些女孩还很小，而我要她们做的却很多。我开始随身带着棍子，不过不是为了打人，而是为了彰显某种权威。我还穿了一件条纹夹克，臂章上写着字母"LA"，这是"营囚犯长"的缩写。

有一次，一名囚犯走过来对我说："玛格达，我一直在观察你，观察你怎么用棍子。当这里乱作一团，女孩们又打又叫时，你都会向前一步，举起你的棍子瞪着她们，直到她们停下。她们总是能听你的，照你说的做。我必须告诉你，如果我没有看到这一切，我根本不会相信。"

"我必须这么做，"我说，"如果我不这样做，就会混乱不堪。而这一旦被党卫军发现，为了解决这种混乱，他们会拿着枪过来射杀惹是生非的人。我们必须保持秩序，这样才能让他们远离我们。"

我没有时间做一个"好"人。

还有一次，其中一个女孩尖叫道："红十字会来了！红十字会来了！"

我不知道她为什么这么喊，因为红十字会根本没有来。尽管如此，她的话还是引起了骚乱。女孩们唱着跳着，到处扔东西，甚至包括她们的汤盘。由于害怕这些行为被党卫军发现，我穿上了条纹夹克，高举着棍子走进人群。

"肃静！"我大喊了一声。

有的女孩后退了一点儿，有的则停了下来，抬头看着那根棍子。有些人不受影响，继续庆祝着。

我又喊了一声，渐渐地，一切都安静了下来。

"红十字会并没有来，"我说，"这是一些女孩的愚蠢玩笑，但这是一个危险的玩笑。拿起你们的汤碗，回你们的营房去。我负责这个营地，很少有党卫军官兵来这里。这是在救命。记住了，谁都不要再有这样的举动了。"

女孩们散开了。

第二天，当女孩们将汤送来时，一个营房传来尖叫声。汤罐被抬进去后，一个女人掀开盖子，把汤碗浸了进去。溅出的汤汁烫到了抬汤罐的女孩们的手，她们现在都在因疼痛而哭泣。虽然不喜欢扇人耳光，但我还是这么做了——我给了那个女人一个巴掌，然后说："你把汤弄洒了，烫伤了这些女孩的手。也因为你的所作所为，一些女人的汤不够喝了。"

"我是为我的两个女儿才这么做的。"她恳求道。

我有些同情她，但仍回答说："其他人也有女儿。"

一个不断出现的问题是，某些男人——在 C 营做户外工作的男囚犯——会用香烟诱惑女孩，把她们骗到水房并跟她们发生性关系。我不能忍受这种行为，而且女孩们还可能怀孕，所以我让我的助手们积极地阻止相关状况的发生。我走到一个男囚犯面前，跟他说，如果谁被我抓住了，我就会告诉负责的囚监。这是大部分人注意到的问题，但这并不是问题的全部。有一天，负责清洁水房的女孩们发现了一对男女。她们把其中的女孩带到了办公室。我们在一张大纸上写下"我为了几支香烟卖掉了自己！"，并让她拿着牌子跪下。当其他女孩从她身边走过时，"活该""丢人""她会败坏我们的名声""这是营地，不是妓院"等评论不绝于耳。我不知道这种惩罚是否奏效，但相关的事件的确少了。

几周后，我发现一些区囚犯长在玩忽职守。她们负责的营房里有人打架，但她们却坐视不理。

我将这些区囚犯长召集在一起，对她们说："记住我说的话，你们在这儿的目的是为大家提供保障。我们不能反抗党卫军的命令，我们的力量太微弱了。但是我们要竭尽所能地维持秩序，并且确保每个人都能吃上饭。而现在，我们乱作一团。我说过，你们要遵守规定，现在你们将受到处罚。"

营地前面有一个池塘。如果有火灾发生，这个小游泳池般的存在将会是应急水源。

"做青蛙跳，"我命令道，"围着池塘周围跳几圈。希望这能帮你们记住我的话。"

刚开始，她们以为我在开玩笑。我们都是最早抵达的一批人，在一起待了两年的时间。我们是朋友。

"你是认真的吗，玛格达？"其中一个问我。

"那你们是认真无视营房秩序的吗？你们考虑过这会引来党卫军，惹出麻烦来吗？你们可能在生我的气，但想想吧，你们应该受到处罚。你们没有为姐妹们着想。"

于是，她们就围着池塘跳了几圈。跳完之后，她们都笑了。我并不介意她们的不严肃。她们已经知道我的态度了。

我在营地里拿着棍子四处走动，还会时不时举起它来；我大声呵斥着一些囚犯，有时甚至会因她们没排好队而扇她们耳光——这些行为都被营地里的匈牙利妇女看在眼里。她们以为我很凶狠，但她们不知道情况可能会更糟。她们没有经历过两年前我们刚刚抵达时的混乱无序，也没有体验过我们转移到比克瑙之后在未完工的营房居住的窘迫环境。她们看不到我们为她们所做的微小努力。只要我们这些知道营地生存法则的人在身边，她们就不会感受到发生的变化。这里没有党卫军的谎言，她们可以在我们的帮助下适应环境，尽管她们仍然认为周围的一切都不可思议。由于囚犯管理者大多都是斯洛伐克人，她们也从文化上不信任我们。

几个世纪以来，匈牙利人一直将斯洛伐克人视为未开化且没有受过教育的农民。奥匈帝国垮台后，匈牙利的大片领土归新成立的国家捷克斯洛伐克所有。这让两个国家的人民仇恨更深了。虽然这一切都与我们无关，但很多匈牙利人仍然选择拒绝听从我们的命令。她们认为我们拥有比实际更多的权力，或者我们已经是党卫军的同谋了。她们并不认为我们处境艰难，不知道我们表露的小小善意在被党卫军发现后，可能面临着受处罚甚至被处决的危险。

其中一些女性甚至认为我们共同的敌人——纳粹——比我们要"善良"。

————————

随着我对一些囚犯的逐渐了解，我知道了哪些人有哪些技能，以及怎么好好利用这些技能。

一个女孩找到我，跟我说她的父亲是科希策[1]犹太教堂的拉比，而她是一名体操运动员，想做一些有用的事情。

"我一直在寻找像你这样的人，"我说，"我希望你每天都尽可能多找一些年轻女孩，然后带她们到营地后面人少的地方，做一些训练。训练可以鼓舞士气，强健体魄。如果你饿了，到厨房去，告诉她们是我让你来的。她们会帮你的。"

一天早上，一个女人来找我，告诉我她是吉塞拉·佩尔医生。她说她需要一双鞋。我便带她进了我的房间，给了她一双鞋和一条毛巾。由于天气越来越冷，我还给了她一件女孩们帮我搞到的羊毛衫。佩尔医生告诉我，她是妇科大夫，之前在罗马尼亚

————————

[1] Košice，距离米哈洛夫采不远的一个小城市。

的疗养院工作。我告诉她，我会送她去医疗营。

很快，这被证明是一个英明的决定。

新的命令传来，所有的孕妇在被送往疗养院之前都要登记——这基本就是"死亡"的意思。我让我的跑腿人员散布消息：孕妇不得向上报告自己怀有身孕，区囚犯长会主动找她们。然后我叫来佩尔医生，让她确定目前营地中孕妇的人数。

幸好，怀孕的人并不多，这让我有时间和精力想每个人的解决对策。我让她们来见我和佩尔医生。我们分析了当前的状况：并没有什么疗养院，去疗养院就意味着进入毒气室，她们只有堕胎才能活命。佩尔医生对每个人解释道，她们都很年轻，所以堕胎不会对身体造成太大影响，以后还是可以怀孕。即便如此，孕妇们也很犹豫。我们让她们陷入了两难的境地。但我们能说服大多数人。我让她们承诺，此事不会向任何人提起。如果我们的计划走漏了风声，会有更多的人被送上烟囱。

我们去了医疗营。在肮脏的地面上，在没有设备也没有任何消毒措施的情况下，佩尔医生为她们做了堕胎手术。不过，一切都很顺利，所有女人在休息了一会儿后，就返回了自己的营房。

后来，我们发现了一个一直隐瞒着怀孕消息的女人。当她快要生产时，佩尔医生接生了这个孩子。母亲在医疗营休息了一天，然后回到了她的营房。在这个党卫军永远不可能允许新生命出现的地方，在面对更残酷的命运之前，这个孩子悄无声息地死掉了。

在接下来的几个月里，佩尔医生又接生了数十个婴儿，并在医疗营的地面上做了无数次堕胎手术。以这种方式,她挽救了许多女人的生命,尽管很多新生儿的生命未能延续。

这就是我们面临的常人难以想象的困境:在成千上万人失去生命的情况下,我们为一些人创造了活下去的机会。

⑨

党卫军联络人：厄玛·格雷斯

　　我和那些臭名昭著的党卫军接触越多——比如爱德华·沃斯、约瑟夫·克莱默和厄玛·格雷斯——我就越明白，尽管他们杀人不眨眼，终究也是人。我并不是要为他们辩护，也并不是在说我对他们哪怕有过一秒钟的好感。相反，我是为了说明他们也有人类的需求和弱点。有弱点就有机会。对我和薇拉·费雪——最早抵达奥斯维辛集中营的人——来说，这让我们学会了如何与党卫军讨价还价，只要我们能够选准时机，谨慎行事。恐惧常伴随左右。他们中的任何一个，在任何时候，都可以处决我们，或者亲手杀死我们。但如果我们做出尊重他们的姿态，迂回着提出我们的诉求，并适当地大胆行事，就可以达到我们的目的。

　　我和厄玛·格雷斯的合作就是绝佳的例子。

　　格雷斯或许是战后最臭名远扬的党卫军女守卫了。她年轻貌美，先后在拉文斯布吕克集中营、奥斯维辛 - 比克瑙集中营和贝尔根 - 贝尔森集中营工作过，因与多人有染和心狠手辣而闻名。1945 年，贝尔森审判期间，包括格雷斯、约瑟夫·克莱默等 45 人在内的奥斯维辛集中营和贝尔根 - 贝尔森集中营的党卫军官员被判处战争罪，而格雷斯则"一枝独秀"，成为媒体们争相关注的焦点。媒体将她称为"美丽的野兽"。她被判处绞刑时只有 22 岁。在之后的几年里，人们对格雷斯的关注度还在增长，很多人认为她只有邪恶这一副面孔。然而，我所认识的格雷斯，仍旧是一个活生生的人。是的，她的确是一个邪恶且有着强烈施虐欲的人，但她也是一个被伤害过的年轻人。表象之下，她也有着脆弱和敏感的一面。

在我们搬到 C 营后的第二天，厄玛·格雷斯也受命来到这里。在她走进营地时，我走向她并向她报到。

"向营指挥官格雷斯报告。我是您的营囚犯长。愿我们同心协力。"

格雷斯是唯一长驻于 C 营的党卫军官员。她在营地门口的小守卫室有一间办公室。守卫室有一个 24 小时值班的守卫，负责监管人员的进出。

她每天至少会找我聊一次天。我们经常像在奥斯维辛的面包房时那样交谈，我感觉她把我当姐姐看待。她跟我聊天时略显浮夸，是年轻人要给年长的人留下深刻印象的那种聊天方式。她有时会跟我谈起她的家庭：她的家在德国的某个地方，家中还有四个兄弟姐妹。她的父亲是农民，母亲在她十几岁的时候就死了。她跟我讲她十几岁时的校园时光，她加入了德国女青年联盟[1]，一个纳粹女青年组织。她对此非常自豪，因为该组织只对"真正的"雅利安人开放。对于纳粹党宣扬的"使命"，以及德国人面临着种族"污染"危险的说法，她显得非常狂热。当她告诉我这些事情的时候，她几乎忘记了她的倾听者是一名囚犯，一名犹太囚犯。她告诉我，当她加入联盟的时候，她与家人闹得很不愉快，因为她的父亲非常虔诚保守，不相信纳粹主义。当她后来加入党卫军时，她父亲更加生气了。有一次，她穿着党卫军的制服回家，父亲再也没有和她说过话。

她还跟我讲起她的事业。她曾想成为一名护士，在霍利臣疗养院与教授卡尔·格布哈特[2]医生一起工作过。我没有听说过这位教授，但格雷斯将他称为纳粹党的"圣人"。人们在战后发现，格布哈特是最早在纳粹眼中的下等人——犹太人和罗马人等——身上做实验的医生之一。然而，格雷斯最终离开了医院，没能成为一名护士。在自愿加入党卫军之前，她在一家乳品厂工作了一段时间，那时她也不过 18 岁。她告诉我，她那时不知道集中营是什么地方，也想象不到集中营有多么糟糕，但纳粹将在集中营工作美化得十分吸引人。无论如何，在加入党卫军之后，她就怀着极大的忠诚努力工作。与其他守卫不同，她在如何将制服穿得好看上花了很多精力，努力维持着漂亮的外表。她做了自己能做的事，由此脱颖而出，走上晋升之路。被任命到 C 营的时候，她才 20 岁。她的职位是党卫军的营指挥官——党卫军女军

---

[1] Bund Deutscher Mädel，简称 BDM，纳粹党青年运动的女青年分支，也是纳粹党认可的唯一女青年组织。1945 年，该组织被取缔。

[2] Karl Gebhardt（1897—1948），出生于巴伐利亚，德国医生。曾担任霍利臣疗养院的医疗监督，党卫军的外科咨询医生，纳粹党卫军和警察参谋部首席外科医生。1947 年，被判犯有战争罪和反人类罪，1948 年被处以绞刑。

官能够达到的第二高的职位，这发生在一个 20 岁的年轻人身上并不常见。

偶尔，她也会分享一些自己听到的纳粹想要如何赢得战争的计划。她会告诉我其他女党卫军的八卦，她和她们的关系都不好。

有时我想，这也许就是她把我看作姐姐，而不是囚犯的原因。我是她唯一可以倾诉的人。

虽然我好像对她很熟悉，但她很快就因残忍而闻名——我也看到了她的这一面。一天点名的时候，我站在 2 号区的前面。忽然有两个跑腿人员跑到我跟前，她们带着两个痛苦的女人，这两个女人的乳房已经皮开肉绽。那个场面太吓人了，她们因疼痛而哭泣着，乳房在不断地淌血。我问她们发生了什么事，是谁干的，但她们太害怕了，不敢回答我。

一个跑腿人员指着其中一个女人对我说："这个女人告诉我，营指挥官格雷斯用鞭子抽了她们。"

我让两个跑腿人员把她们带到医疗营。

"告诉佩尔医生是我派你去的，让她尽最大努力帮助这些可怜的女人。"

然后我找到了格雷斯，确定周围没人之后，我对她说："你对那些可怜的女人做了什么？她们疼痛难忍。她们的伤口很可能会感染，她们会死的。我为你感到羞愧。"

她举起了鞭子。

"我知道你也敢打我，"我说，"你喜欢见血。我感觉受到了冒犯 [1]。"

我转身就走。

后来，令我惊讶的是，格雷斯走过来对我说："原谅我吧 [2]。"

从那以后，如果我在她的周围，她便很少表现出残酷的一面，但遗憾的是，她的确有这一面，并且时常展现在众人面前。她渴望权力，以及权力带给她的风光，而这意味着她要在外表和残酷的表现上都比别的女党卫军出色。据说，她常常使用鞭子和手枪，或者在点名的时候让囚犯们"做运动"。她对我来说是个谜。一方面，她对我非常尊重；另一方面，她对其他人则冷血无情。上一秒她还在跟我谈笑风生，下一秒就变成了恐怖的恶魔。

————————

在集中营里，常常流传着格雷斯的花边新闻。你听到的版本会随着讲述者的不同而发生变化。有时她的情人是门格勒或克莱默，有时是其他男人，甚至还包括女人和囚犯。这些事情是有可能发生的。有一次我从佩尔医生那里听说，格雷斯命令她为自己堕胎。但是格雷斯没跟我讲过这些，我也从未注意过此类状况。这些事情跟我无关，我有太多的事情需要操心了。

然而，她确实把我当作了知己。

有一天她来找我说："玛格达，明天我会把我的新男友介绍给

————————

[1]　原文本句为德语"Ich bin beleidigt"。

[2]　原文本句为德语"Vergib mir"。

你，他叫哈奇（Hatchi）。你可以告诉我你对他的看法。"

第二天，男子营的一些囚犯在 C 营做工。我认识其中一个人，之前曾跟他说过几句话。这次他敲响我的门，问是否可以和我谈谈。我示意他赶快进来——不能被别人看到，那意味着我们都得接受惩罚或被处死。

"有什么事儿吗？"我说。

"我非常欣赏你。如果我们能活到战争结束，我想和你在一起。战争开始之前，我是一名世界级的爵士鼓手。"

他说要带我环游世界，用他的音乐。

就在这时，格雷斯带着哈奇走了进来。她惊讶地发现房间里还有一名囚犯。

"他在营地里干活儿，"我说，"他是世界知名的鼓手。"我补充道，希望这能分散格雷斯对我们所犯"罪行"的注意力。

"真的？我们测试下他是不是鼓手。"哈奇说。

他弯下腰。

"请吧，在我的屁股上展示你的才艺。"

犯人用手快速地击打着哈奇的屁股，然后抬起一只穿着靴子的脚，把它当作第三只"鼓"。一段复杂的节奏流泻而出。

"嗯，他果然是个鼓手。"哈奇笑着说。

鼓手认为这是他回去工作的好时机，他们的注意力已经被转移了。

我和格雷斯、哈奇一起聊了几分钟。当他们转身离开时，格雷斯回头看着我，扬起眉毛示意我告诉她我对哈奇的看法。

我点点头表示认可，然后继续工作。我再也没有见到那个鼓手。

战争结束后，格雷斯接受了审判。根据她的供词，她于1945年初跟随哈奇（他的真名是弗里茨·哈兹格 [Fritz Hatzinger]）来到贝尔根 - 贝尔森集中营。

还有一次，格雷斯来找我说："玛格达，跟我一起去男子营。"

"为什么要我一起去？你可以随时到那儿去。"

"那儿有一个我非常喜欢的男人，"她说，"我很想去见他。如果你一起来，那就很像是因为公事。"

和往常一样，她没有命令我，而是像朋友一样问我。

"我们什么时候去？"我问。

"明天。"她回答道。

我意识到这是 C 营的女人与她们身在 D 营的家人取得联系的好时机。一般情况下，只有在男囚犯来 C 营送货或者干活的时候才有可能和女囚犯取得联系。但这样的机会非常少，并且也很危险。有机会的话，男囚犯可能会过来找我，让我对他的妻子、姐妹或其他家庭成员施与援手。有时我会在厨房里为某个男囚犯安排一份工作，尽管只能做很短一段时间，但这对当事人意义重大。和在厨房工作的女人一样，这些人不用参加点名，也不会被"挑选"。他们很容易拿到食物，可以偷偷把剩菜留给亲戚或朋友。作为回报，他们有时会帮我"组织"一些东西，或帮忙给男子营带些话。

格雷斯一走，我就把所有的跑腿人员叫到一起，也通知了档案管理员格尔达。我告诉她们，她们需要准备一些纸张和铅笔，然后告诉营里有家人在男子营的女人们，我们可以为她们传递纸条。

"告诉她们，假如她们知道的话，最好写清楚男人的名字和居住的区域，我会帮忙传信儿。"我说。

第二天，我和格雷斯一起走进男子营。我在衣服下面藏了一堆纸条。

"你在这里等我。"当我们进入男子营时，格雷斯对我说。我找到了 C 营的营囚犯长和档案管理员——他们也是犹太同胞，然后告诉他们我的计划。在他们的帮助下，这些纸条得以传递，一些人甚至在背面写了回话，然后重新交给我。

就这样，我在两个营地间传递着信息。我的活动并不频繁，但这足以让人们知道，他们的家人还活着。这给了他们希望，给了他们继续扛下去的理由。

在返回 C 营的路上，我和格雷斯边走边小声聊着。她看起来很高兴。她不知道，我也很高兴。

我又传递了几次信息。我不知道在没有我陪同的情况下，格雷斯是不是也经常去男子营。

————————

由于格雷斯有着残暴的一面，为了保护这来之不易的机会，我必须小心谨慎，尽量不让我们的亲密关系遭受考验。最大的一次考验，来自猩红热在营地的暴发。

党卫军开发了一套简单的应对疾病和潜在流行病暴发的方法。疟疾、斑疹伤寒和猩红热是营地最常见的流行病。当一个区域的少数几名囚犯出现症状时，他们就会把整个区域，甚至整个营地的囚犯都送进毒气室。

C 营的对面是一个规模较小的女子营，被称为"墨西哥营"。墨西哥营是比克瑙集中营的扩展营地，其官方名称为 B-III 辖区。这个营地住着 8000 名匈牙利妇女和女孩。有一天，党卫军发现囚犯中有人得了猩红热，便不由分说地将 8000 名囚犯都杀害了——无论她们是否患病。

听说这件事后，我让跑腿人员立马找到 C 营所有的医生。很快，66 名医生就出现在我的面前。

"营地里出现了猩红热，"我告诉他们，"我们不能让流行病暴发。你们会被派到不同的区域，每个区域将会有两名医生。你们的工作将是观察这些女孩，如果有人出现得病的迹象，请告诉我。然后，我们将在每个区域后面的小房间隔离那些女孩。"

在卫生条件极差的集中营，疾病的出现只是时间问题。不过，通过迅速将患病的女孩隔离，局面还是有可能控制住的。

我们不得不向党卫军隐瞒这种情况——主要是不让格雷斯知道。我绝不允许这个 30000 人的营地瞬间消失。最大的挑战是应付点名。我们不想让生病的女孩与健康的女孩待在一起，这样疾病很快会流传开来；但点名时生病的女孩必须在场，否则会引起别人的注意。

最后，天气救了我们。1944 年夏天的热浪救了我们。

我找到格雷斯，对她说："天太热了。我来监督点名吧，你去 2 号区休息一下。"

"曼德尔发现了怎么办？"

"别担心她，"我说，"你是这个营地的营指挥官，你做什么都可以。"

我说服了她。由于格雷斯并未出现，我便和档案管理员格尔达一起，重新安排了队伍。即便有些人无法走出营房，队伍也显得很平均，没什么异样。

炎热的天气持续了六个星期，在那段时间，我一直劝格雷斯休息，让我来主持点名。没有一个女孩因为患猩红热而被送进毒气室。我和格雷斯的关系拯救了 30000 条人命。

不久之后，又发生了一件类似的事情。那时，格雷斯和我站在 2 营，正准备点名，但外面下起了瓢泼大雨。

"你不想站在雨中点名吧？"我对格雷斯说，"我有一个办法。我会让跑腿人员给每个区的区因犯长带话，告诉她们将女孩们分成十人一组。就让她们坐在铺位上，把腿悬在前面。我会和档案管理员一起过去，十个十个地数很快就能数完。这样你就不会淋湿了。"

格雷斯同意了。C 营的女孩们免去了一次雨中点名。

———————

我发现，一旦谈到与家人有关的话题，格雷斯就会格外伤感。她是想念自己的家人了吗？很难知道答案。但是，再一次地，我认为我可以利用这一点。

莉莉·容格（Lili Junge）是我的另一个表妹，她抵达比克瑙后不久就找到了我。和跑腿人员艾丽斯卡一样，莉莉很小，只有十四五岁。当我第一次在集中营看到她时，我为在这儿见到了她而感到难过。我想尽我所能地保护莉莉和艾丽斯卡，这就是艾丽斯卡成为我的跑腿人员的原因。她会一直在我的眼皮子底下。我决定将莉莉推荐给格雷斯，担任她的助手。莉莉的任务是帮格雷斯跑腿、传递信息、运送物品等。她的生活可以因此轻松点，吃的也会比之前好。她会和我们一起住在 2 号区，这比那些拥挤的区域更安全、更干净。

有一天，格雷斯在 2 号区走动，经过铺位时，她随机抬起一些床垫。

"这是谁的床？"她厉声问道。

我看着她在床垫下发现的东西：罐头汤、意大利腊肠、肥皂，甚至香水，什么都有。

"这是我表妹莉莉的床。"我回答道。

在为格雷斯工作和跑腿的过程中，莉莉偷拿并保存了这些"奢侈品"。

"你的表妹得受罚，"格雷斯说，"如果你不愿意，我就得给你一耳光。"

"别担心，厄玛。该挨耳光的是莉莉。"

格雷斯离开了，在一个跑腿人员的帮助下，我把床垫下面除必需品以外的东西都拿了出来，把它们摆在长凳上。

当莉莉回来时，我站在她的面前。

"这都是什么？你怎么有这么多的食物和肥皂，而其他人什么也没有？我感到丢人。我给了你一个安全的好位置，可以为大家谋取利益，但你太自私了。"

"格雷斯说如果我不罚你，她就会罚我，所以你必须得挨耳光。我希望你吸取教训。"

和其他人一样，莉莉在战后忘记了很多事情……除了我给她的三巴掌。事实上，正是因为她是我的表妹，她才可以只受这样的处罚。人们都知道，即便有些女人犯的错比莉莉轻，格雷斯也会毫不留情地用枪将她打死。

几个星期后，我站在 2 号区的后面，望着 C 营和 D 营之间的公路。那些新来的人——我指经历了"挑选"而活下来的人，会从铁轨的匝道处沿着这条大约一公里长的碎石路走来。他们会进入浴室，经过"处理"后进入自己的营地。

一群新来的男囚犯沿着马路走来，他们还穿着自己的衣服。我觉得一个人很眼熟，尽管他穿着亚麻裤子、衬衫，戴着大亚麻帽——这是当时农民的典型穿着。我盯着他看了一会儿，然后转身离开了。

"马克莱（Malkele），马克莱。"我听到有人在喊。那是我的希伯来语名字。

我又看了一眼，那人说："我是你舅舅啊，莫伊舍·孟德尔（Moishe Mendel）。"

我注意到他还带着儿子，我的表弟什洛莫（Shlomo）。

"向前走，舅舅，"我说，"停下来很不安全。我会找您的，我能帮上点儿忙。"

我一直都很喜欢莫伊舍舅舅，但现在我很担心他。不知怎的，他在匝道上的"挑选"中活了下来，但他并非年轻人。如果他被安排做户外的拆除工作，他将活不了多久。

我给男子营的营囚犯长送了一条消息，并打算将莫伊舍安排在一个营房里，他只需要站在营房门口。我不知道党卫军为什么坚持要人看大门，但至少这能让我虔诚的舅舅自由地祈祷。我将什洛莫安排在"卡纳达"仓库，他会做些分拣服装的工作。我在面包房的联络人会多给莫伊舍一些面包，因为他不吃意大利腊肠或任何不干净的肉类。我还让另一个管服装的联络人给莫伊舍挑了一件大点的条纹制服，这会让他看不出真实年纪。

一段时间后，我找到经常带着一群男囚犯到 C 营工作的负责人，让他选一天将莫伊舍带来，我想见见他。我跟格雷斯说，我的父亲要来我们的营地工作，我请求她允许我的父亲进来。她说如果是到我的房间去，她根本就看不见。莫伊舍到了之后，和我一起来到我的房间，我们聊了几句。一个在厨房工作的女人为他多做了一些汤，汤里有很多蔬菜，可以提供营养。舅舅大口地吃着，我很高兴地看着他。

"我的玛格达，你是想把我变成一个年轻人吗？"他问。

"是的，"我回答，"在这个地方，您必须看起来很年轻。"

此后不久，我又帮助了另一位亲戚。7月左右，我收到消息，我的阿姨艾斯特（Ester）和她的朋友洛维（Lovy）被送到了比克瑙。她们被安排在 B-Ia 辖区的 25 号区——那是毒气室的等待区。幸运的是，艾斯特问了她们的区囚犯长，打听我是否在这里。后者便带了消息给我。我向格雷斯说明了情况，她准许我和我的阿姨见见。然后我和卡特娅进行了一些谋划，成功将她们转移到了 C 营——至少，这样她们可以在一段时间内，没有被送入毒气室的危险。当我再次去见艾斯特阿姨时，她说她头疼得厉害，我便请佩尔医生为她检查。佩尔医生发现她脑中长了一颗很大的肿瘤，但在集中营根本就没有条件进行手术。阿姨在几个月后不幸去世。

在另一批到达的囚犯中，有我的儿时好友鲁岑卡·埃莱凡特（Ruzenka Elefant）。在我还是个小孩的时候，我们在她的祖父母家住了一段时间，自此，我们两个成了好朋友。在驱逐犹太人活动的早期，她与她的丈夫、米哈洛夫采的建筑商莫斯科维奇（Moskovic）逃到了匈牙利。如今，作为身在匈牙利的犹太人，她还是没能逃脱被驱逐的命运。她怀有身孕，因为穿着一件宽大的连衣裙，她成功地逃脱了第一次被送往毒气室的"挑选"。

相比于认出鲁岑卡，她认出我会更加方便：我的头发长长了一点儿，但她的头发已经在浴室被剃掉。她跑到我身边，我们拥抱亲吻。

后来格雷斯问我她是谁，我说她是我的姐姐。

"那她为什么是黑头发，而你是黄头发？"格雷斯不解。

"她随我父亲，我随我母亲。"我撒了个谎。

为鲁岑卡找一个安全的工作远远不够——她的身孕让她处于极大的危险之中。但是我不忍心让她终止妊娠。于是，我联系了其他人，让她上了一辆送犯人到工厂工作的车辆。我听说这家工厂的环境还不错，特别是对女性来说。

————

格雷斯和我小心翼翼地不让其他人，尤其是其他党卫军，知道我们有多亲密。尽管如此，很多人也能看出来，格雷斯很尊重我。当然，我被邀请上过克莱默的车，我在吉卜赛营威胁克莱因的消息也在营地传开了。这一切让党卫军低等官员认为，我在党卫军高层的心中有些地位。我并没有。他们中的任何一个都随时可能翻脸，尤其是如果我在别人面前表现得跟他们过于熟络的话。尽管如此，我有时还是能够利用他们的这种印象做点儿什么。

一个星期天，3号区的区囚犯长玛丽卡（Marika）找我和档案管理员格尔达谈话。她想跟我们说说一个叫兹苏西（Zsuzsi）

的女孩的情况。

兹苏西今年只有 14 岁，她和她的母亲来自匈牙利。根据正常程序，她们活过了"挑选"，然后在浴室被"处理"，失去了自己的衣物和头发。之后，她们被送到了不同的区域。虽然都在 C 营，但在 30000 名做着不同工作的犯人中，要找到对方犹如大海捞针。兹苏西问了很多人，但她没有找到她的母亲。

一天下午晚些时候，兹苏西去了水房。她的身边是一个头部发肿且起着很多泡的女人，身上也被晒伤了，眼睛深陷着，几乎看不见。但是女人看见了她，并且喊道："兹苏西！"

这是她的母亲。她没有认出自己的母亲。

两人欣喜若狂地抱在一起。兹苏西的母亲说，她头上的泡是消毒液引起的，晒痕则是在户外工作的结果。

天渐渐黑下来，兹苏西不想再次失去母亲，于是二人一起去了母亲所在的 3 号区。在本来就很狭窄的空间里，兹苏西依偎在母亲的身边。然而，第二天早上会面临一个问题：点名。3 号区的人会多一个，而兹苏西所在的 12 号区会少一个。在两次重复点名之后，睡在兹苏西母亲附近的一个女人指出，兹苏西就是多出来的那一个。

由于是星期天，格雷斯不在营地。监督点名的是担任区指挥官的海塞（Hasse）。她很高大，有着树干一样的大腿、一张萝卜色的脸和一头不羁的头发。她是一个很凶残的人。她将兹苏西拽出队伍，边用棍子打她，边把她推向营地的前门。当兹苏西昏倒后，海塞就把她扔到了路边。兹苏西躺在一群在夜里死掉的女人中间，这些尸体将会在早上被收集后送往火葬场。也就是说，如果兹苏西没有恢复意识，她就会被带走。然而，不久之后，天空开始下雨，兹苏西醒了，挣扎着回到了 3 号区。她在那里得到了母亲和玛丽卡的悉心照料。

玛丽卡向我和格尔达说完这一切后，格尔达将另一名囚犯从 3 号区转移到了 12 号区，这样，兹苏西就不会被发现了。她还在厨房为兹苏西找了点儿活干，这样她便不需要应对点名，不会与海塞碰面。

下一个星期天来临时，兹苏西已经从这段经历中走了出来。她在厨房找到了一些剩下的土豆，在周围没有党卫军的时候，她就到外面分给在附近工作的女人。她看到了自己的母亲，便叫她过去，两个人一起拿了更多的土豆，然后和他人一起分享。

就在这些土豆快吃完的时候，海塞不知从哪里冒了出来。这一次，棍子落在了吃土豆的女人身上，其中包括兹苏西的母亲。场面混乱了起来，女人们尖叫着，海塞则因她们的反抗而更加恼火。当我抵达现场时，我看到兹苏西像蛇一样缠着海塞的棍子，不让她继续打人。海塞一直和她僵持着，要是她能够行动自如，一定已经打死了兹苏西。

"发生了什么事？放开她！"[1] 我喊道。

海塞愤怒地看着我，但她扔掉了棍子。

她走开了，没有再找这对母女的麻烦。

---

[1] 原文为德语 "Was geht hier vor sich? Lässt sie los!"。

作为一名犹太囚犯，我怎么可能对党卫军守卫，甚至是高级守卫产生这么大的影响？这来自我对她们心理的把握，她们以为我很有地位。

然而，兹苏西的痛苦还未结束。一个寒冷的早晨，一群妇女在 2 营附近等待。她们要被转移到一个工厂工作，正在等待运送她们的卡车。在厨房工作的兹苏西看到她们很冷，便想为她们煮一些茶。当她正在准备热水时，格雷斯走了进来，问她在做什么。

"我正要为外面的女人煮一些茶。"兹苏西如实说道。

"你想煮茶？"格雷斯说，"让你煮。"

格雷斯把锅拎起来扔向兹苏西，沸水洒满兹苏西的身体。

兹苏西尖叫起来。她跑到我的房间找我，我带她去了医疗营。我们在那儿找到了一些有用的东西，帮她缓解了烫伤。

这种浮躁、幼稚、冷酷的举动，是格雷斯所擅长的。这表明我对格雷斯的影响十分有限。如果我当时也在厨房，我相信她不会这么做，但我不可能时刻跟她在一起。不幸的是，当格雷斯一个人的时候，她可以做任何事。

在经历了这么多事之后，兹苏西最后在战争中幸存了下来，她常和人谈起她肩膀和手上的烫伤疤痕的来历。

10

党卫军联络人：克莱默和门格勒

周日是相对安静的日子，没有户外工作，营房内外的党卫军也很少。在其他任何一天，在 C 营和 D 营之间的道路，也就是B-II 辖区和 B-III 辖区之间的主要通道上，来来往往的不仅有党卫军的摩托车和卡车，还有在户外工作的囚犯队伍，以及抵达集中营的新囚犯的身影。不过，一到星期天，这条道路也会迎来短暂的休息。

一群女人常常在 C 营通电铁网的不远处聚集，这样她们便可以跟对面 D 营的男人们对话。他们不得不提高音量——这基本上就是喊叫——因为不能离铁网太近，双方的距离大约有 20 米。但父女、夫妇和兄弟姐妹，仍然愿意通过这种方式交流，告诉对方他们知道的有关家人或朋友的任何情况。有些人还有进一步的办法。他们会把想说的话写在一张纸上，然后把它包在一块石头上扔到对面。他们也会扔点别的东西——假如这些东西足够重，可以被扔过去的话。

要是党卫军守卫发现他们在此交谈，他们可能会受罚，因为这是明令禁止的。我对此非常担心，因此让我的跑腿人员们在铁网的不同位置放哨。有党卫军走近，她们就会发出信号，给囚犯留出"消失"的时间。

我的计划并没有完全奏效。有一天，当司令克莱默突然出现时，我正在做我的日常工作。他告诉我，他不希望两个营地的犯人有所交流，他希望我星期天能够在路边巡查，确保相关的状况不会发生。

当然，克莱默的指令不会被严格执行，也许他知道这一点。我按照吩咐去做，星期天会有段时间在路上巡查。但在开始之前，我会让我的跑腿人员告诉大家：当我出现在附近时，女人们应该远离铁网，停止说话或交换东西。当我离开了，我就什么也看不见了。的确，我不可能在任何时候都将整条道路收入眼底。

两三个星期后，在一个温暖、阳光明媚的星期天，我看到一辆摩托车从路的那边驶来。当它靠近我时，铁网两边的男女已经撤回了营地。路的中间，只有我和骑着摩托车的党卫军军官。当他摘下护目镜时，我认出这是司令克莱默。

"海灵格，"他说，"你为什么会在这儿？"

这似乎是个奇怪的问题，因为是他让我在这儿巡视的。我以为他在开玩笑，所以我决定配合他。

"尊敬的司令，我正在想去剧院的事情，"我半笑着说，"但我没什么衣服穿。我也没有肥皂，没有口红，没有粉底也没有香水。我还没有梳子梳头。所以我去不了剧院了。"

克莱默想了一会儿。

令我惊讶的是，他说："你说得没错。你这个样子是去不了剧院的。明天早上，我来接你，带你去拿你需要的所有东西。"

然后他扬长而去。

当我回到营地时，格尔达、薇拉和苏尔卡（Surka）想知道我在笑什么。我告诉她们我和克莱默的对话。我们笑了一会儿便开始工作，把这件事抛在了脑后。

第二天早上，一个跑腿人员来找我。

"营囚犯长，到营前看看去吧，克莱默总司令正在等你。"

我简直不敢相信。克莱默找我可能是有其他事情，所以我非常正式地走到他面前。

"2318号正在报告。"我说，像往常一样踢着鞋后跟。

"海灵格，我说过，我们要去拿你去剧院需要的东西。"

我低着头想了想，说："我需要一些女孩帮我拿。"

"让她们来吧。"他说。

我转身对一个跑腿人员说："快，去找50个女孩来。你能遇到的前50个就行，我们必须在他改变主意之前行动。"

　　因此，几分钟后，比克瑙集中营的司令官约瑟夫·克莱默和我一起走在前往"卡纳达"仓库的路上，在我们身后不远处，跟着 50 个女孩。

　　当我们走了大约 1.5 公里，到达仓库门口后，克莱默让我在这儿等着，他去收集我需要的东西。当他离开后，我就告诉我身后的女孩们，赶紧去找几辆手推车，并且去"卡纳达"拿她们能拿的任何东西。

　　"去拿肥皂、毛巾、毯子、外套、药物，任何有用的东西。手脚利索一些，将它们堆到车上。"手推车的类型是大型木制手推车，可以装很多东西，需要两个人在前面拉才行。

　　女孩们四散跑开。与此同时，我听从克莱默的指令，等待着。当我走进去，我发现仓库的大部分地方都堆着物品，最近几周来了很多新囚犯，已经没有足够的空间来存放他们被没收的财物了。

　　过了一会儿，克莱默向我走来。他拿着一个小化妆桌，这种化妆桌可以放在梳妆台上。化妆桌由两个抽屉和一个带铰链的镜子构成，其中的镜子可以转动。没人知道它怎么会出现在这里。克莱默的一条手臂上搭着一条长长的丝质黑色连衣裙，裙子的肩膀处好像有一个鲜红的花卉图案。

　　"抽屉里有肥皂、香水、口红、刷子和梳子，还有丝袜和内衣。现在你可以去剧院了。你是否满意？"

　　"满意，"我说，"非常满意。非常感谢您。一切都很美。"

我想，最美的应该是女孩们堆满的五辆手推车。

"请将化妆桌和裙子放在这上面，"我对克莱默说，"她们可以帮我把它们拿回营房。"

"不，我答应过我会帮你拿的，所以我会亲手拿着。"他说。

于是我们返回营地，克莱默拿着裙子和小桌，并未对我们身后滚动的车轮发表意见——他好像假装它们并不存在。当我们到达 C 营门口时，他放下化妆桌，把衣服递给我。他告诉门口的守卫，这些东西都是经他允许拿来的，然后就又骑上摩托车，扬长而去。

"把所有东西都带到 2 号区，"我对推着手推车的女孩们说，"从这些东西里面拿一些自己需要的东西，然后把所有的医生叫过来。"

在接下来的一两天内，医生们拿走了所有的药物。为了确保更多的女人能得到需要的物品，其他东西被分配到所有的营房。这些东西当然不够所有人分，但起码可以让很多女孩缅怀战争前的生活。

这好像是一种很奇怪的处境，就像在沙漠中看到了一片绿洲。这是海市蜃楼吗？我是在做梦吗？我有时会这么想。但在此后的几年里，营地里的人不断地提醒我，这件事真真实实地发生过。

最有趣的问题来自克莱默。像他这样的人，一个最终被判处犯了最可怕的战争罪的人，一个谋害了成千上万生命的人，怎么会做出这么有人情味的事儿呢？他自己是否将这件事看作一种变态的玩笑，是对我们被剥夺的人生的"施舍"呢？或者，他在寻找自己正常的一面？没人知道答案。

———————

虽然 C 营总是处在 30000 人的满员状态，但人口并不稳定。女人们总是来来去去，甚至以成百上千的规模。正如新犯人到达时车站匝道的"挑选"一样，"挑选"在营地内也时有发生，主导者是党卫军高级官员。

他们会找出生病的或虚弱的囚犯，为她们提供"特殊待遇"[1]——这是党卫军处决囚犯时爱用的众多委婉说法中的一个。

他们也会找出视力好、手脚勤快、身体健康的人。这些人会被转移到其他营地，比如奥斯维辛集中营的许多分营，从而为德国工厂提供劳动。其中最大的分营是莫诺维茨营，也被称为奥斯维辛第 3 营，它为法本化学公司[2]的橡胶厂提供劳动力。许多能为纳粹所用的人在战争中幸存了下来。

作为营囚犯长，我不得不站在正在进行"挑选"的党卫军军官旁边，冷漠地看着这些年轻女孩。尽管她们在这个地狱中已经尽可能地保持健康了，但仍旧面临着被"挑选"的命运。她们也不知道在自己的身上会发生什么。

不管是抵达时的第一次"挑选"，还是在营地内部进行的

———————

[1] 原文为德语词"Sonderbehandlung"。

[2] IG Farben，"二战"期间与纳粹结盟的德国化学品私营企业，该公司制造了对数百万欧洲犹太人进行种族灭绝的齐克隆 B（Zyklon B）毒气。

"挑选"，约瑟夫·门格勒医生都常常是其中的一个决策者。他被称为"死亡天使"。他会选一些囚犯为他工作，选一些人送进毒气室，再选一些人做他的实验小白鼠。我不知道他的伪科学研究和我在 10 号实验区见到的医生是否一样，但之后，我看到他在双胞胎、两只眼睛颜色不一样的人和残疾人身上做了许多非常可怕的研究。门格勒还喜欢在医疗营私自处决一些囚犯。

门格勒似乎从"挑选"中获得了特别的乐趣，他经常以一种独特的冷酷方式完成这一任务。他一边选人，一边哼着《蓝色多瑙河》的曲调，并像乐队指挥一样挥舞着手里的棍子。打一个拍子，他会选一个女孩到右边；打到另一个拍子，他会选一个女孩到左边，被送去毒气室的那一边。他通常对囚犯是否生病不感兴趣——他的选择很随意。他不在乎——毕竟，他的目标是"终极解决方案"：消灭犹太人。

在每次"挑选"期间，我都在痛苦的悲伤和燃烧的怒火间徘徊，但我必须维持表面的平静。

"挑选"完毕，门格勒会离开 C 营，与此同时，一名守卫会带领两队少女来到营地前：一队将乘上卡车，去往任何她们可以提供利用价值的地方；另一队被送入毒气室。这群女孩不知道她们会被送往哪儿，所以她们没有理由反抗，因此，党卫军认为不需要有很多守卫在场。

直到有一天，我对此不堪忍受。我抓住了一个机会，一个瞬间的机会。

在每一排囚犯的数量还没有被计算出来之前，我走进将被送往毒气室的那列队伍，对一群人说："跟我走。不要问任何问题。"然后悄悄地带领大约 50 名女孩回到营房。我不可能救下所有人，这是我能够在不被人发现的情况下，带走的最大数量的囚犯。确实没有人发现，因为这个行为太大胆了，没人会料想到有人会这么做。如果有机会，我还会这么做。

再一次，门格勒在"挑选"时选择将很多年轻女孩送进毒气室。我很愤怒。再一次，在他离开，女孩们开始往营地门口走时，我看到周围没有党卫军之后，便走到队伍中间，让一群人转身返回营房。这次我带走了更多人，大概是 100 人。

从那以后，只要有机会，我就故技重施。我知道党卫军和营地管理者们的位置，在感觉他们的注意力不在这儿时，我便会走进队伍带走一些人。有时只有 20 个人，有时比较多。

党卫军通常冷酷而有效率，但他们的系统存在缺陷。他们最明显的一个弱点，就是傲慢：他们永远无法想象一个卑微、饥饿的囚犯，或者一个被"重用"到营囚犯长位置的囚犯，竟然会如此胆大妄为。

多年后，在以色列，我遇到了一个名为查瓦（Chava）的女士，一名 C 营的幸存者。她告诉我，在她的大家庭中，有许多成员被门格勒选中。

"她们离开时，我们的眼泪止不住地往下流。"她告诉我。

她说她的表妹小心地跟着队伍往前走。几分钟后，她跑回来，喊道："别哭了！玛格达把她们带回来了。"

就这样，我救了这位女士的亲人。她们对此心存感恩。但另一方面，我很庆幸知道这件事的是这个小女孩，而不是党卫军守卫。

门格勒似乎对年龄较小的女孩有一种特殊的厌恶。在一次"挑选"中，他选了800个不超过16岁的女孩，并命令一名守卫把她们带往3号区，那里一天前已被清空。他让年轻的党卫军守卫看守大门，并不断巡视，以确保没有人在此地进出。

这是女孩们隔天会被送往毒气室的明确信号。

我问格尔达："还有什么我们能做的吗？"

这次我们决定利用党卫军的另一个弱点：酒精。

如果说，每个党卫军守卫都致力于完成"大业"，并且从根儿上就是个恶人，那只不过是一种神话。当然，的确有这样的人，而他们也得到了晋升的机会。但更多的，是一些普通守卫，他们在大部分时间里都很无聊。许多人甚至酗酒和吸毒。

我记得30号区有一瓶伏特加。一小群男囚犯常常在那个区修理和维护缝纫设备，而负责他们的囚监是个很懒惰的人。他对监督工作进度和手下的人在做什么完全不在乎。他大部分时间都在喝酒，他的囚犯则在聊天。每到夜里，他就会将伏特加放在区囚犯长工作的房间里。格尔达和我知道酒放在哪儿，所以我让她去拿。那个囚监会不会失去这瓶美酒，我们并不在意。他能活得这么自在，是因为我们对他的行为睁一只眼闭一只眼。

当格尔达去拿酒的时候，我走到年轻的守卫那里，和他聊天。他告诉我他明天会离开比克瑙，被派往前线与苏军作战。当格尔达走过来时，我告诉她守卫的故事，并且显示出对守卫的极大同情。

"我们有一些伏特加，"格尔达对守卫说，"你想喝一点儿吗？"

不出所料，守卫同意了。他喝了一点儿，然后又喝了一点儿。格尔达一直跟他说话，并劝他喝下更多的酒。到了黄昏时分，他终于醉醺醺地睡着了。

等到天黑时，我走到营地的后门，敲了敲门并打开了它。

"是我，营囚犯长，"我喊道，"我现在需要100个女孩。"

为了让程序显得"正常"，我让她们排成五排，走进了营地的深处。我走进一个区，找到了该区的区囚犯长，让她为这些女孩安排过夜的地方。

"什么也别问，"我说，"给她们找个睡觉的地方。明天我们会安排好一切。"

我回到3号区，带另外100个女孩去了另一个区，然后不断重复这个过程，直到3号区被清空。

格尔达从熟睡的守卫手中拿回伏特加的空瓶子。

"你知道发生了什么吗？"我问。

她摇头。

"没错，你不知道，我也不知道。走吧，我们去睡会儿。"我说。

第二天早上，守卫走了，当然，3 号区也是空的。我们很快就让所有的女孩回到了她们居住的营房，就好像门格勒的"挑选"从未发生过一样。令我们感到惊讶的是，没人提起过这 800 个女孩的"失踪"，尽管有人知道在守卫身上发生了什么。那不重要。在我和格尔达——以及一瓶酒——的努力下，这 800 名女孩平安渡过了一场灾难。

还有一次，内务艾琳（Irene）来 2 号区找我。她哭着告诉我，她得到消息，门格勒"挑选"了一群男童，要在第二天被送往毒气室。其中就有她姐姐的两个漂亮的儿子。

"一个男囚犯告诉我，如果我能找到一块手表——一块万国表，他便可能救出我的外甥。"艾琳告诉我。毫无疑问，他打算在某些时候用上这块表，也许是在性命攸关的情况下。这种贵重物品可用于集中营里的非法交易。

我让跑腿人员给一个在"卡纳达"仓库工作的朋友带了一条消息。那里有数千只被没收的手表，我那位朋友负责整理它们，以便纳粹出售获利。我不知道具体过程是怎样的，总之，男囚犯想要的手表找到了，而他也如愿拿到了这块表。两个男童被救了出来。遗憾的是，其他人都被送上了烟囱。

当我得知一个家族朋友埃里希·库尔卡 (Erich Kulka) 来到了D 营时，我立即安排了和他的见面。库尔卡有着很好的人际关系，在我们互相问候之后，他说他得告诉我一些消息。

"消息都传开了，"他说，"地下组织已经知道了你做的工作，他们对你表示敬意。"

他把一枚戒指放在我手里。戒指上有个非常突出的符号，看起来像是字母"P"和"W"的组合。

"他们希望你接受这枚戒指。这是1943年华沙犹太人起义期间人们戴的戒指。"

从那时起，我便尽可能地戴着这枚戒指，只有感觉可能引起麻烦时才取下来。我感到非常自豪，特别是，戒指是有人专门冒着风险带进集中营的。我认为戴上它也是最令我安心的一种方式——这样便不会弄丢了。

然而有一次，我几乎因此丧命。

一天早上，一个跑腿人员找到我，让我立即到营地前面去。当我到达那里时，格雷斯和门格勒正站在警卫室附近。就在这时，克莱默的黑色轿车开进了大门。

车子停在我的面前。克莱默坐在后座离我较远的一边，透过敞开的窗户叫我上去。

"海灵格。我要检查营地。上车。"

这让我左右为难。一方面，我必须服从克莱默的命令；但另一方面我也很清楚，这让就在旁边的格雷斯和门格勒有些难堪。

"指挥官先生，一个犹太女人坐在总司令旁边有些不合适，请让门格勒医生上车，我可以步行。"

"让他步行！"他喊道，"你坐车。"

再反对可能就不识抬举了，但后来，我注意到了踏板——当时的豪车，车门底部都有踏板。

"我会站在踏板上。"我说。

"好吧，就站在踏板上吧。"他同意了。

我蹬上踏板，抓住门。那一刻，克莱默的脸涨红了。

他压低声音说："你手指上是什么？"

我惊讶地低头看过去。我忘记摘戒指了！

"你竟敢在手指上戴起义戒指？"克莱默从腰里拔出枪，枪口对着我的手，只有几英寸远的距离。

"我现在就要打断你的手指。"

我没有动，只是屏住呼吸，等着他开枪。

他看着我。

"你为什么不躲开？"

"不管我动不动，只要您想打断我的手指，那么您就可以打断。"我回答。

"现在我要把你的整只手都打断。"他说。

我还是没动。

"对不起，我不该戴这枚戒指，"我说，"我不会再戴了。"

克莱默盯着我看了很长时间，然后松开了手，把枪插回了枪套。

"坐进来。"他说。这一次，我没反对。此番操作过后，我不敢去看格雷斯和门格勒，但我很清楚，他们知道了我在克莱默心中的地位，不管他是否有意为之。也许，他只是想嘲讽门格勒；众所周知，他们关系并不好。

克莱默和我开车进入营地，然后四处查看了一些营房、水房和厕所。

"和你答应我的一样，你把一切都安排得井井有条。"他最后说道。

我很高兴地告诉我的帮手们，她们的努力没有白费，党卫军被阻止在了营外。

从那以后，我戴戒指的时候更加小心了。

————————

周日下午，营地中最无聊的便是集中营门口的党卫军守卫。在这段几乎没人进出的时间，守卫往往在他的小屋里喝得烂醉。有一次——应该是在 1944 年 9 月左右——这个守卫让一个跑腿人员来叫我过去。

当我到他那儿时，他已经口齿不清，连站都站不稳了。

"你有男朋友吗？"他问。

"没有。"我如实回答道。

"为什么没有？你应该有个男朋友。"

"没人要我。"我说。我每天提心吊胆地忙碌着，怎么可能有时间找男朋友呢？我心想。压根儿没想过。

他醉醺醺的，对我的回答并不满意。

"第一个经过这儿的人肯定想要你，"他说，"你看着吧。"

几分钟后，路上一大群在户外工作的男囚犯正向 C 营走来，他们要返回 D 营。

"你！过来！和这个女人谈谈。"守卫对排在最前面的一个男囚犯喊道。

男囚犯按照指示走了过来。他在那里站了一会儿，然后问我的名字。

"玛格达。"我回答。

"你是从哪儿来的呢？"

"我……我不能这么做。"我说，"和我刚在街上遇到的一个陌生人闲聊。"我转身面向守卫："何况，这个人还在干活儿。"

"你说得没错。"守卫说。他对那个男囚犯说："明天早上你来这个门口报到。"

然后他转头对我说："你也得来这儿。在本子上写下他的编号。"他口中的"本子"，是营地的登记簿。

当我回到 2 号区时，格尔达和瑟卡问发生了什么。听到这个故事后，她们笑着取笑我，说很期待第二天的后续。

第二天早上，我按指示来到前门。过了一会儿，昨天的那个男人来了。他在登记簿上写下了自己的编号：65066，然后进了小屋。他递给守卫一瓶他想办法拿到的杜松子酒，守卫便走了。

我突然觉得很窘迫，也不知道为什么。但我逃跑了，说我有工作要做。我直接跑到营地的后面，然后躲在了30号区。

过了一会儿，我的小表妹艾丽斯卡找到了我。

她只有14岁，但她却"教育"了我："你又不是要嫁给他，跟他聊两句怎么了？"

后来——我不记得是同一天还是后来几天——那个男人走过来，试图再次和我说话。这一次，他胆子更大了，走进了我在2号区的房间。我重新介绍了我自己，并且终于知道了他的名字：贝拉（Béla）。由于十分紧张，我转过头不看他，盯着墙上的一面小镜子。

我拿起一把梳子，假装整理头发。

"我已经很久没见过女人梳头了。"他说。

我转过身，第一次认真看他，发现他还长得挺英俊的，特别是眼睛，非常蓝。我突然觉得没那么有距离了。尽管如此，如果当时有人告诉我，眼前的人将会和我结婚，并且和我共度余生，我会认为他们脑子坏掉了。

在接下来的几周里，贝拉想方设法获得了进出 C 营的许可，这样他就能来见我了。我们只是在一起聊天。我们都知道靠得太近有危险。在这个地方，复杂而危险的关系很可能会成为我们的生存陷阱，毕竟，光是活着就已经很难了。

格雷斯见过他几次。为了打趣，她常对他唱一首德国歌，歌词是这样的："整个世界都是蓝色的／像天空一样蓝／在我看着你眼睛的时候。"她对贝拉在 C 营的进进出出表示默许。

不久之后，我设法为贝拉安排了一份工作，他可以跟一组男囚犯——就是那个永远醉醺醺的囚监的队伍——来维护 30 号区的缝纫设备。这是我可以为贝拉做的事，这样他可以活得轻松点儿。我们的见面并不是很频繁——我的工作很多，维持秩序仍然是我的首要职责。但我们确实会时不时见到。

11

贝拉的故事

在我们相处的短暂时光中，贝拉向我讲述了一些他的故事。

贝拉·布劳比我大6岁，1910年出生于多瑙河附近的布拉迪斯拉发市。这是一个有着8个孩子的犹太家庭。他告诉我，从5岁开始，早上5点到街上买面包和牛奶就是他的任务。他的学校用德语和匈牙利语进行教学，这在他16岁开始在纺织企业学做销售员时派上了用场。

贝拉于1937年结婚，他和新婚妻子厄玛搬到了一座小城市：日利纳。当年年底，他们生下了儿子埃尔文（Ervin）。在此之前，贝拉已经在爱克发摄影公司工作了很多年。但到了1938年，由于他的犹太人身份，他被解雇了。一段时间后，作为斯洛伐克新政府雅利安化政策的一部分，他和他的家人，包括与他们住在一起的岳母，被赫林卡卫队赶出了他们位于市中心的公寓。他们被迫来到了城市的郊区。这是贝拉的战斗真正开始的时间。

"每天的生活充满了恐惧和紧张。"贝拉告诉我,"赫林卡卫队随时都会逮捕人,所以每次听到有人从家门口经过时,我们都担心有人敲门。"

在 1941 年的那天到来之前,贝拉做着任何他能做的工作,以此来养家糊口。但是,卫队的人还是来了。他们把贝拉和他的家人带到了附近的一个集中营——可能是一个中转营——他们认为自己会在这里遭到监禁,甚至被处决。但不知为什么,几天后,他们就被释放回家了,尽管家里的大部分财物已经被洗劫一空。

"1942 年赎罪日[1]后的一天,"贝拉告诉我,"大约是 9 月 21 日,我家的门又被敲响了。门口有两个穿着普通衣服的男人,还有两个身穿赫林卡卫队制服的男人,他们手里都拿着枪。我认识其中一个没穿制服的人——他是当地人——但他不承认认识我。他们告诉我们有 30 分钟的时间来收拾行李,然后命令我们——我、我 5 岁的儿子、我的妻子和她的母亲——跟他们走。

"我们又一次来到中转营,但这一次我认识的那个人没有进入营地,而是让我们和其他大约 30 个人一起在办公室外等候。我们听到里面有些骚动——人们似乎在争论什么。过了一会儿,那人拿着一捆文件走了出来,吩咐我们跟他走。我们路过了一辆运牛的货运火车。当经过一列开着门的车厢的时候,我看到里面挤满了人。我想我知道这些人来自哪儿,因为那些吓坏了的人在

---

[1] Yom Kippur,新年过后第 10 天的犹太节日,是犹太人一年中最重要的圣日。对于虔诚的犹太教徒而言,在这一天不能喝水,不能进食,也不能工作,而是应该到犹太会堂祈祷,以期赎去他们在过去一年犯下或可能犯下的罪过。

说法语。但是，当我走过更多的车厢的时候，我听到了其他语言的呼救声——有波兰语，还有其他很多我听不懂的语言。

"最后，这个人命令我们进了一个空车厢。就在上车之前——因为我的确认识这个人——我请求他让我看看他手里的纸张。

"给我看看。"我说。

"他把纸递给我，我看到上面有 40 个名字，大部分是打印出来的。四个打印的名字被划掉了，我和家人的名字是用铅笔写上去的。我们不应该在这列火车上——有人贿赂了他们，我们是替代者。"

贝拉告诉我，这名收受贿赂的官员和其他受贿官员一起，最终也被关进了奥斯维辛集中营。在这里，他们被其他囚犯认了出来，这些囚犯和贝拉及其家人的遭遇一样，因官员收受贿赂而登上了列车。一些官员被囚犯处以死刑：他们或是被扔到了通电铁网上电死了，或是直接被打死了。

尽管贝拉和家人们乘坐的车厢并不拥挤，但也十分不舒服。几个晚上过去后，他们抵达了奥斯维辛集中营。

他们到的时候，党卫军已经可以在营地内的匝道上进行"挑选"了。像往常一样，带孩子的妇女和老人走一条路，有劳动价值的男人和女人走另一条路。贝拉与他的家人分开了。

他含着泪水告诉我，他并没有挣扎。谁也不知道，等在他们前方的是什么。直到一段时间后，他才知道了家人的消息：他年幼的儿子、他的妻子和岳母在被毒气毒死后，被扔进了营地后面的万人坑。

———————

贝拉和其他奴隶劳工[1]在浴室里被"处理"，所有物品和衣服被没收。

"他们给了我一条条纹裤子和一件条纹衬衫，两个码数不一样，但都很小。直到过了几周，我的体重掉了很多后，我才逐渐适应了这身衣服。不知道什么原因，我们的鞋子没有被没收，当我穿衬衫时，我就用双腿夹住它们。然而，一名在浴室工作的波兰囚犯推了我一把，我没站稳，他趁此拿着我的鞋跑了。"

不知他怎么办到的，贝拉的手表并未被没收。后来，他和一名在办公室工作的囚犯做了交换，拿手表换了一双鞋。

贝拉早先住在 10 号区——就是后来专为女性而设的 10 号实验区，我是那儿的区囚犯长。透过被封的窗户的小裂缝，他看到有囚犯在 10 号区和 11 号区之间的墙边遭到处决，这让他十分震惊。

几天后，他受到了更大的打击。有一天，他的一个朋友被叫去做户外工作，但回来时已经是一具冰冷的尸体。"抬他的人告诉我，来自波兰的工头[2]对我的朋友说：'听着，如果你把你晚上的口粮给我，我就不找你的麻烦。'我的朋友拒绝了——他还有点志气——这让领班很生气。他用铁锹打死了我的朋友。但是，工头也是囚犯，他这么做是不受管教的表现，所以，一群德国囚

———————

[1] 原文为德语词 "Zwangarbeiter"。
[2] 原文为德语词 "Vorarbeiter"。

犯便把他也打死了。"

贝拉告诉我，到达集中营的前几天，他们被不断地折磨着。

"他们会在午夜把我们叫醒，并毫无理由地强迫我们出去接受点名。其他某些时候，他们会在后面追我们，直到营房的门口。我们不得不在床边站上好几个小时。只要白天发现有人还在营房，无论是由于生病还是虚弱，都会被送到 11 号区接受惩罚，或者在下次卡车来临时，被送往毒气室。"

贝拉做过很多不同类型的户外工作。他曾负责用铁锹刮掉树皮，这是桥梁建设项目的部分工作内容。后来，他成了联盟军火工厂的建筑工。负责这个项目的囚监是个文盲，由于贝拉能说一口流利的德语，囚监便让他为自己做文书工作。作为回报，他给了贝拉一些干净的衣服。谁能想到，这些衣服救了贝拉的命。由于营养不良，那时的贝拉已经十分虚弱了。大概在 1943 年 1 月，营房进行了一次突击"挑选"。贝拉有些不安，因为自己的状况很可能被选到左边——被送往毒气室的那一边。但是，负责"挑选"的党卫军看他干干净净的，便将他选到了右边。事实证明，被选到右边的人要被转移到比克瑙，负责"卡纳达"仓库的工作。这比做户外工作安全得多。

"我们整理了所有被运来的囚犯的物品——分好类，然后运送到德国。"

贝拉负责整理小物件：眼镜、餐具、剃须刀，等等。他将它们装进藤编篮子里，用卡片写上奥斯维辛集中营的缩写"KL Au"，然后列出物品清单。这种篮子有成百上千个。

在"卡纳达"工作有很多好处，不仅因为这里更安全、工作条件更好，挨打也少，还因为只要你足够小心，就可以顺走一些保暖的内衣，或者在手提箱内找到一些食物。这些食物可以让人恢复体力，你还可以把它们拿给朋友吃，或者用来办事。

大概是在 1943 年 4 月，贝拉患了斑疹伤寒。这很危险。当时，他还住在奥斯维辛集中营，距离他在比克瑙的工作地有三公里远。天气很热，那段路程足以让他晕倒，而晕倒就意味着被送上烟囱。他去了奥斯维辛主营的医疗营，发现那里只有几个病人。一个朋友告诉他，医疗营刚刚被"清理干净"。因此，贝拉可以安全地在那里休息几天，直到病人再次盛不下。他只在那里待了一两天。

没过多久，贝拉开始牙痛。他去找一个牙医朋友拔了牙。为了感谢医生，他从"卡纳达"偷了一支香烟。不过，贝拉的运气并不好，他的工作组当天遭到脱衣搜查，香烟当然被发现了。贝拉被罚到惩戒队工作两个月。

"条件太艰苦了。我们要为一片泥泞地挖排水渠。泥水淹到我们的腰部，一天的工作结束时，我们不得不让别人把我们拽出来。"

过了这段时间，贝拉设法找到了一些文书工作，这让他的生活变得轻松了些。一位朋友为他在"卡纳达"重新安排了一份工作，但这遭到了其他囚犯的嫉妒。

"有一天，其中一个人对我说：'你明天要是还来，就别想回去了。'我便不再去那里了。"

差不多同一时间，一项新的户外工作开始了，主要是拆分被击落在奥斯维辛附近的飞机。

"有好多不同类型的飞机：德国造的、英国造的和美国造的。我们会拆下飞机上的铝，以及其他有用的材料，然后送到德国工厂重新使用。

"我和那个囚监也成了朋友，帮他写东西。后来，我就成了整个工作组的文员。但是，这份工作越来越忙，因为工作组共有1300名囚犯工人，还有26个囚监。每个人的信息必须准确。有一天出了状况，两名俄罗斯囚犯试图逃跑。我被叫到前面，党卫军问我这两名囚犯的编号。我转身回去拿文件的时候，我的助手正挥舞着文件向我跑过来。我们把它交给党卫军后便被送走了。我不知道俄罗斯囚犯有没有被抓到，但我知道，如果我没有提供他们的编号，我和我的助手就可能被送进毒气室。

"做这份工作，我有机会为其他囚犯创造点好的条件，但需要冒些险。过去，飞机残骸由火车从周边地区运来，到达后，我们需要将它们转移到卡车上。装卸地也是新囚犯们到达时下车的地方。在我们等待运送飞机的火车的某些时候，一些新囚犯刚刚到达。

"匝道的尽头是一个总是空着的信号收发室。所以在这些时候，我会躲在那个小屋里，远远地看着新囚犯下车。我可以看到很多'卡纳达'的工作人员，在新囚犯经过'挑选'后，工作人员会收集他们的财物，然后装上卡车，运往进行进一步分拣的仓库。这些工作人员非常擅长在一众物品中找吃的，然后把它们藏起来。其中，一个名叫费尔多（Ferdo）的工作人员是我的朋友。

匝道恢复平静之后，费尔多就会来小屋找我，跟我分享他找到的食物。

"有一天，费尔多收获颇丰，他将其中的一部分给了我。我把食物带回我的工作组，并叫来 26 个因监。我告诉他们：'听着，把你们用来打人的棍子交上来。'听到我说这话，他们很吃惊。'作为交换，我会给你们食物。这些食物是生的，我需要你们的棍子生个小火，这样才能煮给你们吃。'

"令人惊奇的是，他们把棍子交了上来。我本来想的是，能让囚犯们每天少挨两三顿打，我做的事也就值了。但是从那之后，我就继续做着这种交易。慢慢地，他们就不打人了。当然，他们还是会大声责骂囚犯，但是责骂不伤人。

"我的另一项工作内容是将这 1300 人整理成五人一排的队伍，以便在结束了一天的工作后，有秩序地走过四公里路，返回我们的营地。一个星期天，我带着他们经过 C 营，前面有一个醉酒的守卫。他叫我过来，指着一个漂亮女人，让我和她聊聊天。"

贝拉告诉我，当他知道我的名字后，就去找他的朋友埃里希·库尔卡打听情况，后者经常在 C 营工作。"听着，埃里希，你怎么看玛格达这个人？你认识她吗？"

"认识，我对她相当了解。"埃里希说，"我用一句话评价她吧：她是集中营里为数不多的还保持着人性的人之一。"

告诉我这一切后，贝拉笑着看着我。"从那以后，只要得到许可，我就会跑来 C 营。"

12

反 抗

1944 年 7 月

比克瑙集中营的 B-IIb 辖区被清空后，我再次见证了党卫军军官间的互相厌恶和嫉妒。

我与那个区没什么交集，但我知道它是"特莱西恩施塔特（Theresienstadt）家庭营"——一个专门为来自捷克斯洛伐克特莱西恩施塔特镇贫民区的犹太家庭所设立的营地。在 1944 年 3 月的第一次集体屠杀期间，该营 7000 名囚犯中的大部分囚犯，其中包括许多儿童，被送进毒气室毒死。之后，又有 7000 名新囚犯入住。而到了 1944 年 7 月，他们也已经被杀害。

那个营地的营指挥官是一个可怕而恶毒的党卫军官员，名为路易丝·丹兹[1]。她不愿因营地的关闭而失去职位，于是要了一些手段，接替了格雷斯，成为 C 营的营指挥官。然后她来找我。

"你将不再是这里的营囚犯长。我将任用我在 B-IIb 辖区的营囚犯长，其他的职位也会由我的人接替。"

我想她期待着我的反抗，但我不会满足她。无论如何，我做不了什么，所以我什么也没说。我成了 26 号区的区囚犯长，格尔达和瑟卡也同样被换成了其他工作。

显而易见的是，如果丹兹继续担任营指挥官，事情的走向就会不同。她对保持清洁并不在意。暴雨过后，地面变得非常泥泞。我们尽可能让 26 号区保持清洁，但营地的其他地方，屋内屋外，到处都是泥。只要有可能，营地里就会发生暴力事件。和格雷斯一样，丹兹也随身带着鞭子。不过，和格雷斯不一样的是，丹兹不只是在发脾气的时候挥舞鞭子，而是一直都在用它。她用鞭子将女人们赶回营房。

26 号区和 30 号区很近，酒鬼囚监还在那里监工。我现在发现他也不是一无是处：他在奥斯维辛集中营待了很长时间，他认识很多人。

他从一个年轻的区囚犯长那里听说了我被丹兹换掉的事。他跟其他守卫说，也跟我本人说，这根本没什么好担心的，两三天后，我和格雷斯就会"官复原职"。果真如此。几天后，格雷斯

---

[1] Luise Danz（1917—2009），出生于德国图林根州，25 岁时于拉文斯布吕克集中营成为党卫军守卫，1944 年 5 月—1945 年 1 月任职于奥斯维辛 - 比克瑙集中营。1945 年 5 月被捕，1947 年被判终身监禁，1957 年因大赦而被提前释放。

回来了。她重新将我任命为营囚犯长，我们也让格尔达和瑟卡回到了原来的岗位。

党卫军一直倾向于认为，集中营完全在他们的掌控之中。但正如酒鬼囚监的干预所表明的那样，集中营从来没有完全按照他们设想的轨道运行过。

偶尔会出现某名囚犯英勇抵抗的事迹，尽管其结果总是失败。一天，一名党卫军守卫无端地殴打着在他周围的每一个人。一个希腊小女孩再也忍不了了，便开始像拳击手一样反击。我们都知道她会唱歌，因为她为我们唱过《妈妈我是如此高兴》[1] 这首歌。后来我们才知道，她也是一名经过训练的拳击手。她毫不留情地左右击打着守卫。不过，这个党卫军男守卫非常魁梧，她的击打并没有太大作用。守卫抓住她的脖子，把她扔到一个桶上，继续拳打脚踢，直到她没了气息。我们为她的勇敢感到自豪，但也为她付出了生命的代价而感到遗憾。

更不易察觉，同时也更容易成功的反抗，来自我们这些负责相关工作的有更多回旋余地的人，我们能找到反抗或脱离纳粹控制的方法。

我在前面已经说过一些方法了：从厨房多拿点食物，从"卡纳达"多拿点生活用品，还有就是在点名时藏好身体不舒服的人，甚或是利用格雷斯的弱点来达到我们的目的等。

在党卫军将一些囚犯转移到工厂时，我们也能出点儿力。战

[1] *Mamma son tanto felice*，又名《妈妈》（*Mamma*），1940 年创作的意大利歌曲。词作者为 Bixio Cherubini，曲作者为 Cesare Andrea Bixio。

争结束许多年后，我收到一位名叫尤利·弗兰克（Yolli Frank）的幸存者的来信，她让我想起了我将一些人从奥斯维辛集中营转移到某个工厂的往事。尤利是 1944 年 6 月到达比克瑙集中营的。她知道我的姓氏是海灵格后，便主动跑来介绍自己，因为她也有一些姓海灵格的亲戚。因此，我们两个是远房亲戚。刚开始，我将尤利和她的妹妹莉莉安排到厨房工作。之后，我听说有一群犯人将会被运到位于纽伦堡的西门子工厂。

我从在总办公室做文职工作的女孩那里得知，这家工厂比比克瑙集中营安全。很多工厂都向奥斯维辛 - 比克瑙集中营征集劳工，而女孩们可以从每个工厂需要的犯人数量推断出哪个工厂最危险。所有工厂都以囚犯为劳动力，但有些工厂要比另外一些工厂人道一些。那些很规律地从集中营要走大量囚犯的工厂似乎死亡率很高，囚犯不是被饿死，就是被打死了。其他工厂——西门子就是其中之一——很少来征集新劳工，所以它们被认为是更加安全的。当然，我们也通过关系网收集了一些有关这些工厂的信息。

在做文职工作的女孩的帮助下，我将尤利和莉莉的名字添加到运往西门子工厂的囚犯名单上。她们在西门子工厂的厨房做工，并在战争结束时活了下来。

有些人被我转移到了西里西亚的克虏伯军火工厂，那里的环境也比集中营安全。

我不是唯一能对这些名单做改动的人，如卡特娅一样的档案管理员，以及其他级别较高的囚犯管理人员也能改动。当然，我们所能做的十分有限。人们总要提供相应数量的囚犯，即便是去到十分危险的工厂，所以，我们救不了所有人。

更多的反抗，是规模较小、较为消极的反抗方式。大多数在集中营待了很久的囚犯一有机会便会这么做。我们会告诉新来的囚犯营地的运行机制，以及囚犯们的生存法则。我们会指出哪些党卫军军官和守卫最不好惹。我们会传递一些小消息，比如让一个女人知道她的丈夫或儿子依旧在世。在附近的工厂与平民一起工作的囚犯有时会带回一些外面的消息。

我们一起工作。我总是告诉她们，我们要待在一起，因为这是一种非常简单的反抗方式。一个单打独斗的女人总是比有人照应的女人更脆弱。

在我周围，还有其他更大规模的反抗方式。

集中营里有很多以国籍和其他性质为基础形成的秘密抵抗组织。有波兰、德国或奥地利政治犯结成的组织，有斯洛伐克、捷克或波兰犹太男人结成的组织，还有各种妇女组织。有时，这些组织会共同行动，相关成员会在周日或德国的假期，即党卫军比较少的时候举行秘密会议。他们会谋划如何在集中营搞破坏，如何逃跑，如何拿到药品或其他必需品，以及如何向外面传递消息。另一种反抗形式是将党卫军的文件复制下来，然后将其埋在营地周围的土里。这是为了保存证据，以防纳粹销毁他们所有的文件。

我们经常听说工人为了降低德国工厂的效率而进行破坏的故事。贝拉曾告诉我，为了确保包括仪表盘等在内的某些部件不被回收利用，与他一起拆飞机的人会破坏这些部件。最著名的破坏行动发生在 1944 年 10 月，负责管理并清空火葬场的特遣队 [1] 成员炸毁了 4 号火葬场。刚开始我们并不知道，直到听到集中营中间发出的巨大爆炸声。不幸的是，参加那场破坏的人无一幸存，而党卫军还有三个火葬场可以继续使用。

我们谁也无法阻止党卫军完成他们的邪恶任务，特别是新囚犯到达时的大规模屠杀。我们只能试着减慢纳粹机器杀人的速度，有机会便把人从死神那里拖回来，哪怕只有一次机会。

反抗的终极形式是逃跑。每个人都讨论过逃跑，尽管大部分人都只是说说。人们总是在小声谈论着逃跑计划，或者那些已经这么做的人。一天，一个叫大卫的囚犯来到我们的营地，为营房维修屋顶。我知道他参与了营地的抵抗运动，所以想知道，要是我们能给他提供帮助，比如"组织"一些食物，他是否能让我们参与到逃跑或反抗的计划中。我通过屋顶上的一个小窗户把食物递给他，这样便不会被人看见。当埃里希·库尔卡和另一名抵抗运动成员奥托·克劳斯（Otto Kraus）在修理一扇破门时，我以类似的方式帮助了他们。然而，什么事也没有发生。的确有一次，大卫叫我们一起逃跑。他说他有一些联系人，但没有明确的计划。当我考虑这件事时，我决定留下，我不能抛弃这些需要我的女人。我拒绝了大卫，并祈祷战争能早日结束。

虽然我们都希望逃出这里，但我们也知道，这非常危险，而且成功的概率非常低。

-----

[1]　原文为德语词"Sonderkommando"。

每一种形式的反抗在谋划时都必须小心，以免引起线人的注意。

集中营所谓的政治部[1]，实际上由盖世太保或秘密警察组成。它管理着一个线人网络，用于捣毁地下组织，主要构成者是德国囚犯。有一个可爱的波兰女孩在政治部工作。这份工作让她比其他人多了一些自由，她便借机和自己的波兰男友策划逃跑。遗憾的是，这对情侣中的某个人一定走漏了风声，因为有人开始跟着他们。不久之后，她的男友失踪了，女孩也被党卫军羁押审问。为了杀鸡儆猴，这场暴力审问变成了一种公开作秀，每个人都必须观看。党卫军"表演"够了之后，便打断了她的手脚，最后绞死了她。在用手推车将她扔进火葬场之前，她被吊在那儿示众了一整天。

大约是在 1944 年 8 月，我被叫到了政治部，和这个部门有了一次正面交锋。我不知道他们为什么要见我，但我并不期待会有什么好事。集中营的大部分记录都在政治部保存着，甚至包括囚犯抵达和离开（不管是以何种方式）的信息。不过，我们知道的政治部，主要是一个防止囚犯造反的武装或情报部门。我在担心，他们是否发现了我和地下组织成员的谈话？他们是否知道我"组织"过一些食物和药品？

我走进审讯室，看见了党卫军司令威廉·博格[2]——另一个

---

[1] 原文为德语"Politische Abteilung"。

[2] Wilhelm Boger（1906—1977），出生于德国斯图亚特附近的祖文豪森。1929年加入纳粹党，1930年加入党卫军。在奥斯维辛集中营任司令期间主要负责调查和审问犯人，镇压反抗活动，外号为"奥斯维辛的老虎"。战后被多次审判，最后于德国服"终身监禁"刑罚时死去。

以极端残忍著称的党卫军军官。审讯室里还有两个我不认识的党卫军。

他们开始问我在巴勒斯坦的亲属的有关状况，以及我是否与营地外的人有所接触。他们问我在信和明信片上写过什么。他们想知道身在巴勒斯坦的犹太人是怎么知道我在奥斯维辛的。我对此一无所知。他们很暴躁，逼迫我给他们想要的答案。但是，因为不知道他们询问我的原因，所以我很难给出他们想要的答案。

最后，我被命令在一些文件上签字，尽管我依旧不知道为什么。他们把我推出门外。很明显，他们在对一些情况感到不安。

在接下来的几天里，我遇到了一些同样被讯问过的女人。我们都是 1942 年第一批乘火车来到这里的斯洛伐克人，其中一些（尽管不是所有人）曾是"哈希默·哈扎尔"青年组织的成员。无论是在营房还是在办公室，我们都在为党卫军当差。这给了我们一定的自由，我们因此可以偶尔给家乡的亲戚朋友写信。对于他们为什么讯问我们，这就是我们能想到的所有理由了。

战争结束后不久，斯洛伐克历史学家约书亚·布胥勒[1] 解开了这个谜团，他本人也是奥斯维辛集中营的幸存者。2002 年，在《亚德·瓦希姆研究》（*Yad Vashem Studies*）杂志上，他讲述了一个令人难以置信的故事：有组织想要营救被关押在奥斯维辛 - 比克瑙和其他两个集中营的 41 名囚犯。

---

[1] Yehoshua Büchler（1929—2009），斯洛伐克 - 以色列历史学家。1944 年，他被斯洛伐克驱逐出境，先后关押于奥斯维辛集中营和布痕瓦尔德集中营。战后加入了以色列国际，任以色列莫尔舍特档案馆主任。

　　从第一批犹太人被驱逐出斯洛伐克后不久，许多犹太人及一些组织，包括"哈希默·哈扎勒"这样的激进组织，就在努力寻找像我这样的人的消息。包括我的家人被带到了哪儿，他们经历了什么，等等。在整个战争期间，他们都没有放弃。通过和铁路系统的工作人员进行交流，他们推算出了列车的轨迹。他们用到了从犹太社区和集中营寄出的明信片和信件上的信息，以及各种地下组织成员和少数逃出来的人带来的消息。为了使一些犹太人不被驱逐，这些组织和个人使出了各种方法：条件允许时，帮助他们逃往另外的国家；条件不允许时，就尽量提供证明他们是外国人的文件。在他们的努力下，一些斯洛伐克犹太人并未被驱逐出境，另外一些则从犹太社区逃了出来，得到了去往巴勒斯坦的移民签证。

　　然而，身在集中营，我们对此知之甚少。

　　1944 年年初，斯洛伐克的两名犹太地下组织成员雅科夫·罗森伯格（Yaakov Rosenberg）和摩西·维斯（Moshe Weiss）离开了欧洲，几经波折后来到巴勒斯坦。在那里，他们向伊舒夫[1]领导层和犹太移民局提供了一份名单。名单基于从集中营寄出的信件和明信片，他们据此推测，寄信人被关押在奥斯维辛 - 比克瑙集中营和另外两个集中营。

　　我在那个名单上。名单上还有一些细节，比如包括我在内的一些人的集中营编号；另外一些人则被标记出了他们在集中营的

---

[1] Yishuv，指居住在巴勒斯坦的犹太人，有旧伊舒夫和新伊舒夫之分。旧伊舒
　　夫指世世代代生活在巴勒斯坦地区的犹太人；新伊舒夫指 19 世纪后期以来，
　　出于经济和意识形态等各方面原因，而非宗教原因移民至此的犹太人。

可能位置。

罗森伯格和维斯明白，他们必须迅速采取行动。他们知道名单上的人都是在 1942 年被驱逐出境的，是当年被驱逐的犹太人中的最后一批人。他们希望能帮我们拿到外国国籍，包括签证，这样我们才有可能从集中营中被释放出来。他们请求犹太移民局为名单上的人发放"证书"——这些证书等同于巴勒斯坦移民签证。

最开始，罗森伯格和维斯的话并未受到重视。然而，到了 1944 年 6 月，犹太领导层从两名逃跑者处获得了消息。这两名逃跑者——鲁道夫·弗尔巴 (Rudolf Vrba) 和阿尔弗雷德·韦茨勒 (Alfred Wetzler)，从奥斯维辛集中营成功逃出，并设法回到了斯洛伐克。由此，发生在奥斯维辛集中营的大规模屠杀开始被外界知晓和重视。

1944 年 8 月，移民局为 20 名奥斯维辛集中营囚犯签发了证书。罗森伯格给身在日内瓦的巴勒斯坦代表团写了一封信，信上列出了我们的名字和每个人的证书编号，以及他知道的某些人所在的营地编号或身份编号。我的证书编号是"M/438/43/Yh/30"。

信上共有 22 名囚犯的信息，另外两名囚犯身在特莱西恩施塔特家庭营。罗森伯格在信上列出了所有人的名字和具体信息，但其他人的证书未写明编号。巴勒斯坦办事处给名单上的每个人都寄了封信，而名单本身被转交给德国当局。

这些信件显然到达了集中营的办公室，并被转交给了政治部，在那里，信件被审查员们仔细检查。纳粹显然很想知道，集中营之外的人是如何知道囚犯的名字，以及我们所住营房的号码和每个人的编号的。当然，他们没有把信件交给我们，但因为德国人一贯"遵守规则"，他们让我们签了字，表明我们已经收到了信件。

————————

1944 年 5—7 月，几乎每天都有火车抵达比克瑙，有时一天好多辆，车上是成千上万的匈牙利人。C 营距离车站太远，我们什么也看不到。尽管如此，假如我绕到营地后面，可能会看到女人、儿童和老人被带到毒气室的景象。少数男人和女人会被带到还有容量的营地，其中就包括 C 营。

当特莱西恩施塔特家庭营被清空时，源源不断的运输也停止了。之后，新近抵达比克瑙的囚犯数量变少了。

我们开始猜测，这是否意味着战局有变。一个更广泛的说法是，苏军正在将德军推回东部战线。有人说，战争很快就要结束了。但在这个地狱里生存了将近三年之后，我们却不允许自己这么想。"很快"可能永远不会来。

尽管新囚犯逐渐变少，但党卫军仍然需要囚犯干活，因此，C 营仍然住着将近 30000 名妇女。不过，从 9 月的一次"挑选"开始，事情发生了变化。许多囚犯被送到了其他劳工营；生病或虚弱的人被送上了烟囱；剩下的人则被安排到了比克瑙附近的其他营地。比如，一些人被送到了 B-Ib 辖区。这个区紧邻 B-Ia 辖区——我在两年前刚到比克瑙时居住的地方。格雷斯也离开了 C 营，虽然我不知道她去了哪里。

也是在这个时候，周围的动静增多了。火车和卡车在不断地往外运东西，包括"卡纳达"仓库的货物，目的地可能是德国。

德国人是否在担心，他们要输掉这场战争了？

最终，似乎是毫无征兆地，我成了一个空营的营囚犯长。

起初，我以为纳粹会再次让新囚犯填满 C 营。但不久之后，克莱默来找我了。

"海灵格，跟我来。"他说，"你不再是营囚犯长了。我要带你去一个你需要更加努力工作的地方。"

"我可以像其他犹太女人一样努力。"我回答道。

"哦，但你不知道得多努力。"他说。他似乎把这次谈话变成了某种游戏。

"我没什么特别的。"我说。

他把我带到 B-Ib 辖区的厨房。在那里，他对负责的党卫军女军官舒尔茨宣布："这是玛格达，她将成为厨房的负责人。"

所以，我的工作变成了管理厨房，管理厨房的大小事务。但有一个问题。我知道这间厨房当前有负责人，是营囚犯长的女朋友弗兰兹（Franzi）。这个营囚犯长是德国政治犯，一直对犹太女孩很好，所以我没有理由让他不高兴或与他为敌。如果我取代了弗兰兹成为负责人，她要做什么？

克莱默离开后，我对舒尔茨说："我不知道如何管理厨房，弗兰兹已经做得很好了。我宁愿在办公室工作。我可以帮忙计算，计算我们需要的食材。"

舒尔茨看起来有些怀疑。

"但克莱默总司令是什么意见？他告诉我你是负责人。"

"他会满意的。"我虚张声势地说。我非常确定，克莱默永远不会知道这件事。

"好吧，"舒尔茨说，"你就在办公室里计算吧。"

几天后，一个叫雷吉娜（Regina）的女孩来看我。她曾在 C 营的厨房工作，但在 B-Ib 辖区没有固定职位，这意味着她有可能在"挑选"中被选中。她求我帮帮她。

我去见了舒尔茨。"有好多东西需要计算，我可以有个帮手吗？"

她耸了耸肩。"你想有几个就有几个。"她说。

"一个就够了。"我说。

雷吉娜和我工作得很愉快。我们常常在计算时犯一些"错误"，这样营地里的每个人都能得到更多的食物。

不再像当营囚犯长时那样每天提心吊胆，这份在办公室的工作让我感到非常自在。

这甚至像是休息。在这段时间里，我不用再面对每天在营地上演的痛苦和残暴，不用再在点名时打掩护，我卸下了减少伤害和救人的重担。

但这只持续了很短一段时间。

仅仅两三个星期后，一个跑腿人员来办公室找我。

"玛格达·海灵格，到前面来！"她喊道。

当一个没有高级职位的囚犯（就像我现在一样）被叫到前面时，通常是一个坏兆头。这可能意味着你涉嫌进行某种地下活动，要送你去政治部。就因听到了这句命令，很多人再也没有回来。我没有特别害怕，因为我在做营囚犯长的时候，也曾听到过这句命令。但许多女孩开始担心，一些女孩在我走近时亲吻和拥抱我。

当我走近营地大门时，认出了党卫军司令克莱默的黑色汽车，它在等我。

"海灵格，"当我走近时，克莱默跟我说，"坐进来。"

当车启动后，克莱默看着我说："你惹了什么麻烦？"[1]

我简单地回答说，我尽我所能地帮助别人，并维持营地的正常运转。

汽车沿着 B-IIc 辖区（C 营）和 B-IId 辖区（D 营）之间的直路行驶。一路上，他不断问我："你惹了什么麻烦？"

我每次都安静地给出相同的答案，但也越来越担心克莱默会发现我犯下的某种"罪行"。是因为我留在 C 营房间里的一些信件——我从未有机会交给男子营的一些信件吗？还是在哪个房间

---

[1] 原文为德语 "Was haben Sie ausgefressen？"。

里放着一些我"组织"到的物品？

"你惹了什么麻烦？"

"我尽我所能地帮助别人，并维持营地的正常运转。"我重复道。

当我们接近路的尽头时，我的心"怦怦"地跳。向右转，汽车会开向 C 营和行政大楼。向左转，我会被带到毒气室。

我会被营地指挥官亲自送进毒气室吗？

"你惹了什么麻烦？"

然后车子右转，进入 C 营。

"下车。"克莱默说。

当我们站在营地的门口时，他说："你总说你为营地和营里的人努力工作。那么好吧，我再次任命你为 C 营的营囚犯长。不过，这将是一个劳动营，一个织造厂。"

于是，我又成了营囚犯长。我又一次把包括格尔达在内的斯洛伐克女孩带过来了，她们会担任区囚犯长和其他职务。然而，和以前不一样的是，这次集中营的囚犯并不多。囚犯们主要从事纺织工作，制造德国在战争中要用到的物品。

————————

回到 C 营有一个好处。

贝拉仍在 30 号区酒鬼囚监的手下修理缝纫设备。现在，我们又可以见面了。

一天晚上，在返回营地之前，他从工作小组的队伍中退了出来。他走过来对我说："玛格达，我想和你结婚。"

"你没看到那些烟囱吗？"我说，"这里没有生活，更没有婚姻。"

"我是说战争结束以后。"他补充道。

"但你是个到处跑的业务员。我绝不会嫁给一个整周都不在家，只有周末才回家的人。"

他的头低了下去，然后回归了队伍。

还有一次，他想在我的房间里和我说话。但一名党卫军守卫发现了他并大喊道："你怎么敢来这里！"贝拉迅速地走掉了。

过了一会儿，织布屋里起了火，贝拉和其他人一起帮忙灭火。他们成功将火扑灭后，他来我的房间找我。他又一次跟我说，他想在战后娶我。我不记得我是否答应他了——我太害怕未来的不确定性了。但我们亲吻了彼此，我们的关系更进了一步。

⑬
死亡转移

1944 年深秋，气温下降，雪花飘零。在此期间，苏军即将到来的消息不绝于耳。尽管没有官方消息，但很明显，党卫军有些慌乱。许多高级军官突然就不见了。我再也见不到克莱默或门格勒，格雷斯也不见了。

最初，我们的日常生活并未发生什么变化。每个人继续坚守工作岗位；每天一次或两次的点名仍在继续，"挑选"仍在定期上演；生存环境依然不容乐观——无论是食物的匮乏还是糟糕的卫生状态。

10 月份，党卫军进行了一次大规模"挑选"，许多人被送进毒气室。但进入 11 月后，这种屠杀突然结束。从特遣队传出消息，他们正在拆除毒气室和火葬场。

在办公室工作的女孩跟我们说，党卫军下令销毁文件。一些建筑物被焚毁。

我几乎没得到什么可以让女孩们安心的消息。我只能一遍又一遍地重复我一直秉承的信念：团结一致就是最好的生存方式。

1945 年 1 月初，天气冷得可怕的时候，我们听到消息，我们要向西出发，进入德国，以远离逐渐靠近的苏军。奥斯维辛集中营的所有营地都将被"疏散"。我们会去哪里、待多久，没人知道。我们不知道他们是否会杀死所有人，尽管我听说德军仍然需要劳动力用于战争，即便他们对我们的生命并不关心。党卫军似乎也不知道该怎么做。守卫们像没头苍蝇一样跑来跑去，似乎非常恐慌。集中营似乎又回到了三年前我们刚到达时的那种混乱无序的状态。然而，这种混乱让我们有时间为徒步转移做些准备，尽管，一如往常，并不是所有人都能得到帮助。通过动用关系，我为自己和亲戚们准备了保暖的衣服和靴子。一群女孩闯进厨房，用袋子装满她们能找到的任何东西：意大利腊肠、糖、黄油和面包。其他人也做了类似的准备工作。党卫军已经顾不上我们，即便看到了我们的所作所为，也没有任何动作。他们只顾得上自己。

在这种骚乱状态下，贝拉可以不用经过任何人允许就来到我的房间。我们商量了去留的问题。留在比克瑙是不是更好的选择？如果可以，苏军或许会救我们。有人建议我们躲起来，这样就不用转移了。但是对我来说，这么做有太多的不确定性。党卫军将如何处理那些留下来的人，特别是，这些人大都是病人或走不动的人？他们会找出所有人，枪杀或者烧死他们吗？虽然徒步向西听上去很危险，但似乎是一个更安全、更明确的选择。贝拉仍在犹豫，但我告诉他我会走，并且希望之后能和他再次相聚。

————————

1945 年 1 月 18 日早上，我们被守卫叫醒，要我们立即到外面集合。那时，C 营只有约 1000 名囚犯。后来我得知，那天离开奥斯维辛集中营及其分营的，共有大约 5000 名女囚犯。男女囚犯相加，奥斯维辛共有五万到六万人步行前往德国，也就是后来所谓的"死亡转移"。欧洲其他集中营的数千名囚犯也进行了"死亡转移"。有些人从东部战线撤退，远离了正在逼近的苏军；另一些则是为了躲开西部战线的英军及其盟军。

动身启程时，党卫军守卫分发了一些干面包，又发下一些薄毯子，然后带领我们走上公路。一个队伍大约 500 人，我们像往常一样排成五排前进。不过队伍一会儿就乱了。寒冷很快钻进我们的衣服，又入侵了我们的骨头。事实证明，相比那些依旧穿着囚犯制服和开口木底鞋的人，我们这些有机会为自己准备外套和鞋子的人更容易活下来。

路上并非只有我们的队伍。听闻苏军即将到来，德国士兵和波兰平民也排起长队向西转移。一些人和我们一样徒步撤离，另外一些人则乘坐马车、汽车或卡车。不过道路很拥挤，队伍都缓慢地移动着。

在这种情况下，我不可能关照 C 营的所有女孩。因此，我把注意力集中到了我能够关注的人身上——我幸存的家人们：我的表妹玛格达·英格兰德（我在吉卜赛营救过她）；皮瑞（Piri）

和伊琳娜（Irena，二人是姐妹）；从比克瑙开始就和我在一起，在我得斑疹伤寒时照顾我的鲁岑卡，以及她的亲戚弗兰蒂斯卡（Františka）；我忠诚的档案管理员格尔达。我像一只鸭妈妈带着一群小鸭一样，努力不让任何人掉队。

党卫军守卫们神经紧张。他们知道要是被苏军追上，可能会被枪杀，因此不断地催促我们。很快，来自主营的一些女孩就跟不上了。她们虚弱、营养不良且冻得发抖，她们开始打趔趄甚至摔倒。

枪声开始响起。

纳粹对任何可能拖慢速度的人都没有耐心。一个停下来弯腰整理木底鞋的女孩被枪杀了。摔倒的人也会被开枪打死，或被留在雪地里冻死。当我们继续前进时，路边被丢弃的尸体越来越多，这都是走在我们前面的"被淘汰"的囚犯。但是，没有时间停下来悲伤。我们必须为自己的生存着想。

随着周围环境的恶化，我让表妹玛格达走在我们这个小团体的前面。她是跛子，我不想让守卫发现。有些拎着装有食物的袋子的女孩不得不扔掉其中一些，因为沉重的袋子会影响她们走路的速度。

我们被无情地催促着，只有偶尔几分钟的休息时间。夜幕降临时，纳粹将我们带到了附近的谷仓，我们拥挤着躺在稻草上。

——————

第二天早上，在没有给我们任何食物和水的情况下，党卫军继续催我们上路。

"所有人，出发！"他们喊道。

那些能站得住的人继续上路。但有些人已经在睡梦中死去，再也走不了了。我们再次踏上了雪地，寒冷再度袭来。

在出发时，格尔达就开始咳嗽。现在，她咳嗽得更加厉害。很快，即使在我们的帮助下，她也很难跟上队伍了。一匹拉着低矮车厢的马踱过来，驾马的德国人让所有走不了路的人上车。格尔达，这位在 C 营和我密切合作的善良而聪明的年轻女人，举起了她的手。我什么也做不了。我们都知道她将面对什么，但只能假装不知道。这比被丢在路上死了要好。我在心里哭泣，因为我知道再也见不到她了。

过了一会儿，另一辆马车经过。当我注意到我的表妹皮瑞和伊琳娜也坐在上面时，简直不敢相信我的眼睛。我怎么没注意到她们落到了后面？

"伊琳娜，皮瑞，立马下车！"我厉声喊道，"如果我必须用双脚走路，那么你们也必须这样。"

我跑到车跟前，把两个女孩拉下来。伊琳娜想要推开我，说她想做什么就做什么。我不得不扇她一巴掌让她清醒过来。

"你脑子在想什么？"我说，"我不是跟你说过，一旦这些车离开我们的视线，车上的人就会被枪打死吗？这些德国人不会救任何人的。"

几乎可以肯定，我的不近人情救了她们，她们都在战争中幸存下来。尽管，就像我在吉卜赛营扇了一巴掌的玛格达一样，伊琳娜也会记住这一巴掌。

我们来到了一个主路岔口，这里的交通状况更加混乱。囚犯、平民和士兵的队伍交错而过，朝多个方向进发。

"玛格达，玛格达。"我听到远处一个女人的呼喊声。

几分钟后，她找到了我。

"玛格达，这些男人是从另一个方向过来的。我见到了贝拉，我问党卫军女守卫，我能否和他说话。第一个守卫拒绝了，但第二个说可以。来！你跟我来！"

我跟着这个女孩，她将我带到了岔路口的一小块空地上。贝拉在那里。

一位党卫军女守卫喊道："给你五分钟的时间。"

贝拉和我意识到，如果我们在战后重返家园，我们没有方法能找到彼此。

"我知道你的编号，"贝拉说，"如果你也记得我的，我们可以用它们来互相寻找。"

"可是我不擅长记数字。"我回答道。

"很简单，"他说，"我的编号就藏在你的编号之中。"

"怎么说？"我说。

"你是 2318 号，所以有 23 和 18。我是 65066 号。将我编号

里的数字相加，6+5+6+6，就是 23。我的编号里有 3 个 6，6×3
就是 18。所以 23 和 18 都有了。"

他看起来很高兴，因为为了让我记住他的编号，他创作了
一个谜语。但我想到的却是，在德国人的地狱里待了这么久之
后，贝拉的第一直觉竟然不是记住彼此的名字，而是记住彼此
的编号。

"到米哈洛夫采找我。"当他重新加入他的队伍时，我对他
喊道。

————————

有关此次转移，除了前一两天的记忆，其他的记忆都很模
糊了。我们深切的饥饿和更加深切的寒冷很难用言语来形容，它
们共同消耗着我们最后的能量。我们弯着腰艰难地前行着，努力
地不让任何人掉队，但在大部分时间里，我们都退回到了内心之
中。偶尔会有村民会向我们扔食物，但很少有人敢弯腰捡拾。我
总是在想，这是我们的最后一步。随着越走越远，尸体也越来越
多。那些走得太慢、稍有停顿或者精疲力竭的人，都成了路边的
尸体。

看管我们的守卫和士兵似乎也不知道目的地在哪儿，我们不
止一次转错了弯，不得不听从命令，掉头转向另一个方向。不像
在集中营里面，我没有机会用任何方式操纵这些守卫。有时他们
看起来和我们一样害怕且困惑，只不过他们手里有枪，一直在催
促我们赶路。

在走了三四天（也许更久）之后，我们来到一个小镇——可

能是格利维采[1]，也可能是沃迪斯拉夫斯拉斯基[2]，但我已经记不清了。我们在那里上了火车，只不过，这次的情况和我们去往集中营的路途并不一样。这列火车是用来运送煤炭或谷物等散装物品的货车，车厢是露天的，我们完全暴露在天光之中。我们仍然没有吃的，唯一可以喝的东西是融化的雪水。我们所能做的就是抱在一起，等待这场磨难的结束。

当然，对于一些人来说，这就是结局了。在这场"死亡转移"中，任何人的幸存都是奇迹。我们在火车上又度过了三四天，每天都有更多的女孩死去。我自己也病了，呼吸困难，但我熬了下来。

磨难还未结束。我们终于在德国北部的拉文斯布吕克集中营下了车，那里也是乱作一团。由于再也走不动了，我们被扔进了"营房"——一个空旷的大帐篷。这片泥泞、寒冷的土地将成为大约3000名女孩的容身之所。与露天的火车车厢相比，它几乎没有提供更多的庇护。我和我的亲戚朋友们默默地挤在一起。我病得很重，没法说话。胸口发闷，喘不上气来——也许我得了肺炎，也许我失温了，我并不知道原因——我开始认为，这或许就是生命的终点了。

然而，命运另有安排。

一群犯人给我们带来了汤和茶。正当我意识到他们有人说的是法语时，其中一个人喊道："玛格达来了！[3] 玛格达来了！"

---

[1] Gliwice，波兰城市，位于西里西亚高地，克沃德尼察河旁边。

[2] Wodzisław Śląski，波兰南部西里西亚省小城，近捷克边境。

[3] 原文为法语"Magda est là!"。

那些是我从奥斯维辛去到比克瑙后，第一次成为区囚犯长时负责的法国女人。我努力让自己显得很高兴，但我当时几乎都看不清东西了，更别说挤出笑容。她们告诉我，自从听说有女囚犯要从比克瑙转移过来，她们就一直在找我。

"玛格达，我们来照顾你。"她们说。

她们把我带回她们住的地方。由于这些囚犯大多是有文化的非犹太裔政治犯，她们便被安排了办公室的工作，生活条件略好一些。她们帮我洗澡，喂我吃饭，并且为我拿到了药。她们让我睡在床上。我为了一件事回到了亲戚和朋友们住的帐篷：我要负责点名。她们告诉我，我要再恢复一些才行，因为几天后，我们可能会被转移到另一个营，这就意味着我们要再次上路。

当我开始康复时，这些女人给我讲了她们在拉文斯布吕克集中营的生活。她们在两年前被转移到这里。这里几乎只关押女性囚犯。在整个 1943 年，这里都不是很拥挤，因为关押的主要是政治犯，犹太人和罗姆人只是少数。因此，拉文斯布吕克不是奥斯维辛那样的灭绝营，而是一个劳动营。与将囚犯送往毒气室相比，他们更关心囚犯的劳动。事实上，拉文斯布吕克没有毒气室。如果有哪个女囚犯需要被"除掉"，她们会被送到其他集中营，以达到目的。然而，这些法国女人很担心，因为情况似乎在发生变化。有传言说，一个毒气室正在建造中。在过去的六个月里，犯人的数量迅速增长，党卫军的重点已经转向杀戮而非劳动。

多亏了这些善良的女人，我在几天后感觉好多了。至少可以再次上路了。

我们在拉文斯布吕克的最后一天，发生了一件奇怪的事情。党卫军军官约翰·施瓦朱伯突然出现在我面前。他就是那个在1943 年，同意给我们新衣服的奥斯维辛集中营男子营的营指挥官。现在，他负责拉文斯布吕克的女子营，也就是我们现在所处的恶劣环境的管理者。他穿得比平时更体面：一身制服，戴着帽子，脚上的靴子油光锃亮。

他对我说："我一直在找你。"

他给我看了两份身份证件，其中一份写着我的名字，并告诉我有一架飞机将要载他到瑞士去。他想和我一起。

"我都打点好了，我会照顾好你的。"他说。

我想不通。我不知道该说什么。我为什么要跟他走？

最后我说："我所有活着的家人都在这里，我不能离开她们。对不起，但她们需要我。"

他又劝了我一会儿，但我还是拒绝了。接着，我被唤去点名，这将我从这种尴尬的境地中解放了出来。

14

马尔乔集中营

1945 年 2 月

拉文斯布吕克集中营拥挤又混乱，这可能是党卫军决定将包括我们在内的一些人转移到附近分营的原因。他们又进行了一次"挑选"——这一次，我不知道他们怎么能挑选出还有体力工作的人——然后便赶我们上路了。我和我的小团体再次进入了冰天雪地，我们再次在几个小时内被冻到刺透骨髓。那些掉队或无法继续向前走的人仍旧遭遇了残酷对待。

由于一直没有进食，环境也非常糟糕，大概是在第二天结束时，我们在拉文斯布吕克恢复的体力全部被消耗殆尽了。我们抵达了一个处于小森林中的巨大废弃仓库，并被命令待在里面。没有食物，唯一的水由我们在路边收集的雪融化而成。这里也没有厕所。每个人都倒下了，不知道从哪里能找到继续活下去的勇气。

再一次失去所有力气之后，我晕了过去，失去了意识。

突然之间，我的母亲站在我面前。她让我想起了贝尔泽拉比的祝福和他预见到的我的使命。母亲告诉我，还有更多的生命需要拯救，我得坚持下去。然后她把一些盛在碗里的温热圆形烤饼端到我面前。当我伸出手时，她把碗挪开了。

"你没看到我很饿吗？"我说，"你为什么不让我吃点儿？"

她说："首先你得答应我一件事。"

"什么？"我说。

"如果你在战后结了婚，生了孩子，你要把他们抚养成真正的犹太人。"她说。

"我快死了！"我说，"我什么时候才能自由，什么时候才能结婚生子？"

"你只需答应我。"她说。

"我答应你。"我说。

就在这时，有人摸了我的胳膊。我吓了一跳，睁开眼睛，看到面前有一个女人，手里端着一大碗热气腾腾的土豆。当我环顾四周时，还有许多其他端着土豆的女人。

在这样的条件下，我没有心思去考虑这些女人是如何绕过党卫军守卫的。也许她们贿赂了守卫。也许守卫已经走了。她们是从哪里来的？她们一定是富有同情心的当地人。无论如何，她们为我们拿来了吃的——热气腾腾的美食。她们是来拯救我们的天使，无须考虑她们是怎么来的或者为什么来这里。

我们可能在仓库里睡了两个晚上——在那时，时间已经不重要了——直到党卫军进来大喊："出来，快出来！"

我们又一次跌撞着踏上了拥挤的路途。

我们的队伍与一群向同一方向前进的德国士兵混在一起。他们是国防军[1]，德国的武装部队。至少在严格的定义上，他们与纳粹控制下的党卫军不同。其中两个年长一点儿的国防军告诉我，我们的目的地是马尔乔集中营，拉文斯布吕克的一个分营。营里的囚犯主要为一家弹药厂工作。

"你是做什么的？"有人问我。

"我是一名幼儿园老师。"我说，"我不懂弹药。"

"啊，但你正是我们需要的人，"他说，"我认识那里的营指挥官。马尔乔昨天来了40个年轻女孩，大概16岁。我会让你成为她们的区囚犯长。"

我想知道她们是不是我们在C营救出的800人中的几个。

如梦一般，但是这场在我们拖着虚弱的身体行走在冰天雪地的路上时进行的谈话，终究是给了我一些力量。回到营房并再次恢复以往生活的想法激励着我。这就是我被驯服后的样子吗？……回到集中营倒成了我所希望的权宜之计吗？

---

[1] 原文为德语词"Wehrmacht"，纳粹德国时代海、陆、空三军的总称。

———————

自从离开奥斯维辛并经历了这么多事后，我很庆幸，在到达马尔乔时，我仍然带着我的"小鸭子"们：鲁岑卡和弗兰蒂斯卡，伊琳娜和皮瑞，还有玛格达·英格兰德。格尔达……可怜的格尔达。她是我们唯一失去的人。

德国士兵实现了他对我的承诺，他把我和我的小团体直接带到年轻女孩的负责人那里。这些女孩的确是我和格尔达从门格勒那里救出来的。我很高兴她们还活着。

令人惊讶的是，居住条件并没有我们想象得那么糟糕。床上有垫子——虽然很薄，但确实是床垫——而且我们吃得比以前好。环境虽然不够舒适——这不是一家酒店——但即便是一张没有床垫的床我们也会知足，这毕竟比躺在寒冷坚硬的地面上强太多了。在弗兰蒂斯卡主动要求去商店帮忙后，我们吃的东西比以前更好了一些。她很会"组织"东西，大多数晚上都会带回一些意大利腊肠、面包或其他可以大家一起吃的食物。在这样的环境中，我们是幸运的。马尔乔只是一个小营——只有 10 到 12 个营房，此时每个营房里只有约 100 名囚犯。不知为什么，这里比比克瑙轻松，环境也很好，还没有无休止的殴打。这让我们恢复了一些在"死亡转移"中消耗的体力。

我们不知道要在这里待多久，也不知道接下来会去哪里，但至少，我们不再一直生活于恐惧之中。

然后，在我们在这儿住了两周后，事情又发生了改变。

首先，弹药厂的生产放缓到几乎停工，因此，不再需要这么多工人了。停工的原因显然是工厂的管理者再也拿不到原材料了。然后，在短短两天的时间内，又有数千名妇女从奥斯维辛集中营和其他东部战线和西部战线附近的集中营来到这里。与拉文斯布吕克一样，随着纳粹因想尽量保留免费劳动力而不断将囚犯从前线撤离，马尔乔变得十分拥挤。如今，在大部分营房，只能容纳 100 人的空间里住了大约 500 人。

在这个过程中，我遇到了利亚，我在"精英区"做区囚犯长时的捷克犹太囚犯，当时她是一名跑腿人员。她告诉我，她因做错了事而被转移到马尔乔——我没有问什么，但记得被送到更好的集中营在当时是一种奇怪的惩罚方式。不管怎样，她一直都很聪明能干，她在这儿已经成了总司令的建议员。

"玛格达，我们需要你，"她说，"你有管理很多人的经验。新来的囚犯有很多都患有斑疹伤寒或其他疾病。她们挨得这么近。我们会找其他人照顾别的女孩。"

我没有说"不"的权利。很快，我就成了要管理 1000 名囚犯的区囚犯长。囚犯们住在一个类似露天谷仓的建筑中，与主要的居住区相区隔。他们把它叫作伙房（the canteen）。另一个女孩艾塔（Eta）负责看管另外 1000 名囚犯。

情况迅速恶化，很快，一切都变得比我在三年内经历过的更糟糕。动物都不应该被这么喂养，更别说人了。这座巨大建筑的地面上只有稻草，犯人们几乎没有御寒的被褥。历经了"死亡转移"后，女人们已经很虚弱了，大多数人都没有外套或鞋子，她们来到这里就已经是奇迹了。现在，她们不得不在这种情况下活下去。集中营根本没有为庞大的新囚犯群体做好准备。食物稀缺。我尽我所能地平均分配它们，把汤搅匀，让料更多的部分漂到上面，但这远远不够。目光所及，皆是肮脏、饥饿、受冻和死亡。已经坚持了这么久，可有很多人就是挺不过这一刻了，她们就在躺下的地方死去。

没有工作可做——总之，对大部分人来说是这样的。一些人继续在弹药厂做工，一些人在营外劳动——我从不知道她们在干什么。少数人，比如我自己，在做囚犯管理员。大多数人就这样躺在地上或坐在地上，等着被饿死。斑疹伤寒很快便蔓延开来，虽然我和我的助手们努力将病人与其他人分开，但疾病不可遏止。

————

又这样过去了很多天，当党卫军监视员路易丝·丹兹到达马尔乔后，情况便更糟糕了。她就是接替了格雷斯的职务并罢免了我 C 营营囚犯长职位的那个官员。丹兹一到，马尔乔的暴力事件便急剧增加。她当上了监视官，开始只让有劳动价值的囚犯吃东西，其他人便任由她们饿死。在营地里巡视时，她鼓励守卫们用暴力解决问题，告诉他们可以任意使用鞭子。

我怎么才能阻止她？一定有办法。最后，她本人给了我一个机会。

"海灵格，"一天早上，她对我喊道，"我希望你成为劳动协调员。你现在就可以开始工作了。"

劳动协调员主要负责分配工作任务：谁去户外劳动，谁去工厂做工等。许多担任管理角色的囚犯想做这份工作，因为这更像是行政工作，所以也更简单一些。

"你为什么选我？"我问。

"因为我尊重你。"她说。

"真的吗？为什么？"

"你还记得我当时不再让你当营囚犯长的事儿吗？那一刻你一下也没有抗辩。你并不害怕。你不需要营囚犯长的荣耀来装点自己。你没有试图贿赂我，只是毫无怨言地接受了它。这给我留下了深刻的印象。因此，你得到了我的尊重。"

我不明白丹兹是怎么想的，但我告诉自己，如果眼前这个可怕的女人要让我做这份工作，如果她真的尊重我，那我会接受这个任命。这让我有机会接近她，从而看看有什么方式能影响她，哪怕是一点点，就像我遏制格雷斯对鞭子的热情一样。

伊迪丝是我到比克瑙初期时的一个帮手，我还记得跟她聊过她的兴趣爱好。她会用木炭画素描，且很有天赋。或许，我可以用绘画来满足丹兹的虚荣心？

几天后，我告诉丹兹关于伊迪丝的事。"你想要一张个人肖像吗？你只需要坐在她面前。我相信你会喜欢的。"

她高兴地同意了，所以我安排了绘画需要用到的材料，并让伊迪丝去找丹兹。我告诉她，要慢慢画。

"丹兹坐得越久，她打的人就越少。"我说。

伊迪丝非常聪明。她会和丹兹聊天拖延她的时间，甚至画着画着还会停下来，让丹兹换一个姿势重新开始。她这么做了两三次。最后，作品完成了，丹兹非常满意。

奇怪的事情发生了，时不时有几分钟，丹兹会跟我讨论她自己，就像格雷斯之前一样。不一样的是，丹兹比格雷斯大，和我的年龄差不多。我想，她把我当成了朋友，而不像格雷斯把我当成了姐妹——尽管，我从未对她掏心掏肺，只是鼓励她多说点儿话。她向我坦白，党卫军为马尔乔集中营的囚犯安排的最终结局是死亡，这就是没有足够食物的原因。有一次，她似乎忘记了自己说话的对象是谁，吹嘘说她可以在点名的时候把囚犯打死。

她说的所有内容都是她的弱点，我会对此加以利用。

"我有一个兄弟在苏联前线作战，"有一天她告诉我，"我很担心他。"

这让我有了另一个主意。

我在营地里寻找会看手相的人，很快就在匈牙利女人中发现了一个吉卜赛人。我把丹兹和她兄弟的事情告诉了她，并跟她说了我的计划。

"监视官，"第二天早上，我对她说，"我知道您对未来非常担忧，因为苏军正在逼近。我认识一个会看手相的人。您想算算命吗？"

不出所料，她同意了。把那个吉卜赛人带到她的房间后，我就出来了。

那个女人握着丹兹的手掌，仔细地观察着，告诉她她会活很久，她会在心爱的德国继续生活，以及其他各种内容。

过了一会儿，吉卜赛人说："我看到有个远方的人在担心您。是个男人……一个士兵。"

丹兹瞪大了眼睛。

"我的兄弟！"她叫道，"一定是他。他正在苏联战斗。"

吉卜赛人皱了皱眉。

"不过，这个人是在担心您。"

现在丹兹也皱起了眉头。

"担心我？为什么？"

女人继续盯着丹兹的手掌。

"他在想战争快要结束了，他怕您会受到惩罚。他真的很担心。"

"我不明白你的意思，"丹兹说，"你怎么知道？"

"您的掌纹写得很清楚。他——您的兄弟——非常担心。他真的是全心全意地为您着想，他非常爱您。但他担心您会因为殴打囚犯而受到惩罚。"

之后，丹兹跑来找我。

"玛格达，这个女人很棒。你知道她告诉我什么吗？"她告诉了我整个谈话，最后说，"你认为我应该停止鞭打别人吗？"

我说："我不知道。但如果那是你兄弟的愿望——"

"是他的愿望。"

从那以后，丹兹不再那么残酷了，并且不再挥鞭子——至少我没有再见过了。一个算命的人竟然能让这个残忍的女人做出改变，真是难以置信。

15

重获自由

1945 年 4 月

我当时没有意识到，丹兹可能是最后一个知道我名字的纳粹分子。

随着冬季残雪的消融，军用飞机在我们头顶上盘旋的时间也越来越久。当飞机飞得足够低时，我们能辨别出哪些飞机是德军的，哪些是英军的，偶尔有些飞机来自苏联。苏军逼近的消息愈传愈盛，德国人因此越来越恐慌。很快，就像奥斯维辛集中营的情况一样，许多高级党卫军军官不见了。

4 月初，一大群女囚犯被选中，得到命令朝附近的火车站进发。起先，我们听说她们将被运送到另一个营，尽管丹兹告诉我，她认为火车可能会在路上被盟军的飞机炸掉。事实表明，她的料想并没有成真，那些女人最终抵达了另外一个营，尽管我不知道后续发生的事情。

集中营囚犯数量的减少并不意味着条件的改善。如果说有什么变化的话，那就是情况变得更糟了，因为留下来的党卫军只对自己能否活下来感兴趣。食物每两天或三天才会补给一次，而且永远不够吃。我无力改变什么，只能努力使每个人都分到一些吃的，努力使整体秩序保持稳定。至少，我现在不需要再为丹兹和其他守卫的殴打行为而操心了。

最后——我不知道具体日期，但历史告诉我是 1945 年 5 月 1 日——我们这些身在马尔乔，还活着并能行走的人，再一次因收到留下来的党卫军的命令而走出营地。目的地是哪儿，我想没有人知道——就是向西，向德国更中心的地区进发，远离不断靠近的苏军。

现在，路上的民众比我们第一次转移时还要多，到处都是满载篮筐和家具、孩童甚至动物的车辆。不过在这种混乱中，好像是在反驳协约国的军队正在接近的传闻似的，也有一些人从反方向走来。一切都乱作一团，没有人知道发生了什么。

也许是因为天气转暖，也许只是因为党卫军守卫变少了，这次转移并不像前几次那么恐怖。只是比较混乱而已。和以前一样，当民众和来自其他集中营的囚犯们混成了一个长长的队伍时，我和我的家人们始终努力地待在一起。

我们出发大约一天后，我听到有人在喊我的名字。

"玛格达，玛格达。"

听起来很熟悉，但口音又不对。我转过头去，看到大概十八个月前我在比克瑙时负责的三个俄罗斯农村女孩。她们是那些男童被带走后，被送往德国医院当护士的年轻女性。奇迹般地，我们命运的轨迹又相交了。

我们像老朋友一样亲吻和拥抱，她们说她们已经离开了医院，现在是正在接近的苏联部队里的游击队员。

"很高兴我们找到你了，"其中一个说，"苏联士兵离得很近，他们会解放所有集中营的囚犯。但是我们在想你的安危。如果有人控告你，并指出你在集中营做管理者，一些苏联士兵会把你当作敌人。他们中的一些人想要报仇，他们很可能会强奸你，甚至可能会杀了你。

"你得跟我们一起走。我们会把你藏起来，直到我们能够替你解释，告诉别人你在比克瑙为我们俄罗斯人做的好事。"

女孩们脸上的表情非常真诚，好像在说，我必须信任她们，认真对待她们刚才说的话。

"这些女孩呢？"我指着我的"小鸭子"们说，"我不想离开她们。"

"她们不会有事的。唯一受到威胁的是像你一样与德国人密切合作过的囚犯，比如做过区囚犯长和营囚犯长等工作的人。我们知道你是被迫的，但我们的士兵不知道，他们会认为你在和德国人合作。"

商量的最终结果是，我们应该有三个人跟她们一起走，因为鲁岑卡和弗兰蒂斯卡也担任过类似职位。

"我们住在附近的一家面粉厂,"其中一个俄罗斯女孩解释道,"军队到达后,这儿就会变成一个基地。我们先把你们藏在树林里,士兵同意不伤害你们之后,我们再带你们去面粉厂。"

因此,在确认周围没有党卫军,并和其他女孩相互祝福之后,俄罗斯女孩们便带着我们三个进了树林。不久之后,她们用树枝和树叶为我们搭了一间小屋,拿给我们一些食物,并告诉我们必须藏好,直到她们回来。她们告诉我们,这可能需要几天的时间。

天气比较干燥,也不冷,树林的地面是柔软的,所以我们主要是在睡觉。我们藏在树林深处,因此听不到路上的任何声音。只能听到飞机在头顶盘旋,以及远处的枪声和爆炸声。

最终,三个晚上后,俄罗斯女孩们回来了。

"可以走了,"她们说,"士兵们想见你。他们想感谢你为我们做的一切。别担心,他们不会伤害你的。"

我们跟着她们来到面粉厂,大约有 40 名苏联士兵和女游击队员迎接了我们。现在,这座面粉厂已经被改造为临时营房,里面有担架床和食堂。我们受到了热情的欢迎。到了吃饭的时候,他们像接待贵宾一样让我们坐主桌,然后带来了我们好多年都没见过的丰盛的食物和饮料。这一切好像做梦一般。我知道的一点儿俄语远远不够让我听懂他们在说什么,但是受到欢迎的感觉已经很棒了。吃完饭,我起身收拾盘子,突然有人对我说:"停!你是我们的客人。这活儿得让别人来干。"

我们在这里休息了几天，直到士兵告诉我们他们必须上路了。他们上了卡车并跟我们道别。他们已经告诉了我们主干道在哪儿，我们可以从那儿继续前行。

当我们重新进入人群时，气氛发生了变化。德国士兵和党卫军统统不见了。有消息称，希特勒已经死了，德国投降近在眼前。笼罩在欧洲上空六年之久的乌云终于开始消散，即使是很多当地的德国人，也感觉松了一口气。人群开始欢呼。人们喧闹起来，载歌载舞。希特勒走了，一并带走了他的独裁统治。欧洲的纳粹投降了。

战争结束了。

————————

对鲁岑卡、弗兰蒂斯卡和我，以及整个欧洲数以百万计的民众而言，我们不敢相信，我们活过了这场战争。我们还活着，并且不用再在恐惧中生存。但我们仍身处德国，一片德国北部的荒芜之地，家在数百公里远的地方。

成千上万人在街头流动，这里成了信息交换的场所。人们说着某个小镇上聚集了波兰人，另一个小镇上聚集了法国人，诸如此类的消息。最终，我们遇到了一个捷克人，他告诉我们一个捷克人和匈牙利人的集合点，那里会有卡车把我们送回家乡，或者送到离家很近的地方。我们听从了他的建议，沿着他指的路朝南走去。

在最初的庆祝活动过后，我们在路上也目睹了很多令人不快的行为。愤怒仍然存在，特别是被纳粹关押过的人，他们甚至将愤怒转移到了德国普通民众身上。其他人，包括一些战胜国的士兵，也趁乱作恶。拿着武器的士兵和刚获得自由的囚犯打砸商店，入室抢劫。恢复正常的生活，还有很长的路要走。

最后，我们到达了一个由苏军建造的简易营地。我不记得那是在哪儿了，但我们在此处发现了数百人，其中有很多匈牙利人和捷克斯洛伐克人，其中不乏曾经被关押在比克瑙的囚犯。在这些人中，我看见了莫德科维奇太太，她是我母亲的朋友，吉塞拉·佩尔医生曾救过她。我们这群认识的人待在一起。当时还没有多少正式的组织，只有一群苏联士兵和一些似乎不太了解状况的官员。但是，食物是有的——或许是来自红十字会或类似的组织，尽管我的这段记忆和此情此景一样混乱。

或许这是很自然的事情——那些从比克瑙重新获得自由的女人仍然把我视为领导者，就好像我仍然是她们的营囚犯长一样。

"玛格达，我需要你的帮助。"

"玛格达，我在哪里可以找到……"

玛格达。玛格达。玛格达。

"别再叫我了！"我对其中一个女人喊道，"我不再是你的负责人了。"

我说了一句匈牙利歌词"屋子我扫够了，让别人扫吧"[1]，来回应她们。

但她们还是一直找我。

---

[1] 原文为匈牙利语"Söpörtem eleget, söpörjön már más"，出自歌曲《星星，星星》（*Csillagok, csillagok*）。

一群匈牙利女孩向我走来。

"玛格达，请帮帮我们。俄罗斯人想送我们去给他们收割田地，或者到工厂做工，说因为匈牙利和德国结盟，我们就是敌人。我们只想回家。我们知道你会说点儿俄语——请问你能和他们的指挥官谈谈吗？"

我找到指挥官，对他说："这些女孩不是你们的敌人。她们是犹太人——这就是匈牙利人将她们驱逐出境的原因。她们不是匈牙利政府的朋友，正如她们不是纳粹的朋友。她们有的在集中营住了几个月，有的住了几年。她们有权返回家乡，有权去寻找她们的家人。"

指挥官用疲惫的眼神看着我。

"是的，没错。"他说。这件事情就这么解决了。

最后，卡车终于到了。它们将带人们回到自己的祖国，或者离祖国非常近的地方。负责的人确定了每个人的身份，将他们送到合适的车上。我们等着有人来找我们，但一直没有人来。后来，莫德科维奇太太找到了我。

"玛格达，你还有一件必须办的事。他们不会让我们上车的。有去往布拉格的卡车，但他们只载捷克人，而不载斯洛伐克人。他们会让我们在这里等死。拜托了玛格达，你是有些影响力的。请和委员会谈谈。"她指的是管理运输的委员会。

"好吧，"我说，"我看看我能做什么。"

我找到了委员会的负责人。他说卡车的数量不够，不能送每个人回家。但他们最终会送我们。

"这个答案还不够，"我说，"我们的人并不多。现在只剩下300人了。两三辆卡车就够了。你知道斯洛伐克犹太人经历了什么吗？除了我们本身是遵纪守法的好公民之外，我们还是第一批被运送到集中营的人——我们的政府掏钱让德国人把我们带走的。已经三年多了啊！我们这些人一直在集中营待着，直到看到战争胜利的这一天。我们的每一天，都在担忧家人的安危中度过。

"我知道还有车。我听说贝奈斯总统[1]刚刚流亡归来，现在在斯洛伐克。如果我是他的亲戚，你们肯定会派一辆卡车送我。"

男人面带奇怪的笑容看着我。

"事实上，我正好是贝奈斯总统的亲戚。"他说。

听到这儿，我用拳头敲了敲桌子说："那正好，总会为你派一辆卡车来吧！"

"我想你说得没错。"他说。他翻了一下放在他面前的文件，然后重新走到我面前。"今晚会有卡车把斯洛伐克人带到布拉格。只能送到那儿了。你们得在布拉格自己想办法回家。"

我对他道了谢，然后跑回去，把情况告诉了莫德科维奇太太。

"我知道你肯定能做到！"她紧紧抱住我，哭了起来。

鲁岑卡、弗兰蒂斯卡和我到达布拉格后，先是来到了一个大厅。这个大厅里有几百个从欧洲各地返回的人，他们拥挤着，呼

---

[1] Edvard Beneš（1884—1948），捷克总统，1935—1938年、1945—1948年当政。

喊着，场面十分嘈杂。在这种无序的状态中，我们努力地寻找着登记新人的柜台，好为我们的下一步做准备。

我们最终挤到柜台前面。他们发给我们每人 500 克朗，以作为交通费用。还有一个小登记册，这是我们的身份证明，上面写有我们的名字和想要去的地方。

我在登记册中写的是巴勒斯坦。我无意留在那个像丢抹布一样把我丢弃的国家。我的想法是，我先回到米哈洛夫采，看看我的家人是否还活着，然后我就会移民到巴勒斯坦，开始新的生活。

在我们问询怎么才能回到远在 700 多公里外的家乡时，鲁岑卡得知，她的村庄几乎被完全炸毁。所以，我说服她到我家来。弗兰蒂斯卡前半程和我们一起，在快到达目的地时，我们会分开。

所有人都在问个不停。每个人都在找人，他们听到过各种各样的小道消息，比如说最后一次见到某某是在哪个小镇的路上，在哪个难民营，或者是在哪个集中营。又有人会补充说他们好几个月没见过某某了。在整个大厅里，好消息和坏消息齐飞，哭泣声和欢呼声共振。

"玛格达！玛格达！"

我循声望去，是比克瑙的一个同为囚犯的医生在人群中呼唤我。

"贝拉，"他喊道，"贝拉还活着！贝拉还活着！"

他穿过人群，直到他能用正常音量跟我说话。

"你应该去找他,"他说,"几天前他去了米哈洛夫采,希望能在那儿找到你。他一直在找你。"

我谢了他,告诉他我会去找贝拉的。

但事实是,贝拉并不是我最先想到的人。我曾想到过他,但说能再见到他,我没抱太大希望。或许是经历了这么多之后,我已经不敢抱太多希望了。直到那一刻,我甚至都没想过他是否能挺过"死亡转移",并平安度过之后的几个月。尽管如此,现在要做的第一件事还是回到米哈洛夫采。如果贝拉在那里,那就太好了。我们可以在那里讨论彼此对未来的规划。也许他会和我一起到巴勒斯坦去。

回到米哈洛夫采并没有那么容易。没有一列火车能正常运行。由于铁轨受到损坏,仍在运行的火车的行程也十分有限。公路也是如此,常常有很长的一段路被炮火炸得坑坑洼洼,汽车很难在上面行驶。我们决定继续前进,车走不动的时候我们就步行。几天后,鲁岑卡和我终于回到了我生命开始的地方。

当然,我的家乡是一个与众不同的地方。我发现它的大部分区域都并没有被炸毁——似乎在这场不幸的战争中获得了万幸——但很明显的是,它终究不是我离开时的样子了。

最后我们回到了家里。我松了一口气,因为它没有被"没收"——这些年来,很常见的做法是,当犹太人人去楼空,非犹太人就会占据我们的家园,他们认为这是他们的权利。我在家里发现了我的弟弟欧内斯特。他证实了我的消息:在我被驱逐后的一个月后,我们的父母和最小的弟弟被抓到了武库夫,并在那里惨遭杀害。说到这里，我们拥抱在一起。

欧内斯特带我们去了里屋，那里有很多亲戚朋友。房子里空荡荡的。虽然它还属于我们，但家具都被偷了，想必是那些认为我们再也用不着的人干的。在其他人都走了之后，欧内斯特和我们的堂弟贝拉·海灵格（Béla Hellinger）搭了几张可以临时使用的床，床垫是装满稻草的麻袋。

我问欧内斯特，是否有个叫贝拉·布劳的人来过，但他没有见过。我决定第二天到周边问问。

好多年没有睡过安稳觉了，那天晚上是我和鲁岑卡第一次在自由中睡去，尽管那时我依旧觉得这一切宛如梦境。还有很多不确定在未来等着我们。虽然我已经返回家中，但它并没有家的感觉。或许直到现在，我才开始沉浸在失去父母的痛苦中。

————————

到了第二天，我去见的第一个人是我最好的朋友玛尔塔，还有她的丈夫班迪（Bandi）以及他们漂亮的女儿伊娃（Eva）。与玛尔塔共度的时光让我回到了更快乐的小时候，那是我在米哈洛夫采最开心的记忆。一切都恍如昨日。她给了我枕头、床单和毛毯，并邀请鲁岑卡和我到她家吃饭。

玛尔塔从来没有问过集中营的事，我也没有主动说。

我想她用直觉感受到，我只想向前看，所以，这也是我们谈话的内容。她告诉我，他们全家准备搬到阿根廷。

她只想听一个故事，关于贝拉的故事。

大约两周前，当贝拉到城里找我时，有人告诉他让他找玛尔塔。他告诉玛尔塔，他得回日利纳了，如果玛尔塔见到了我，希望她可以把一封信转交给我。他在那封信中写道，希望我去日利纳找他，并在信中附上了他姐姐阿兰卡·普拉茨纳（Aranka Platzner）的地址。他已经告诉他姐姐，他要娶我。

"但我对他几乎不了解。"我告诉鲁岑卡。

"你在集中营没有机会了解他，"她回答道。当然，她是对的。"无论如何，他排除万难，来这里找你了。他对你一定是认真的。"

每天都有其他人到家了的消息传来。我们和伊琳娜、皮瑞和玛格达·英格兰德是在马尔乔分开的，如今她们已经回到家中。在我们的社区中，每当有人回来，我们就会举办一个小小的庆祝活动。尽管已经失去了许多人，但只要有人回来，我们都会由衷地感到高兴。每个人都拿出家里的食物分享。没人提过去发生的一切，我们都在努力打造新的生活。

最后，在没有什么要紧事做的情况下，我决定远赴 350 公里外的日利纳。不过，在那之前，我得好好休息几天。鲁岑卡是一位出色的裁缝，她为我做了一件漂亮的蓝色丝绸连衣裙。她察觉到我一直在犹豫，便带我去了车站，看我上了火车才走。

————————

我敲响了贝拉姐姐家的门。

"你好，我是玛格达。"我说。

"玛格达！我是贝拉的姐姐阿兰卡，很高兴认识你。"她将我请了进去，然后告诉我他的丈夫扬西（Jancsi）和贝拉去了布拉格，他们要待上几天，处理一些事情。

"贝拉说，如果你来了，你必须在这儿等他。他明天或后天就回来了。"

阿兰卡非常热情。尽管我们之间存在一种潜在的关系，但她始终是个陌生人，而这让我在她的热情面前显得有些不自在。尽管如此，我想走也走不成。阿兰卡 10 岁的儿子汤米（Tommy）一直在家里。也许是察觉到了我的不自在，他想保护我，无论我去哪儿都陪着我。我去游泳，散很久的步，甚至是遇到一些老朋友后和他们一起看电影，汤米始终伴我左右。

有一天，汤米一脸严肃地对我说："请不要从这里逃跑。你知道吗？玛格达，我舅舅非常爱你。你走了他会很不高兴的。顺便说一句，他是世界上最好的人。"

我笑了起来。

第二天，阿兰卡带我出去买东西，并见了一些朋友。她说我是她的弟妹。……我吃住都在她家里，所以，我当时很难否认这一点。

贝拉和扬西晚上回来了。贝拉在看到我时，把我抱了起来，在屋里转圈，他的蓝眼睛充满光彩。

不久之后，他将戒指戴在了我的手指上。我不确定我是否已经准备好了，但在内心深处，我知道对贝拉说"我愿意"是正确的决定。

战争结束了，我们活了下来。是时候开始新生活了。

第二部分
母亲的新生

16

如何重建生活

　　显然，恶劣的生存条件、残酷的虐待和杀戮……母亲在集中营中的处境，我是不可能完全理解的。语言的作用是有限的。一切情况都无法感同身受：当她回到家中，发现父母和大部分家人都已经不在了，数万个其他家庭、朋友和熟识的人都不在了……

　　我手头有一本海灵格家族族谱，是关于我的祖父伊格纳克·海灵格的大家族的族谱。在这本族谱中，有人标记了在大屠杀中死去的人。117 人——仅一个家族就有 117 人丧生。1940年，米哈洛夫采有 4000 多名犹太人，战后，只剩下了约 600 人。被从斯洛伐克驱逐到奥斯维辛集中营的 7000 多名女性中，只有不到 300 人活了下来。在整个斯洛伐克，超过 80% 的犹太人被谋杀。

　　但是对于我们这些想要理解这些数字的人来说，归根结底，它们只是数字而已。

对于玛格达、贝拉和其他回到家乡的人来说，他们却是活生生的人。他们是父母，是兄弟姐妹，是丈夫或妻子。他们是家中的孩子，是学校的老师，是商店的店主，是公司的同事，是你每天在街上擦肩而过的人。简单来说，他们是建构了你的生活的人。他们全都不在了。

在经历了这一切之后，又怎么能轻易地重新开始？

正如我的母亲一直跟我说的，答案是：你别无选择。你还能做什么？就像玛格达和贝拉适应了集中营的"生活"一样，他们在集中营的浩劫之后要再次适应生活。

————————

1946 年 3 月 13 日，玛格达·海灵格与贝拉·布劳在布拉格正式成婚，尽管他们在此之前就开始了新的生活。在战争结束的最初几个月里，定日子和办手续都是模糊的概念。

除了政府发放的少量补助之外，玛格达和贝拉再无多余的钱财。他们就这样来到布拉格，贝拉开始在此处寻找工作。幸而捷克政府启动了一个项目，使得大屠杀幸存者得以接管苏台德地区[1]的废弃企业和工厂。这是希特勒在战争爆发前占领的德语区，现在回归捷克斯洛伐克。战后不久，该地区的大部分德国人被赶回德国，许多企业空无一人。该项目一经宣布，贝拉就开始探索各种可能，并且选了一项可以让他和玛格达一起打

————————

[1] 指"一战"与"二战"期间，捷克斯洛伐克境内邻近德国、讲德语居民所居住的地区。

理的生意。

玛格达和贝拉搬到布拉格以北 130 公里处的小镇伊日科夫，那是与德国重新划定国界后的边境小镇。在那里，贝拉选择经营一家布料服饰店，这是因为他之前是一名纺织品销售员。店面很小，狭窄的螺旋楼梯通向二层的小客厅。这家店铺没留下太多东西，更糟糕的是，它位于主干道的尽头。

"这就是你选的我们开始新生活的地方？"玛格达问。

贝拉的心情看上去有些低落。"我无法忍受和很多人一起工作。"

玛格达后悔自己当初没有参与到丈夫的选择中，她确定自己可以找到更好的谋生方式。但她也开始明白，战争对她的新婚丈夫造成了多大伤害。

贝拉失去了第一任妻子和儿子；他在集中营被迫做着各项艰苦的户外工作，甚至到过残酷的惩戒队；他熬过了每次艰苦的点名；之后，他又经过了战争结束前几个月的最后磨难。

比克瑙集中营即将被清空时，贝拉和其他男囚犯被送回奥斯维辛集中营。尽管有传言说，为了让该营彻底消失，营地可能会被轰炸，但他还是决定躲在这里，直到德国人离开。他在床底下睡着了，半夜醒来，周围是一片寂静。德国人已经离开了吗？他走到外面，找到了两个曾在"卡纳达"和他一起工作的朋友，后者说服他和他们一起走。他最终还是加入了"死亡转移"，这发生在他和玛格达在十字路口会面的一天后。

在和玛格达分开之后，贝拉一行一路跋涉，最终抵达了奥地利的毛特豪森集中营[1]。许多人在途中死亡或被杀害。到达营地后，他们身上的衣服被没收，取而代之的是更加褴褛的衣服。

贝拉失去的不仅仅是一身好囚服，还因为这身衣服和当时身处比克瑙的玛格达有关。

玛格达在 C 营当营囚犯长时，一位来自布拉迪斯拉发的老太太走过来对她说："我很有钱，在英国和许多其他地方的银行都有存款。我老了，可能不会见到战争胜利的那一天了，但你很可能会。我看到了你的所作所为，你帮助了很多人。为了表达我的谢意，我想给你一张 1000 英镑的支票，你可以在战后兑现。"

那不是一张真正的支票——她不可能将支票簿带来集中营——她将支票的所有信息写在了一张破碎的纸上。玛格达感谢了她，并将她的"支票"小心收好，直到最后离开比克瑙时才又想起了它。她把"支票"藏在外套里，直到她和贝拉在十字路口碰面。不知道为什么，她觉得"支票"放在贝拉身上会更安全。贝拉把纸张藏在制服的下摆里，但当制服被没收时，他来不及将纸张取出并藏起来。不知道党卫军是不是能取出钱来，不过，他们已经没有机会这么做了。要是这笔钱还在，对改善现在的处境会有很大帮助。

在几乎没有东西吃的恶劣条件下生活了大约一个月后，贝拉和一些人被送到毛特豪森集中营的分营：古森 2 号营。在那里，

---

[1] Mauthausen camp，位于奥地利上奥地利州的商业小镇。毛特豪森集中营是奥地利和德国北部 100 个分营的主营。该营建立于 1938 年，1945 年由美国陆军解放。

他们负责修理坏掉的梅塞施密特飞机的油箱和机翼。这让生活变得容易了些，因为没有太多活儿要干。在那个时候，德国人已经无法获得补给，修飞机需要的零件根本不够。尽管如此，那里仍然是一个集中营，食物短缺，殴打时有发生，人们依旧生活在恐惧中。5 月初，他们被转移到贡斯基兴镇附近在建的另一个分营。在转移的路上，一名年长的国防军士兵告诉贝拉，这些新营是希特勒赢得战争的绝密武器。那个士兵大错特错。在不到一周的时间内，战争结束了，美军解放了集中营。

这就是贝拉告诉玛格达和我们的关于奥斯维辛生活的所有内容。他不想多说什么，我怀疑他可能经历和目睹了一些恐怖的事情。不管怎样，在很长一段时间里，他都很难积极地面对生活，那些伤痛伴随着他的余生。

————————

新家和生意都不太理想，但他们不得不从这里开始。玛格达和贝拉四处寻找可以放在商店里出售的东西。在布拉格，玛格达发现了大量丝绸，她可以通过寄售的方式进货，而这最终成了布料店的明星产品。在他们生活的区域，丝绸很少，所以人们会从远方慕名前来购买。慢慢地，他们的生意有了起色。

玛格达怀上我，也就是她的第一个孩子后不久，她收到消息：鲁岑卡嫁给了她的堂弟贝拉·海灵格。他们在鲁岑卡跟随玛格达回到米哈洛夫采后的第一个晚上就相遇了。玛格达和贝拉被邀请参加婚礼，因此他们暂时闭店，回到了 800 公里外的米哈洛夫采。玛格达见证了这场愉快的婚礼，也见到了从离开比克瑙后再也没见过的一些亲戚：表妹乔兰（Jolan），玛格达曾在营地帮助过她；

莫伊舍·孟德尔舅舅和他的儿子什洛莫。尽管到达比克瑙时年事已高，身体状况也不太好，但莫伊舍还是活了下来。

悲伤的是，这是玛格达最后一次见到鲁岑卡。鲁岑卡在来年分娩时不幸去世。我们无法确定鲁岑卡的健康状况是否在集中营时受到了损害，尽管有明显的证据表明，在集中营中常年忍饥挨饿的经历对很多幸存者的健康都产生了持久的影响，甚至包括他们的孩子。

我出生于 1946 年 7 月 5 日，名叫维拉·玛雅（Vera Maya）。我是一个乖孩子，这对我的父母来说是件好事，因为贝拉要经常出去找新货源，而玛格达需要经营店铺。她会在楼上照顾我，每当表示有人走进店铺的铃声响起时，她会将我放到安全的地方，然后跑下螺旋楼梯接待客人。玛格达一定在那座小小的螺旋楼梯上走过了无数次。在有些接待客人的时刻，她会先把我喂饱，然后把我裹得严严实实，把我放在小小后院的婴儿车里睡觉。有时天气很冷，有时因为母亲太忙，忘了把小车拉进屋内，我的身上还会落满雪。但是很显然，我喜欢待在户外，喜欢户外寒冷的空气，以至于当我睡在婴儿床上时，不开窗让雪飘进来，我就会哭泣。我想这就是我一直喜欢下雪的原因。

我出生十八个月后，我的妹妹伊娃于 1947 年 12 月 12 日来到人间。我们的父母过了一段美好、平静而自由的生活。他们努力工作，并和一个强大的社群保持着紧密的联系。

食物供应依旧紧张，配给制度仍然存在。后来，母亲经常给我们讲这时发生的一个令人哭笑不得的故事。因为店铺位于主干道，母亲有时会把伊娃放在婴儿床上，让我坐在公寓的窗前。她告诉我不要动，然后到附近的商店买日常用品。当在不同的商店间来回走动时，她会抬起头来，通过橱窗向我挥手，注视着我的一举一动。有一天，她刚到家就听到伊娃在大声哭，于是她扔下包，跑上楼梯看究竟发生了什么事。一会儿后，她走下楼，竟然发现隔壁的大丹犬正在门口对着购物袋里这个月的配给肉大快朵颐！

正如在"死亡转移"的梦中向姥姥承诺的那样，母亲把伊娃和我培养成了合格的犹太人。正如姥姥对她的教导一样，她也教导我们要善良、慷慨，并乐于与人分享。不过有时，她的教导也会起到反作用。某天下午，有一些当地的家庭来我家做客。我那时大概只有 3 岁——母亲告诉我的——但我从家里找出了一盒巧克力。由于配给制度的存在，巧克力在当时很珍贵。我没有询问我的母亲，直接将巧克力分给了其他小朋友。当我母亲发现这一点时，她简直要崩溃了——但我有什么错？我只是在按她说的做。

随着父母的小本生意逐渐壮大，潜在的危险也随之而来，并不健全的新政权很快扼杀了他们的自由。首先发生的是一些小事。有一次，一位女士走进布料店，挑选了一些昂贵的丝绸。她说她要之后再付款，因为心地善良，贝拉同意了。然而，她迟迟不付钱，直到贝拉穷追不舍。这时，这个女人告诉他，自己的丈夫在税务检查局工作。几天后，一名检查员来检查店里的账簿，凭空捏造了一些虚假账目，然后罚了店里一大笔钱。又由于贝拉不想对当地的官员献媚，后者便处处找店里的麻烦。没过多久，店铺被没收，我们只好从头再来。

从纳粹最残酷的统治中坚持下来的玛格达和贝拉，是否从来没想到会受到新政权的压迫？

终于，玛格达受够了。随着以色列的独立，她认为是时候搬到锡安主义者梦寐以求的家园了。她知道过程会很艰难——这个新成立的国家基础设施很少，他们可能不得不再次住在一些临时搭建的营地里。

贝拉不像玛格达这么狂热，他们的亲戚朋友都认为这个想法不现实。"这个时候带着吃奶的婴儿和学步的儿童去以色列，住在哪儿？沙滩上的帐篷里吗？"母亲的一些家人已经搬到了澳大利亚，他们鼓励她先到澳大利亚去，等攒了一些钱并且时机更加成熟时，再移民到以色列。但玛格达坚持要一步到位。

"如果每个人都这么想，等以色列建好后再移民，那么以色列会在哪儿呢？"

我想，在母亲看来，以色列的条件怎么也不会比他和贝拉在战争中的体验更差。

我怀疑，一旦母亲心意已决，贝拉或其他人都是阻止不了她的。他们把所有的东西都装进一个大木箱。我们先到达了法国的马赛，然后乘船前往海法 [1]。

当我们刚到达以色列时，的确是住在沙滩上的帐篷里的。在这一时期，有成千上万的大屠杀幸存者及其家人逃离了欧洲。之后，我们搬到了一个难民营，那里看上去像机场的旧飞机棚。窗

---

[1] Haifa，以色列北部港口城市，也是以色列第三大城市，面积仅次于耶路撒冷和特拉维夫。

帘分隔着数以千计的逃难者家庭。

贝拉有一个兄弟名叫德热（Dezsö），自 1933 年以来一直在当时由英国控制的巴勒斯坦地区生活。如今，他已经是一个颇有成就的工程师，贝拉在做他的绘图师。玛格达想找一份她擅长的幼儿园老师的工作。她找到了难民营里一个幼儿园的女负责人。

"你会说希伯来语吗？"负责人问道。

"就会说几句。"玛格达说。

"那你怎么能当幼儿园老师呢？"负责人嘲笑地说道。

"相信我，"玛格达说，"这些孩子来自世界各地，他们的语言也并不相同。如果我告诉你我能带好他们，你会雇用我吗？"

负责人告诉玛格达，会给她一个机会。"我会让你和孩子们单独相处十分钟。如果你表现合格，你就通过了考核。"

十分钟后，至少 40 个国籍不同的孩童在玛格达的身上和周围爬来爬去，咯咯地笑着。玛格达被录用了。

这份工作对玛格达来说非常重要。这样，她不仅可以有份收入，还可以在上班时间带着我和伊娃。她还可以吃到为幼儿园食堂供应的来自欧洲的食物。难民营厨房的大部分食物都比较中东化，伊娃尤其不喜欢吃。

这么多人挤在一起，卫生状况很差，流行病也很常见。虽然情况与他们在奥斯维辛集中营所经历的完全不同，但玛格达也十分紧张。无论如何，如果她和贝拉要在以色列开始新的生活，他们需要尽快摆脱这种过渡性局面。

一个名为"米德·阿扎奇"（Mivdeh Ezrachi）的新住宅开发项目在离特拉维夫[1]不远的霍隆动工。玛格达咨询了相关的买房事宜。她看上了一个很小的两居室，然而，他们仍然负担不起这座房子。当她将自己的困境告诉一个建筑商时，那个建筑商说，他和他的妻子非常喜欢小伊娃。

"我们两个不能生育。如果你将你的小女儿过继给我们，我会为你盖座房子。"他说。

我当时太小了，不记得这件事，但我能想象母亲笑着感谢他的样子。就算是一百万年过去，她也不会接受这样的提议。最后，玛格达收起了自己的骄傲，恳求德热解囊相助，他同意了。

我对之后的生活有些记忆。我记得母亲在我们家后院小花园里开办的幼儿园。玛格达要照顾十几个孩子，而我的父亲在市议会工作。我记得我们见到了玛格达在奥斯维辛集中营的很多朋友，比如薇拉·费雪（现在更名为薇拉·亚历山大）和她的家人。他们住在一个橘树果园的包装棚里，距离我家只有很短的车程。薇拉的丈夫斯特凡（Stefan）是个艺术家，他曾在果园担任保安，并在鸽舍有一间工作室。他们有两个和我们年龄相仿的儿子。我还记得我9岁半的时候有个"男朋友"。得知这两个男孩的存在后，我的"男朋友"非常嫉妒：他在我们两个的手腕之间系了一根绳子，如果我和其他人说话太久，他就会猛拉我一下，让我继

---

[1] Tel Aviv，滨临东地中海，以色列第二大城市。围绕着特拉维夫形成了城市群，其他城市有巴特亚姆、霍隆、拉马特甘、佩塔提克瓦、里雄莱锡安、拉马特沙龙、赫兹利亚等。

续跟他走。

在"米德·阿扎奇"社区的生活相当自由舒适。然而，要在以色列定居下来，需要满足一个条件：所有未满 45 岁的男子每年都必须花一个月的时间服兵役。贝拉当时 40 岁了，尽管他讨厌服兵役，但不得不穿上军装。他仍然对战争心有余悸，由于不再是一个年轻人了，他觉得很累——更重要的原因是，搬到以色列从来不是他的愿望。

————————

只要我们还在以色列，身处澳大利亚的家人就会不断给我们写信，敦促玛格达和贝拉移民到澳大利亚去。1948 年，几乎所有活下来的海灵格家族成员（实际上，大部分人都是斯洛伐克的大屠杀幸存者）都搬到了墨尔本，他们在信中热情洋溢地描述着澳大利亚的美好生活。

"我们理解你的锡安主义情怀，"他们说，"但你做的够多了！你已经出了自己的那份力。来澳大利亚吧！"

在 20 世纪 50 年代初的一段时间里，澳大利亚不再开放接待新移民，这为玛格达找到了一个借口。然后，在 1956 年 2 月，家人为我们邮来了澳大利亚签证。当时的情况与现在不同——身在澳大利亚的家人能够代表我们申请签证。当时，贝拉已年满 45 岁，他在上一年已经服完了最后一个月的兵役。最后，玛格达妥协了，她决定搬到世界的另一个半球。当我们登上法国航空公司的飞机时，我们只带了几个手提箱。那时，我 9 岁半。

对我和伊娃来说，这件事充满了挑战。我们不得不在没有告诉任何人的情况下离开以色列。母亲一直对我们强调这一点，不让我们对朋友们透露我们平时都在干什么。她不想被指责为叛国者或逃兵。我们在一句英语也不会说的情况下，降落到了一个英语国家。伊娃和我在学习希伯来语之前一直说的是捷克语，现在，我们又要学一门新的语言。当然，和大多数小孩一样，我们很快就适应了。正是从这时开始，我开始叫自己玛雅，不知怎的，我觉得这听起来比维拉更西方一些。

不管从哪个层面讲，墨尔本都离父母的过去很远很远。但这一次，玛格达和贝拉获得了安稳，也找到了机会。在战后蓬勃发展的澳大利亚，他们为自己和女儿们建立了新的生活。

17

2318 号囚犯的遗产

战争似乎并未给玛格达留下创伤。直到我们长到十几岁，我和妹妹都不知道父母是大屠杀幸存者，在我们知道后，它也没能成为家庭谈话的主题。对我们，甚至是所有认识我父母的人来说，他们只是一对来到澳大利亚谋生的普通夫妇而已。他们要在此地扎根，并努力为孩子们创造良好的条件。对于过去发生的种种，玛格达的应对方式是向前看，她永远不会把自己看作受害者。

我们于 1956 年抵达墨尔本，很快就受到移民至此的斯洛伐克人的欢迎。他们中的很多人是在战争结束后不久来到澳大利亚的，以 1948 年这个年份最多。在幸存下来的犹太人举办的定期早茶和下午茶聚会中，母亲总是会受到热烈欢迎，因为其中许多人曾被关押在比克瑙的女子营，包括 C 营。和任何族群一样，他们会定期举办家庭活动，而我们的身影常常点缀其中。

只有一个叫玛格达·英格兰德的亲戚，她常在母亲背后说她的坏话。她会向任何有耐心听她讲话的人埋怨母亲。似乎没有人把她的话当回事，但在一次无意中听到她说话的内容后，我问母亲她这么说话的原因。

"玛格达太傻了。"母亲说。她平淡地叙述了事实，说在奥斯维辛 - 比克瑙集中营的时候，她曾经从克莱因医生的手中救出了玛格达——她告诉玛格达没有所谓的疗养院，不要跟克莱因医生走。

"这次以及后来的很多次，我都救了她。但她只记得我打她的那一耳光。"母亲说。

后来我才知道，在战后的许多年，对母亲与纳粹合谋的指控始终伴随着她，就因为她被迫被党卫军选为集中营的管理人员。

战后不久，母亲在布拉格第一次被指控。她正和贝拉走在去看弟弟欧内斯特的路上。街上的一个女人认出了玛格达，并向附近的警察指认了她。警察走近玛格达说："这个女人指控你在集中营殴打她。你得跟我走一趟。"

就在这时，欧内斯特赶到了现场。作为一名游击队员，他人脉很广，说出了他认识的一些名流的名字。

"我做她的担保人，"他告诉警察，"我保证明天会带她去警察局。除非你知道她具体犯了什么罪，否则你不能带她走。"

第二天，玛格达去了警察局，来到一名地方法官面前。这位名为科雷齐纳（Korezina）的地方法官本人也曾在集中营待过，所以他对相关情况有些了解。

"告诉我发生了什么事。"他对指控玛格达的人说。

那个女人说，在"死亡转移"时，她想乘坐马车，但玛格达却把她拉了下来，还扇了她两耳光。

"我知道她救了我的命，但我不会因为她打了我而感谢她。"

科雷齐纳耐心地听完了整个故事。

迎着指控玛格达的女人的目光，他说："你竟然有脸把她带到我面前？你不知道玛格达·海灵格这么做是为了谁吗？为了让你活下来，她在党卫军面前冒了多大风险？我为你感到惭愧。你应该感谢她并对她道歉。"

玛格达说："不必了。让她走吧，这件事到此为止。"

最后，法官再次盯着指控母亲的人说："真为你感到害臊。你们在集中营里曾出生入死，现在，你却在我面前指控她。从我的法庭上消失。我不想再见到你。"

然后他对玛格达说："我为你感到骄傲。"

在另外一次到布拉格的时间段内，玛格达又被请去了警察局。这次警察局的负责人是一个碰巧认识玛格达的斯洛伐克人。他告诉她一个叫伊琳娜的女人向他反映情况，说她也被玛格达打了耳光。伊琳娜是母亲的表妹，她也曾被母亲从马车上拽下来。不过，这次没有听证会。负责人告诉玛格达，他知道玛格达的为人，明白她不会无缘无故地这么做。他已经撕掉了反映情况的文件，但想让玛格达知道有这么件事。

母亲再一次受到指控，是在以色列的难民营。当时，她正在营地后面和其他人一起洗衣服，我和我的妹妹在她的脚边玩耍。这时其中一个女人突然喊道："就是她！那是她！她在这儿！"

不一会儿，所有洗衣服的女人都开始推我的母亲，一边推一边尖叫。玛格达和她的两个幼小的孩子站在那里，不知所措。最后，她一只手抱起衣服，另一只手抱起伊娃，然后把我推到前面，直到回到我们的帐篷。

不久之后，玛格达了解到，一个匈牙利女人揭发了她在集中营的营囚犯长的身份，而一名海法来的法官将过来主持听证会。临时法庭上的情况与在布拉格时的类似。在这次的指控中，这个女人告诉法官，玛格达在她排队喝汤时扇了她两耳光。

当法官要求玛格达做出解释时，她说："我一直在努力帮助大家活下去。但假如有时人们不守秩序，我便必须得严肃起来。我记得当时的情况。那时，四个女孩刚刚把汤罐抬近营房，这位指控者便跑过去，直接将碗浸到了罐子里。这让抬罐子的人不得不赶紧停下来，本来就不够的汤洒出一部分，并且烫伤了两个女孩。我不想扇任何人的耳光，但在这种情况下，我不得不抓个典型。您能想象，万一有一千个人都想这么做呢？党卫军倒是乐得看到这种混乱，这样他们便有借口将整个营房的人送进毒气室了。"

法官随后询问，如果在场的其他人知道当时的状况，可以自由发言。这时，一位年纪稍长的女性举起了手——她 50 岁左右，比玛格达和在场的其他女人都大。

"我支持玛格达这么做，"她说，"玛格达就像我们的母亲。她在照顾我们。她在保护我们。你想因此指控她吗？"

在此之后，那个女人撤回了她的指控，法官驳回了此案。

没过多久，相似的指控再次出现。特拉维夫的一名法官以类似的方式驳回了案件。

此类审判被称为"共谋者审判"或"荣誉审判"。它们在整个欧洲和以色列上演，有些非常正式，有些则不太正式。

有些真的是为了惩罚那些只为自己牟利而积极配合德国人的犹太人。的确，有些囚犯管理"满怀热情"地接受了这份差使，并且利用眼前的形势为自己牟利。

但在很多情况下，正如玛格达面临的情况那样，这些指控只不过是一些幸存者回首过去时的情绪出口，也就是现在说的"幸存者内疚"（survivor guilt）和创伤后应激障碍（PTSD）。许多斯洛伐克幸存者因一些不实的传言而受到谴责，只是因为她们在集中营生活了很久。毫无疑问，在 C 营这个人数一直在 3 万左右波动的"城市"里，许多"普通"囚犯看到过像玛格达这样的人四处走动，监管大小事务，甚至用棍子维持秩序，便会将她们的行为看作在与党卫军合作。她们无法理解真实的情况：玛格达和其他管理人员并非自愿，她们只能接受党卫军的任命。如果她们维护不好秩序或被认为太"通情达理"，党卫军便会毫不犹豫地将她们送上烟囱。如果她们不管理好集中营，那么党卫军就会亲自来。

1945—1950 年，在集中营担任此类职位的人数不详，但估计有几百人。而在这些人之中，只有很少一部分是愿意和党卫军合作的。

————————

2006 年 6 月 27 日晚上，我从母亲住的疗养院返回家中。玛格达已经 89 岁了，自从五十年前和家人搬到澳大利亚以来，她一直很快乐。在辛勤地工作了多年之后，她得以安享晚年。然而，四年前，享年 92 岁的贝拉去世了，玛格达失去了她的丈夫。看到如今憔悴而苍老的母亲，我非常难过。

我带着悲伤走进家门。在电脑前回复了一些电子邮件后，我一时兴起，在谷歌中输入了"Magda Blau"，母亲的名字。网页上跳出了很多链接，里面都是母亲给多年来向纳粹浩劫基金会、美国大屠杀纪念馆等机构提供的证词，她在其中讲述了自己的亲身经历。当然，还有关于其他名叫"Magda Blau"的人的链接。在这些搜索结果中，有一个引起了我的注意。文章的主标题是"一个父亲的奥斯维辛回忆"，副标题是"黛布拉·费舍尔（Debra Fisher）讲述玛格达·布劳，一个她未曾谋面的幸存者"。

把网页向下拉了一些后，我看到了一张文着"2318"几个数字的手臂的照片，其图注为"黛布拉·费舍尔的手臂上文着玛格达·布劳的集中营编号"。

我靠在椅子上。

这是怎么回事？黛布拉·费舍尔是谁？母亲从没提过这个人。更重要的是，她的手臂上怎么会有母亲的编号？

不幸的是，母亲身体欠佳，无法回答我的问题。她的身体状况迅速恶化，于第二天在平静中死去。

按照犹太人的传统，葬礼在第二天举行，我和我的妹妹、其他家人和母亲的许多朋友悉数到场。那天晚上，我们在家里举办了一场祈祷会。之后，我的儿子迈克尔（Michael）帮我找到了黛布拉的电子邮箱。我试着给她发了一封邮件，令我惊讶的是，她第二天就给我回复了。这封内容丰富的邮件是这么开头的："你好，我是黛布拉·费舍尔。"当我读到黛布拉的回复时，她话中的温暖让我感到安慰。在这个悲伤而情绪化的时刻，她那包容、诚实而富有同理心的字句对我起到了正面作用。

黛布拉现年 47 岁，是一名住在纽约的职业治疗师。她告诉我，她的父亲，匈牙利人奥斯卡·费舍尔（Oscar Fisher）在战争即将结束时被送往奥斯维辛集中营。尽管他的父母、兄弟和三个姐妹都在集中营遇害，但他活了下来，并在战后开始了新生活。多年以来，当黛布拉问起父亲在奥斯维辛集中营的经历时，他不会提起那些苦难的部分。他会讲他们如何骗过党卫军，如何在他们没发觉的情况下偷取食物。就在他去世前不久，黛布拉坚持要他说出真相。他的回答是："一旦你进入这个痛苦的房间，那么，你永远、永远都出不去了。"但黛布拉仍旧坚持己见。而只有这次，她的父亲吐露了实情，对她诉说了自己经历的那些恐惧、痛苦、饥饿和残暴。父亲是对的：进入房间后，黛布拉再也无法离开了。她试图找出更多真相，并以此警诫世人。

由于在奥斯维辛集中营不幸感染了肝炎，这种疾病伴随了奥斯卡一生，直到他在 63 岁去世。他是成千上万个并未被当作牺牲者，但却因纳粹的残酷对待而不得不提早谢世的犹太人之一。

奥斯卡去世后，黛布拉想纪念她的父亲，但她始终没找到合适的纪念方法。然后，在参观华盛顿的大屠杀纪念馆期间，她向问讯处的人要了一名男性幸存者的证词，以及一名女性幸存者的证词。这名女性幸存者就是玛格达。在证词的录音结束时，玛格达说："我的名字是 2318 号，这是我在三年半的时间里一直用的名字。这个世界不应忘记它。"

玛格达的故事，尤其是她说的最后一句话，引起了黛布拉的共鸣。在那一刻，她决定将玛格达的编号文在手臂上，以此不断提醒自己父亲和玛格达的痛苦遭遇。她希望其他人在看到这个刺青后，能够询问它的来历。这样，她便有机会讲述玛格达在集中营的故事。

我为母亲的故事对黛布拉造成了这么大的影响而感到自豪。黛布拉说，在刺青之前，她试图联系玛格达，希望征得她的同意。她设法找到了玛格达的家庭地址并写了几封信，但始终没有收到回信。或许，母亲将黛布拉认作另外一个想要以她的名义来讲述事先编排好的虚假故事的学者了。最后，尽管仍然担心玛格达会不同意，但她还是在身上文上了那个编号。后来我跟她说，由于你饱含诚意，这么做的目的也令人钦佩，我的母亲一定会非常自豪的。

自从刺青完成后，黛布拉便在学校、教堂和寺庙等各个场合的演讲中分享玛格达的故事。也会有很多陌生人问起："你手臂上是什么号码？"

黛布拉写道:"人们会以打趣的方式问起这个问题。比如问它是不是我电话号码或社保账号的其中几位。我不在乎他们拿这个开玩笑。只有他们问起来,我才能够告诉他们,你的母亲是如何从家里被带走的,如何将衣服分给了那些农村女孩,在点名的时候如何让强者掩护弱者,以让她们多活些日子。正是通过像你母亲这样的故事,有关大屠杀的记忆才能保持鲜活。"

黛布拉在信的结尾写道:"我并不是那么喜欢刺青,玛雅。早上洗澡时,有时我会希望它不在我的身上。它很丑,但我觉得只有将它文在身上,我才会激发起陌生人的好奇心,从而讲述关于大屠杀和玛格达·布劳的故事。这是我能做的有限的事。我的意思是,作为大屠杀幸存者的女儿,被'历经千难万险的幸存者中的一个'养大的女儿,我应该做些什么呢?"

在那之后,我和黛布拉保持了几个月的联系。尽管我们身处世界的两端,但是我们建立了深厚的友谊。

————————

如果黛布拉·费舍尔没有在纽约大中央车站的"故事团"(StoryCorps)录音棚分享她父亲的故事,我们俩可能永远不会认识。她的讲述在美国国家公共电台播出,并于 2005 年在其官方网站上线。2006 年,这个故事被收录于《我们父亲的智慧》(*Wisdom of Our Fathers*)一书中,该书的主编为蒂姆·拉塞特(Tim Russert)。这就是我在网页上搜索到的内容。

自此,我们的故事汇聚一处,开始焕发新的生命。

2006 年 11 月上旬,《纽约时报》的一位记者联系我们,她为此写了一篇报道。当时我和我的丈夫戴斯（Des）正计划去底特律，到那里看望一些亲戚。我决定顺道去一趟纽约，与黛布拉见面。我和黛布拉受美国国家公共电台邀请，接受了记者米歇尔·诺里斯（Michele Norris）为《面面俱到》（*All Things Considered*）节目录制的采访。

11 月 24 日，接受采访之前，我在电台的演播室第一次见到黛布拉，对她立生好感。黛布拉是一个真诚、积极的人。当然，我最想看的还是隐藏在她衬衫袖子下的刺青。她本来要向我展示它，但想到在演播室录直播节目时展示效果会更好，她便等了一会儿。

这就是一切发生的过程。在数千名电台听众收听节目时，她向我挽起了袖子，我看到了那个编号：2318。

"哦，"我惊呼道，"这个文的比我母亲的好看多了。"

然后我便陷入了汹涌的情绪里，黛布拉握住了我的手。

"我简直不敢相信。"我说。我没想到，看到别人手臂上有相同的数字，我会感到这么恐惧。

当我恢复平静时，黛布拉向米歇尔解释说，她刚开始很怕刺青。但是，一旦下了决心，她便鼓起勇气走进了她在康涅狄格州诺瓦克市看到的第一家刺青店。她告诉了刺青师她的诉求。刺青师是个留着大胡子的男人，看起来很像路边骑着摩托车呼啸而过的那种帮派成员。他告诉黛布拉，她找对了地方：他对纳粹和大屠杀保持着长期兴趣，还收集过一些纪念品。听到这儿，黛布拉认为他是纳粹的支持者，便想离开这家店。不过，刺青师向她保证，他早就对模仿纳粹的行为不感兴趣了，并且，他很支持黛布拉的做法。此外，由于刺青师对此有过了解，他知道刺青用的墨水是哪个颜色。

采访结束时，我们都哭了，包括米歇尔。

我很高兴认识黛布拉，我们到现在还保持着联系。整个过程曲折而不可思议。更重要的是，她的勇气、她为传播大屠杀的故事所做的一切，都让我深受鼓舞。她让我母亲的故事有了新的活力，而我一直没做到这一点。母亲经常对我们谈论集中营，但我和我的妹妹总是听得心不在焉。黛布拉给了我重新讲述这个故事的动力——这也是我的母亲一直想要讲述的故事。

结　语

　　玛格达并不期待她救过的人对她感激涕零——只是记录下她在一个恐怖年代所能做的一切，记录下她在一个非人的环境中保持的人性。值得庆幸的是，与曾指控她的人相比，承认并且感激玛格达所做的一切的人仍占大多数。

　　艾琳·弗莱尔·布鲁克勒（Ilene Freier Brookler）是我的一个远房亲戚，家住美国佛罗里达。在研究家族族谱时，她看到了玛格达，并被她和其他女子营的区囚犯长的故事所吸引。自那以后，艾琳对此做了大量研究，甚至在20世纪90年代采访了玛格达和其他被关押在集中营的女性。她慷慨地向我分享了那些受访者诉说的她们与玛格达相处时的点滴。

　　在比克瑙集中营，我遇到了来自米哈洛夫采的玛格达·海灵格。那是在3月，冬天还没有过去。我打着赤脚，因为鞋被偷了。

　　玛格达为我拿了一双鞋，我的脚不再受冻。她也在其他情况下帮助过我，我对她的救命之恩深表感谢。

——卡特里娜·克拉若娃（Katarina Kollarova），集中营编号 26311

1944 年被匈牙利驱逐出境

我认识玛格达·海灵格并请她照顾我的母亲，她答应了。她把我母亲带到玛利亚·克莱因负责的区域，并让她多加照顾。每次"挑选"，玛利亚都会让我母亲待在营房或者厨房，所以母亲从未被选出去。玛格达也经常去看望我的母亲。有一天，她发现我的母亲不能说话了，便问她怎么了。我的母亲指了指自己的喉咙。她的扁桃体肿了。如果党卫军知道了，她会立即被送往毒气室。玛格达安排一名囚犯医生为她看病。医生用一把消过毒的手术刀切除了她的扁桃体。这救了我母亲的命。

——海伦·戈特利布（Helen Gottlieb），集中营编号 5968
和她的母亲共同关押于 C 营

玛格达和德国人一起走进营房，认出了我——她来自米哈洛夫采的表妹。我不知道她是怎么认出我的，因为我都认不出自己。她对我说："你为什么会上这趟匈牙利列车？"她让我晚上去她的营房，她会给我些吃的。她还告诉我被"挑选"不是好事，不要相信那些德国人。当我问她有什么办法能离开奥斯维辛集中营时，她指了指烟囱。她尽其所能地帮助我。她不能拯救所有人，但她帮助了很多人。玛格达让我做清扫队的队长。我和100名女孩负责打扫营房。因为在营房内，我们逃掉了很多次"挑选"……德国人需要犹太人来做脏活累活。玛格达的工作充满困境，没有人知道让3万名女孩保持秩序需要面对多大压力。我很感激她不遗余力的帮助，特别是在我们之前并不熟的情况下。

——艾尔莎·克劳斯，身上未被文集中营编号
于1944年3月由匈牙利到达比克瑙集中营

这么多年来，有很多人跟我讲过他们的故事，或者他们父母的故事，以及他们和玛格达在集中营的接触。（为了使叙述清晰明了，原话略有改动。）

不幸中的万幸，我的母亲鲁泽娜·诺伊曼 (Ruzena Neumann) 能和她的母亲派瑞（Perle）、阿姨丽芙卡（Rivka）以及两个亲戚埃斯特（Esther）和蒙茨（Montzi）待在一起。她们在奥斯维辛集中营活下来，一个主要因素便是能偶尔得到一些额外的食物。我搬到墨尔本之后，经常开车经过图拉克路上的一家鞋店。我的母亲告诉我，那家店的老板是玛格达·海灵格的女儿伊娃，前者曾在比克瑙的营房里做过营囚犯长。她告诉我，多余的食物是玛格达交给派瑞的，之后派瑞会跟我母亲和其他亲戚一起分享。假如有其他亲戚从别的营房

过来，她们也会拿出来给大家一起吃。另外一个主要因素，是在玛格达的努力下，她们被转移到了波兰西里西亚的克房伯军火工厂。这家工厂的环境好一些，比如铺有合适被褥的床铺、更保暖的衣服和不太残暴的守卫。有时我的母亲可以去厨房工作，在那儿她能拿到更多吃的。当母亲在组装手榴弹时被扎了一根刺，继而发烧了之后，她还被允许放一天假！在军火工厂的另外一个好处就是，囚犯不用被迫进行"死亡转移"。最后，除了可怜的蒙茨，大家都活了下来。蒙茨在战争结束前罹患肺结核，转到工厂没多久就去世了。

——海伦·戈斯顿 (Helen Goston)，
大屠杀幸存者鲁泽娜·诺伊曼的女儿

当我听说营囚犯长来自米哈洛夫采，并且姓海灵格的时候，我想我们可能是亲戚。我们家也有姓海灵格的家庭成员，家住米哈洛夫采。我找到玛格达，并发现我们是表姐妹。玛格达在厨房为我和我的妹妹莉莉找了份工作，我们因此不再需要接受点名和被"挑选"。后来，玛格达将一些人转移到较好的地方，因为她是个大人物。她安排我、莉莉和其他两个亲戚去了纽伦堡的西门子工厂，这就是我们活下来的原因。

——尤利·弗兰克，集中营编号 41663

玛格达坚忍不拔、无所畏惧且勇往直前。她总是充满希望和乐观。这些帮她度过了奥斯维辛-比克瑙集中营的艰难时光，并让她挽救了很多人的生命。她从未将自己当成救世主，或者把救人当成一种任务。她只是一个看到生机的人，并且能够平衡恐惧和希望两种情绪产生的冲突——然后帮助其他人也做到这一点。战争结束后，这些品质依旧在发挥作用。

玛格达不会经常谈起她的战争经历。她并不总是把自己放在受害者的位置上，也早已放下了仇恨。她没有诉说过她对战争的感受，也没有揭示这场战争的实质的欲望。只有在证词和书写中，她才会谈到战争对大部分幸存者产生的持久影响。最后，我将附上她在很多证词里的最后陈述。

> 对于那些熬过了苦难的人来说，苦难在他们的生活中留下了伤痕。很多人的余生都生活在恐惧的梦中。回到家里，没有人能够理解他们，他们只能寻找其他幸存者的支持。许多人英年早逝。一个在储存囚犯物品的"卡纳达"仓库工作的女人，经常把衣服夹在裙子里偷偷带回营房，送给需要的朋友。她知道，如果她被党卫军发现了，就会为此付出生命的代价。有时她也从储藏室偷取食物。战争过后，我们拜访了她和她的丈夫。她告诉我们，由于噩梦不断，她在夜晚常常无法入睡。于是，她经常在晚上工作、打扫卫生、做饭或者烤面包。有一天，我们和她一起吃午饭，发现她坐在那里，眼睛似睁非睁。她几乎吃不下任何东西。这个美丽而勇敢的女人正在消逝。
>
> 一些作家、教授和科学家，出于某些令人难以置信

的原因，试图否认大屠杀的存在。他们想说，大屠杀是一场骗局。另外有些人则认为，事情过去很久了，应该被忘掉了。

不幸的是，德国党卫军的所有野蛮行径、他们的欺骗行为，以及这些行为的影响，仍在持续。我们的朋友，那些曾经可爱得像花朵一样的女孩，一个个地枯萎了。我们眼睁睁地看着喝醉的党卫军残忍地拳打脚踢着一个女孩却无能为力。愤怒和悲伤毫无用处，我们只得压抑这些情绪。或多或少，所有的幸存者都被这些残酷的记忆、疾病和贫困所困扰。

所以，孩童的家长、老师、教授、科学家、牧师、传教士、拉比们，我向你们求助。请告诉儿童和大众，纳粹对所有民族（不仅是对犹太人）犯下的恐怖罪行。我的亲身经历告诉我，没有人能置身事外。我们必须改正错误。我们必须理解并帮助在世的幸存者。大屠杀不应因羞耻或沮丧的心情而被回避。大屠杀不是一个古老的故事，它应该被重视，唯有这样，类似的悲剧才可能永远、永远不会重演。

故事中的人物在战后的命运

　　在被党卫军认定为对囚犯提供过帮助后，卡特娅·辛格于 1944 年从奥斯维辛 - 比克瑙被转移至施图特霍夫集中营。她能在战争中幸存下来，主要是因为施图特霍夫的毒气室因故障而无法继续使用。战后，她结婚生子，并成为由捷克政府主管的一家美术馆的馆长。她的余生在布拉格度过。玛格达和卡特娅常年保持联系，二人曾多次见面。除了于 2011 年接受了一次《犹太潮流》（*Jewish Currents*）杂志的采访外，卡特娅没有留下有关她的集中营生活的任何证词。

　　玛格达还与薇拉·亚历山大（原姓"费雪"）及其家人常年保持联系。他们仍在以色列生活。1961 年，薇拉在对阿道夫·艾希曼[1] 的审判中出庭做证。

　　玛格达的哥哥马克斯原于 1933 年移居巴勒斯坦，后于 1951

---

[1]　Adolf Eichmann（1906—1962），出生于德国索林根一个记账员家庭。1932
　　年先后加入纳粹党和党卫军。他是集中营的大屠杀组织者之一。1960 年于阿
　　根廷被捕。他受审于以色列，于 1962 年被处以绞刑。

年定居澳大利亚。欧内斯特于战后移居以色列，1961 年定居澳大利亚。尤金移居美国，先后生活于夏威夷和圣地亚哥。

与玛格达一起进行"死亡转移"的表妹伊琳娜和皮瑞都在以色列度过余生。玛格达·英格兰德移居澳大利亚。劳福林·艾丽斯卡先是移民以色列，后在澳大利亚生活。玛格达的另一个表妹莉莉移居加拿大。在关押于比克瑙集中营的早期，与玛格达一起玩捉虱子游戏的伊迪丝定居澳大利亚。她和玛格达在 1958 年的某天偶遇，然后以朋友相处。兹苏西·提萨和她的母亲移居澳大利亚墨尔本，如今，兹苏西仍然住在那里。

玛格达和上述很多女性保持着联系；她从不怨恨伊琳娜或玛格达·英格兰德这些曾经指控过她的人。

埃里希·库尔卡先是返回布拉格，之后移民以色列。他写了许多关于大屠杀和奥斯维辛集中营的书。他和玛格达常年通信，玛格达为他的写作提供了一些素材。

正如玛尔塔在玛格达返回米哈洛夫采后对她说的那样，她在战争结束后不久就和家人移民阿根廷。她和玛格达定期联系，并于 1971 年来澳大利亚参加了我妹妹伊娃的婚礼。

在鲁岑卡·海灵格于 1946 年因难产去世后，贝拉·海灵格移民以色列，后在以色列再婚。

我父亲的姐姐阿兰卡、她的丈夫扬西和他们的儿子汤米也搬到了以色列。不幸的是，阿兰卡英年早逝，但扬西活到了 90 多岁。汤米仍然和他的妻子尼兹、两个孩子拉姆（Ram）和艾瑞斯（Iris）以及他的孙辈住在以色列。

战争结束后，玛格达并没有与吉塞拉·佩尔医生取得联系。直到 1953 年，我们还住在以色列时，母亲注意到报纸上刊登的佩尔医生要向罗马尼亚侨民进行公开演讲的广告。玛格达和贝拉去了演讲地点，在佩尔医生开讲时到达。后者注意到了位于房间后面的我的父母，于是中断了演讲，冲下讲坛拥抱了玛格达。她们寒暄了几句，然后佩尔回到讲坛上，继续演讲。玛格达和贝拉回到家后，她给佩尔医生写了一封简短的信。佩尔医生则在匈牙利语报纸《新东方》上回复了一封公开信，本书的序言即摘录了其中的一部分。佩尔医生成为以色列著名的妇科医生和不孕不育专家。她和母亲一直保持着联系，直到 1988 年去世，享年 81 岁。

阿德莱德·哈特沃尔医生是另一位与玛格达往来过的囚犯医生，她也在战争中幸存下来。战争结束几年后，玛格达身处以色列时想起了阿德莱德。当时，她和贝拉正在参观大屠杀纪念馆世界大屠杀纪念中心。在中心的一条荣誉大道上，他们发现了一棵纪念哈特沃尔医生的树。1965 年，哈特沃尔医生被评为"国际义士"，这份荣誉是以色列授给那些在大屠杀期间冒着生命危险救助过犹太人的非犹太人的。玛格达给阿德莱德寄了一张自己在这棵树下的照片。阿德莱德和玛格达一直保持联系，直到于 1988 年去世，享年 82 岁。

在战争结束后的几年里，大多数（尽管不是所有人）知道玛格达名字的高级纳粹军官被抓获，并因犯战争罪而接受审判。厄玛·格雷斯和约瑟夫·克莱默于贝尔森受审，于 1945 年被处决。约翰·施瓦朱伯从没到达过瑞士。他在拉文斯布吕克集中营被捕，于 1947 年接受审判并被处决。爱德华·沃斯被英军俘虏，于 1945 年拘留期间上吊自杀。玛格特·德雷克斯勒于 1945 年 5 月被苏军抓获并处决。玛丽亚·曼德尔在接受了 1948 年的奥斯维辛集中营审判后被处决。路易丝·丹兹和曼德尔于同一地点接受审判，但被处以无期徒刑。她于 1956 年获释，一直活到 91 岁。约瑟夫·门格勒从未接受审判，他逃至阿根廷，直到 1979 年死于中风。

致 谢

在寻找能帮助我将母亲的回忆录写得更加翔实的作家时，我没想到大卫·布鲁斯特能给我提供如此大的帮助，我非常幸运。我们互相尊重，并且形成了非常坚固的创作合作关系。感谢他对我的帮助，他实现了我母亲一直想要讲述亲身经历的愿望。他惊人的写作天赋让 Simon & Schuster 出版社认可了这个故事。

多年来，艾琳·弗莱尔·布鲁克勒一直在研究奥斯维辛 - 比克瑙集中营的区囚犯长，她还采访了其中的许多人。她慷慨地向我提供了大量背景资料，其中包括她对玛格达和其他奥斯维辛幸存者的采访的纸质文本和录音。

感谢澳大利亚 Simon & Schuster 出版社的米歇尔·斯文森（Michelle Swainson），她是第一个认可这个故事的人。她和菲奥娜·亨德森（Fiona Henderson）监督了整个流程，并为我们提供了巨大的支持。

我要感谢我的家人，女儿珍妮·李（Jenni Lee）、儿子迈克尔·李（Michael Lee）、外孙女阿丽亚·马特伊·芬克（Arianne Matthaei Fink）和阿列克谢·芬克（Alexi Fink）、妹妹伊娃·戴姆斯基（Eva Demsky）和她的丈夫大卫（David），谢谢他们一直以来的鼓励和支持。我的曾侄女艾莉·罗宾逊（Ellie Robinson）对这个故事也表现出了浓厚的兴趣。很遗憾，我已故的丈夫戴斯·李——他也是大屠杀幸存者——无法看到这本书出版了。

在整个过程中，我非常感谢朱迪·费舍尔（Judy Fischer）、罗西·卢（Rosie Lew）、凯西·肯尼迪（Cathie Kennedy）、芭芭拉·萨克斯（Barbara Sacks）和朱丽叶·布彻（Julie Butcher）的支持和鼓励。也感谢我所有无法一一列举的朋友，他们一直密切关注着本书的进展，乐意倾听关于它的每一个细节。

最后，感谢那个来自珀斯的绅士，是在他无意中指出玛格达写的最早版本的疏漏后，我才有了出版本书的动力。而黛布拉·费舍尔在身上文了玛格达的集中营编号的做法，也在无意间为我提供了更多的灵感。

玛雅·李